제23회 전태일문학상 수상작품집

발광생물 (외)

제23회 전태일문학상 수상작품집
발광생물 (외)

2015년 11월 5일 초판 1쇄 인쇄
2015년 11월 11일 초판 1쇄 발행

지은이 김주욱 외
펴낸이 윤철호·김천희
펴낸곳 (주)사회평론아카데미

편 집 임현규
디자인 김진운
마케팅 박소영

등록번호 2013-000247(2013년 8월 23일)
전 화 02-2191-1133
팩 스 02-326-1626
주 소 121-844 서울특별시 마포구 월드컵북로12길 17(1층)

ISBN 979-11-85617-59-6 03810

제23회 전태일문학상 수상작품집

발광생물 (외)

김주욱 외 지음 ■

사회평론

나는 돌아가야 한다

이 결단을 두고 얼마나 오랜 시간을 망설이고 괴로워했던가

지금 이 시각 완전에 가까운 결단을 내렸다

나는 돌아가야 한다

꼭 돌아가야 한다

불쌍한 내 형제의 곁으로

내 마음의 고향으로

내 이상의 전부인 평화시장의 어린 동심 곁으로

생을 두고 맹세한 내가

그 많은 시간과 공상 속에서

내가 돌보지 않으면 아니 될 나약한 생명체들

나를 버리고 나를 죽이고 가마

조금만 참고 견디어라

너희들의 곁을 떠나지 않기 위하여 나약한 나를 다 바치마

너희들은 내 마음의 고향이로다

1970. 8. 9 전태일

진실은 결코 미문일 수 없습니다 *

나는 작가다. 모든 작가는 '정치에 거리를 두려는' 충동을 느낀다. 평화롭게 책을 쓸 수 있도록 내버려두기를 바라는 것이다. 하지만 불행히도 그런 이상은 기업형 슈퍼마켓들의 틈바구니 속에서 살아남기를 바라는 구멍가게 주인들의 꿈보다도 실현 불가능한 것이 되어가고 있다.

-조지 오웰,「나는 왜 쓰는가」중에서

1938년 조지 오웰이 쓴 글입니다. 77년 전 조지 오웰의 글에 2015년 우리의 일상이 담겨있습니다. 평화롭게 글만 쓰기를 바라는 작가들에게 현실은 답답한 벽이 되었습니다. 문화예술계의 검열에 어떤 이는 더욱 자신이 검열자가 되기도 합니다. 알게 모르게 우리는 서로를 검열하게 되기도 하고 또 어느 순간 그것이 일상이 돼버릴 수도 있을 것입니다. 독자가 사랑했던 작가들의 표절로 인해 문학은

---

* 「생활 · 기록문」심사평 중에서

더욱 외면 받고 있으며 독자들은 실망하여 더욱 책을 멀리하고 읽기를 멀리하고 있습니다. 이야기는 사라지고 정보만 넘쳐나고 있습니다. 다양한 시선은 몰락하고 획일적 안일함만 남게 되는 날들이 지속될 수 있습니다. 아니, 이미 그렇게 돼가고 있는지도 모릅니다.

그러기에 작가는 '왜?'라는 질문으로부터 시작합니다. 왜 작가는 글을 쓰는 것일까요. 왜 문학은 그리 어둡고 외롭고 소외되고 우울한 모습을 외면하지 못할까요. 전태일문학상의 의미가 바로 그 질문으로부터 시작하는 것이 아닌가 싶습니다. 문학의 암흑기라는 소문 속에서도 여전히 자신의 언어로 쓰고자하는 응모자들이 많아 한편으론 위기가 기회일 수 있겠다 싶습니다.

제23회 전태일문학상에 소설은 장편 9편을 포함 71편이 접수되었습니다. 시는 873편이 접수되었습니다. 생활·기록문은 115편이 접수되었습니다. 예전과 다르지 않게 전태일문학상의 의미와 정신에 맞는 많은 작품들이 들어와 심사위원들의 마음을 기쁘게 하였습니다. 청년노동자 전태일은 노동자이면서 글을 쓴 문학청년이었습니다. 그의 글을 읽어보면 어느 소설보다도 어느 시보다도 사람의 마음을 움직이는 힘이 있습니다. 쌍용차 사태를 상기시킨 시 당선작과 아르바이트 노동자를 주인공으로 내세운 소설 당선작은 우리가 잊지말아야할 문학의 임무에 대해 다시 생각하게 합니다. 특히, 생활·기록문 당선작은 '청소노동자'의 삶에 함께 한 젊은 청년의 소중한 기록물입니다. 사실과 진실을 기록하는 일에 온힘을 쏟으며, 외면 받고 소외된 분들과 함께 하기를 마다않는 작가들에게 감사를 표합니다. 전태일문학상 제정 취지인 '각각의 삶터와 일터에서 인간이 인간답게 살 수 있는 사회'를 이루기 위한 글쓰기가 필요한 것입니다.

제10회 전태일청소년문학상에 산문은 317편이, 시는 1,069편이, 독후감은 14편이 접수되었습니다. 청소년들의 관심과 환대는 작가들에게 긴장의 끈이 되며 더욱 청소년문학상의 의미를 되새기게 됩니다. 다만, 독후감 부문에 대한 청소년들의 관심이 높지 않아 아쉬움이 큽니다. 『전태일평전』이 청소년들에게 많이 읽히길 바라는 마음 간절합니다. 지금 이 시절은 십대에게 많은 짐을 혼자 지고 가라고 강요합니다. 어른으로서 어른의 역할을 하지 못하고 그저 '가만히 있으라'라는 말만 되풀이 합니다. 하지만 청소년들은 어린아이가 아니며 스스로 생각하고 스스로 묻습니다. 무엇이 정의이며 무엇이 진실인지를. 청소년문학상의 글을 읽으며 반성과 고민을 하게 됩니다. 스물두 살의 앳된 전태일이 청계천 거리에서 자신을 불사르며 외쳤던 그 '분노'를 우리 청소년들에게 어떻게 이야기해야 할까요. 어른의 역할에 대해 고민이 깊어집니다.

　전태일재단의 어려운 여건을 이해하시고 깊은 배려로 함께 해주신 스물네 분의 심사위원님께 마음을 다해 감사를 드립니다. 함께 주최해주시고 마음을 더해주시는 경향신문사에도 감사를 드립니다. 해마다 따뜻한 책을 출간해 주신 사회평론사에도 감사의 말씀을 전합니다. 한국작가회의의 후원에도 감사를 드립니다. 소중한 글을 보내주신 응모자분들에게도 감사의 마음을 보냅니다. 전태일문학상과 전태일청소년문학상이 여기까지 온 데에는 여러분들의 보이지 않은 애정이 더해졌기 때문입니다. 심사평 중 '우리 문학이 현실을 떠날 때 현실도 우리 문학을 외면할 것'이라는 문장이 마음에 와 닿습니다.

　여전히 지속되고 있는 왜곡의 역사들, 거리에서, 고공에서, 현장에서 싸우고 있는 수많은 우리들에게 전태일문학상과 전태일청소년

문학상이 따뜻한 이야기가 될 수 있기를 바랍니다. 잊지 않고 기록
하는 문학의 역할에 대해 고민하겠습니다. 감사합니다.

전태일문학상 운영위원

안재성, 맹문재, 유현아, 송기역, 차형근

차례

제10회 전태일청소년문학상

시 부문 당선작

막다른 길들 외 |

이동우

1970년 서울에서 태어났으며
경희대 불문과를 졸업했다.
현재 무역업에 종사하며
틈틈이 시를 쓰고 있다.

막다른 길들

주인 잃은 신발이 멈춘 곳
길의 끝이었다

버려진 것들에겐
죽창 같은 겨울바람만 이어져

화려한 신차 발표장 뒤편으로 모인
막다른 길들

작업화부터 목발까지
순번을 단 신발들
발소리조차 얼어붙어
길바닥에 웅크려 있다

굴뚝 위의 외침을 기억하는 안전화
해고 후 막노동판을 전전하던 운동화

대한문 앞 핏빛 향내가 철거된 뒤
꺾인 깃대 끝에 매달려 보낸 밤들
촛불의 메아리는 가 닿을 곳이 없다

삭발하고 곡기 끊은 숨탄것들이
걸음, 걸음마다 북소리처럼 운다

눈보라 속 맨발로 떠난 주인
그의 부활을 믿지 않는
텅 빈 신발이 혼잣말한다
나라도 던지지 그랬어?

남겨진 이들은
불온한 땅을 딛기 거부하며
오체투지로 끊어진 길을 잇는다

2015년 1월 13일, 쌍용차 범대위는 신차 발표장 인근에서 희생자 26명의 신발을 늘어놓
는 시위를 벌였다.

낙과

1

손가락 잘린 자리가 무거워졌다. 옹이 진 손가락 감추고 내려간 어머니가 일하는 꿀배 농원. 땅 깊숙이 두 다리 심고 남은 손마디를 배나무에 접붙였다. 접목한 자리에 단단히 감은 붕대. 새 가지들이 손가락만큼 자랄 즈음, 배꽃이 붕대를 감으며 피어났고 잘린 언저리가 가려웠다.

2

태풍의 멱살을 잡고 싶던 지난밤. 땅바닥에 나뒹구는 배나무 뼈 사이사이, 아직 싱싱해서 낯선 낙과들. 탱탱한 것들은 바닥에서도 꿋꿋하게 굴렀다. 무르고 터진 곳 없지만 단 한 번 낙오됐다 하여, 배들은 타고난 제 모양을 버리고 즙이 되었다. 금형 공장 바닥에 낙과처럼 나뒹군 손가락을 위해 두 손 모으고 기도하던 때가 있었다.

3

갓 짜낸 배즙을 마시자 아삭, 햇것 베어 무는 소리가 난다. 둥근 씨를 품은 여름이 만삭까지 간직했던 젖내. 배즙을 팔러 나간 어머니는 늦도록 소식이 없다. 길이가 맞지 않는 손가락 모으고 어머니를 위해 기도한다. 낙과 하나하나를 거두며 어머니는 아직 배 익는 소리가 들린다고 했다. 저만치 달아난 절단된 계절, 내년엔 더 많은 배꽃이 필 거다.

그날

하늘에 돌을 던지는 자들이 늘었다
낮은 곳마저 빼앗겨
망루까지 오른 사람들
피멍 든 하늘이 고름 흘리던 그날
화마火魔가 폭력을 휘둘렀고
뼈만 남은 건물에 난입한 바람은
그을음의 덩치를 키웠다
그렇게 그날은 산 채로 철거당했고
육지가 뚝 잘라 내던진 외딴섬처럼
고립되었다
입 가진 자들은 침묵했다
돌들만 일어섰다 주저앉기를 반복했다
가림막 안에선 여기 사람이 있다 *
라는 외침만 간간이 들려올 뿐
어둠이 삼킨 어둠,
우리는 날마다 지기만 했다 **
철거를 알리는 누더기 철판이
도시 한복판에 게토를 만들었다
깨진 시멘트 사이로 자라는 철근에
벌건 녹물이 맺히고
반쯤 허물어진 벽에 매달린 투쟁 벽화는

---

* 용산 참사 및 철거민들의 증언을 모은 책.
** '난장이가 쏘아올린 작은 공'에서 인용.

바닥에 나뒹구는 잿더미를 밟지 않으려
외발로 밤을 지새운다
촛불을 켜면 다섯 그림자,
망루에 무성하게 비어 있는 그림자들이
하늘에 돌을 던진다
피멍 든 하늘이
작달비를 흘린다
비 맞고 서 있는 그날,
그 젖은 풍경 끌어안으려
나도 빗방울로 어룽진다

잔고 부족

속 빈 것들은 밤에만 소리를 냈다
땀내 밴 숫자들이 잠시 모였다 흩어졌다
고지서와 카드 명세서는 내 방을
도둑고양이처럼 넘나들고
나는 텅 빈 두 손에 주술을 걸듯
입김을 분다
앙칼진 울음 앞세워 어둠의 속살에
제 영역을 새겨 넣는 발톱들
연체료로 복면한 독촉장이
노루잠 다독이는 렘수면 안까지 들어와
혀끝에 남아 있던 닿소리를 훔쳐 갔다
결핍을 채우기 위해 나는
홀소리를 담보로 얼마간의 닿소리를 빌리려 했지만
현금인출기는 내 신용 등급을 문제 삼았다
먹이 다툼에서 밀린 절름발이 고양이가
골목의 웃풍을 피해 트럭 밑으로 숨는다
구름을 찢고 나온 하현달이 냉기 뿜는 자정 가녘,
옷깃 여미며 자동화기기 코너 안으로
모여든 대리 운전기사들이
손에 든 단말기를 들여다본다
그들의 입에선 말 대신 입김만 나온다
허기진 사연들이 창마다 성에꽃으로 피고
말을 섞고 살을 섞어 서로를 데우던 기억은
초겨울 앙상한 그늘에 갇혔다

시든 서리 꽃잎 하나 들고 서성이던
말더듬이 하루는 방전되어 가고,
눈물 말라붙은 얼굴들이 내는 약음約音 잘라먹으며
또박또박 했던 말을 반복하는 현금인출기
놈에겐 입김이 없다

이 땅에 가장 먼저 봄을 알리는 야생화, 얼음새꽃.

제 체온으로 언 땅을 뚫고, 얼음을 녹이며 피는 꽃.

보수화의 삭풍에 동토가 되어가는 이 땅에 그런 시 한 송이 심고 싶었습니다.

재작년 전태일 문학상 본심에 오른 응모자 중 한 명이었던 저는, 제게 남겨진 한 줄의 심사평을 품고 전태일 열사 동상 앞에 서곤 했습니다. 작은 실마리라도 얻을 요량으로 우두커니 동상을 쳐다봤으나 열사는 아무 말 없었습니다.

어느 저물녘 주저앉은 제게 문득 들려오는 상인들의 장사하는 소리, 배달 오토바이의 엔진 소리, 옷더미를 잔뜩 실은 자전거의 페달을 밟는 중년의 숨소리, 평화시장 주위를 오가는 행인들의 분주한 발소리 ……

그건 이 땅의 이웃들이 살아가고, 살아내는 소리였습니다.

당선 통보를 받은 주말, 쌍용차 분향소가 있던 대한문에서 열사의 동상이 서 있는 청계천 끝자락까지 걸었습니다. 세월호 500일을 추모하는 노랫소리와 노동시장 구조개악 중단을 요구하는 외침을 만났습니다. 걷는 내내 45년 전 전태일 열사의 마지막 음성을 들었습니다.

당선이라는 묵직한 두 글자가 품은 '채찍 소리'에 항상 귀 기울이겠습니다.

만족하지 않고 더 노력하겠습니다. 얼음새꽃 한 송이 피우겠습니다.

제 영혼의 토대가 되어준, 제 시의 유일한 독자였던 아내에게 영광을 돌립니다.

부족한 시에 꽃피울 기회를 주신 전태일재단과 심사위원님들께 진심으로 감사드립니다.

소설 부문 당선작

발광생물

김주욱

1967년 서울출생
2008년 제15회 동양일보 신인문학상 단편소설 「보드게임」
2013년 제5회 천강문학상 소설 대상 단편소설 「미노타우로스」
2014년 장편소설 『표절』 나남출판사
2015년 봄호 문학나무 신인작품상 단편소설 「방충망 속으로」
2015년 한국문화예술위원회 아르코문학창작기금수상

발광생물

　어두운 새벽길을 달렸다. 조금 있으면 해가 기지개를 켤 텐데, 달은 아직 겁도 없이 어둠을 즐기고 있었다. 가로등도 몇 개 없는 도로를 밝혀준 것은 한쪽만 들어오는 냉동탑차의 전조등이 아니었다. 언제나 운전석 계기판 거치대에 고정한 스마트폰이 어두운 새벽길을 밝혔다. 길이 익숙하지 않아 내비게이션 앱이 없으면 거래처를 제대로 찾아갈 수 없었다. 어두운 새벽길을 안내하는 스마트폰은 깊은 바다를 떠도는 발광생물 같았다.

　바다에서 빛을 내는 생물은 주로 짝짓기 상대를 유혹하기 위해 빛을 낸다. 그녀를 위해 스마트폰의 빛을 사용한 것이 한 달 전이었다. 영화관 좌석 밑에 떨어진 그녀의 머리핀을 찾으려고 무릎을 꿇고 스마트폰의 빛을 사용했지만, 머리핀은 찾을 수 없었다. 큐빅이 하트 모양으로 박혔다는 머리핀은 스마트폰의 빛에도 모습을 드러내지 않았다. 머리핀을 찾지 못해 속이 상한 그녀는 온몸에 차가운 거울을 두르고 나를 반사했다. 그녀는 나와 딱 한 뼘 정도의 간격을 두고 걸었다. 다가가서 어깨를 붙여보려고 해도 같은 극의 자석처럼 딱 한 뼘만큼 나를 밀어냈다. 스마트폰으로 찾은 탕수육이 맛있는 중국집도, 노가리 안주가 이천 원이라는 호프집도 그녀의 마음을 풀지는 못했다. 그녀가 일찍 집에 가는 바람에 나는 홀로 시커먼 바닷속에서 탐조등을 켜고 먹이를 찾는 발광생물처럼 먹자골목을 헤맸다. 여자들이 바글거리는 액세서리 가게의 조명은 술집보다 화려했다. 환한 불빛에 반짝거리는 머리핀을 그녀에게 사주고 싶어도 돈이 없었다. 사람들이 가득 찬 골목길에서 발광생물들이 내 어깨를 치고 아무렇지 않게 지나가는 것을 보았다. 순간 나는 그녀가 나보다 강하고 화려한 불빛을 원한다는 걸 깨달았다. 나는 한없이 약하고 초라한 불빛이었다. 그것을 깨달은 순간 그녀와 거리를 두게 됐다. 그렇게 그녀를 멀리했는데 어제 그녀가 내 페이스북을 열고 새벽 출근 준비를 마치고 냉동탑차에 오른 사진에 '좋아요'를 눌렀다. 오늘은 그녀를 만나기로 한 날이다.

달이 희미해질 즈음 S공고에 도착했다. 새벽엔 텅 빈 학교가 나를 맞는다. 경비아저씨는 학교식당의 출입구만 열어놓고 경비실에 앉아 눈을 붙이고 있다. 주차장에서 학교식당으로 음식재료를 옮기면서 조리실 냉장고 문이 계속 신경쓰였다. 조리실 냉장고 안쪽에서 음식재료를 정리하고 있을 때 누가 문을 닫아버린다면 꼼짝없이 이곳에 갇혀 얼어 죽을지도 모른다. 불안해서 종이상자를 가져다가 열어둔 냉장고 문 앞에 쌓았다. 파란 비닐봉지에 가득 담긴 팔뚝만 한 무와 진공으로 포장된 찐 감자를 다 옮기고 나서도 1톤짜리 냉동탑차에는 음식재료가 가득 차 있었다. 음식재료를 등에 지고 주차장에서 지하에 있는 식당 조리실까지 수십 번을 오르락내리락했더니 다리가 후들거렸다. 비닐 포장된 깐 양파 이십 킬로그램짜리 두 묶음을 안고 냉장고로 들어갈 때 나는 그것들을 내려놓고 스마트폰으로 기념촬영을 했다. 내가 이렇게 무거운 음식재료를 취급한다는 사실을 페이스북에 올리고 싶었다. 냉장고 문을 배경으로 찍은 사진을 보니, 깐 양파가 잘 보이지 않아서 현장감이 살지 않았다. 깐 양파 묶음을 냉장고 안에 들여놓고 사진을 찍는 것이 더 좋을 것 같았다. 깐 양파 두 묶음을 들어 안으로 옮기다가 문이 닫히지 말라고 괴 두었던 상자를 넘어뜨리고 말았다. 나는 깐 양파 묶음을 안은 채 냉장고 문이 빛을 차단하며 서서히 닫히는 것을 멍하니 바라보았다.

깐 양파 묶음을 내팽개치고 닫히는 문을 향해 달려가야 한다는 생각은, 그랬다가는 양파에 상처가 날 것이라는 걱정에 밀려 실행하지 못했다. 난 깐 양파를 선택했다. 문이 어둠을 몰고 오는 동안 내 몸은 가위에 눌린 듯이 뻣뻣해졌다.

냉장고 문이 묵직한 소리와 함께 닫히자 어떤 힘이 느껴졌고 실내등도 자동으로 꺼졌다. 문을 닫으면 자동으로 꺼지는 시스템에 감탄하면서 냉장고 안에 멍하게 서 있는 내가 우스꽝스럽다는 생각이 들었다. 안에서 문을 여는 장치가 있을 것 같아 문을 더듬거리며 살폈지만, 어떤 장치도 발견하지 못했다. 온몸에 소름이 돋은 나는 119에 구조요청을 하려고 스마트폰을 켰으나 서비스 불가지역이라는 표시만 나올 뿐이었다. 이 상황을 스마트폰으로 찍었다. 카메라의 플래시가 터지면서 냉장고 안이 희뿌옇게 윤곽을 드러냈다가 사라졌다. 다시 스마트폰을 켰다. 배송팀장이 첫날 주의사항을 일러주면서 냉장고 문에 대해 뭐라고 했던 것 같았다. 냉장고 안에 갇혔을 때 간단하게 탈출하는 방법을 설명해준 것 같았지만, 생각이 나지 않았다. 나는 그때 팀장의 말을 건성으로 흘려들으며 식자재 배송일을 과연 제대로 할 수 있을까에 대해서 걱정만 했었다.

나는 매사에 철저하지 못했다. 정류장에서 버스노선표를 확인하고도 꾸물거리다가 버스를 놓쳐버리기 일쑤고 이력서 마감 날을 달력에 표시해 놓고서 날짜를 넘긴 적도 많았다. 내가 제일 잘하는 건 포기였다. 마음의 준비를 단단히 하고 들어간 첫 직장은 180일 만에 그만뒀다. 인터넷 방송국이었는데, 첫날 나갔던 시위현장 취재가 너무 힘들어서 이건 아니다 싶었다. 내가 생각했던 것과 맞지 않아서 그만둔 것인데 사람들은 해보지도 않고 포기한다고 뭐라고 했다.

구직급여 수급기간 동안 이력서를 적극적으로 냈다. 하지만 석 달이 다 되어 가도록 아무 연락이 없었다. 가슴이 답답해지면서 소화도 안 되고 아랫배에 가스가 찼다. 거침없이 방귀를 뀌어대면서 가만히 앉아 있질 못했다. 면접통보가 오겠지, 곧 취직이 되겠지 하며 마냥 기다릴 순 없었다. 구직사이트를 뒤져 아르바이트를 검색했다. '투잡을 원하시는 분.' '오후에 시간 활용하실 분.' 새벽 4시부터 오전 11시까지 근무하는 학교급식 음식재료 배송 일이었다. 아침형 인간이 아니어서 잠시 망설였지만, 오후에는 다른 일을 알아볼 수 있는 새벽 배송 일이 반가웠다. 오전 작업을 하고 나면 이력서를 내고 면접을 보러 다니는 일을 할 수 있다는 것이 마음에 들었다. 자기소개서에 지금은 새벽에 땀을 흘리며 식자재 배달 아르바이트를 하고 있다고 쓰는 것도 나쁘지 않을 것 같았다.

학교급식 음식재료 유통회사에 면접을 보러 갔을 때 사장은 나를 위아래로 훑어보았다. 무거운 짐을 잘 들 수 있겠느냐고 걱정하면서 한편으로는 배송기사 일을 하겠다고 찾아온 나를 기특하게 여겼다. 사장이 나에게 술을 좋아하느냐고 물었다. 젊은 사람들은 술 때문에라도 새벽 배송 일을 잘 하지 않는다고 했다. 젊을 땐 친구들과 밤늦도록 술 마시는 일이 많은데 그 다음날 새벽에 출근하는 것이 곤혹스러워 오래 버티지 못한다는 것이다. 사장은 내 어깨를 툭 치면서 일단 거래처 세 군데부터 시작해 보라고 했다.

배송팀장이 나를 데리고 다니면서 직원에게 소개했다. 배송기사 일을 하는 사람들은 대부분 나이가 지긋한 아저씨들뿐이었다. 하나같이 꾀죄죄해 보였다. 배송팀장은 나를 주차장에 데려가서 내가 운전할 1톤 탑차를 확인시켰다.

"성능 좋은 놈으로 배정했다."

배송팀장의 말이 무색하게 그놈은 겉보기에도 상당히 낡아 보였다. 차체는 찌그러지고 도장이 떨어져 나가 벌건 속살을 드러낸 곳이 한두 군데가 아니었다.

"화물 탑차 몰아봤어?"

배송팀장은 처음부터 반말이었다. 다부진 체격이지만 키가 작고 찍찍 갈라지는 목소리였다.

"아니, 요."

배송팀장은 운전석에 올라 시동을 걸고 냉동기의 타코메타 작동법을 알려주었다.

"제일 중요한 건, 짐을 부리고 출발하기 전에 화물칸의 문이 잘 닫혔는지 확인하는 거야. 확인 안 하고 달리다가 주행 중에 문이 열리면 대형사고로 이어질 수 있거든."

나는 조수석에서 내려 냉동탑차 뒤로 돌아가 삐걱거리는 손잡이를 뒤로 밀고 화물칸을 열어 보았다. 순간 악취가 코를 찔렀다. 썩은 음식재료가 말라비틀어져 갈 즈음 새로 들어온 음식재료가 그 위에 쌓이면서 만들어진 악취였다. 29년을 살아오면서 시체냄새를 맡아본 적은 없지만, 아마도 시체 냄새가 그렇지 않을까 하는 생각이 들었다.

냉장고 문이 닫히기 전에 깐 양파 묶음을 내던지고 달려가서 냉장고 문을 잡았어야 했다. 순간 냉기가 훅 끼치면서 온몸에 소름이 돋았다. 깐 양파 묶음을 조심스럽게 바닥에 내려놓고 눈을 깜박거려보고 비척거리며 걸었다. 손끝으로 어둠 속을 더듬었다. 내 손길이 어떤 물체와 맞닿으면서 그에 대한 형상이 조금씩 머릿속에 그려지는 듯했지만, 손에 잡힌 것이 무엇인지 알아맞히기는 쉽지 않았다. 분명히 내가 챙겨서 싣고 왔을 농산물일 텐데 만져봐도 짐작이 가지 않았다. 음식재료 배달일을 시작하면서 새벽에 일어나는 것에 아직 몸이 적응되지 않아서 날이 밝기 전까진 머리가 멍했다. 점심 때 퇴근해서 온종일 누워 있다가 저녁을 먹고 책상에 앉으면 눈이 저절로 감겼다. 다음날 새벽 세 시에 일어나야 한다는 강박에 저녁에는 아무엇도 할 수가 없었다. 책을 들었으나 손가락이 뻐근해서 책이 돌덩이처럼 느껴졌다. 일주일 정도 지나면 몸이 새벽 노동에 적응할 것이라는 희망을 품었지만, 여전히 머리는 멍했고 뻐근한 몸의 근육통은 사라지지 않았다.

음식재료 유통회사의 면접 다음날부터 바로 일을 시작했다. 일찍 잠자리에 들었지만 긴장해서 잠을 설쳤다. 새벽 네 시에 주차장에 도착해서는 배송대에 올려진 음식재료의 가짓수에 놀라 정신이 없었다. 새벽 다섯 시가 되자 배송기사들이 목록을 점검하며 음식재료를 탑차에 옮겨싣기 시작했다. 비닐 포장한 무와 진공으로 포장된 찐 감자가 제일 무거웠다. 음식재료는 시체냄새가 나는 화물칸에 실렸다. 신선한 음식재료가 화물칸에 실리자 시체냄새가 조금씩 희석되었다. 음식재료가 거래처별로 섞이지 않게 화물칸을 구분했지만, 양이 엄청나서 재료를 실을수록 구분이 모호해지더니 결국 모든 게 뒤섞이고 말았다.

학교납품 음식재료는 농산물, 수산물, 공산품, 김치로 구분하여 입찰해서 선정되면 학교와 1년 계약을 한다고 했다. 내가 맡은 배송은 농산물이었다. 농산물은 청과류, 야채류, 양곡류로 구성되는데 명칭이 생소해서 거래명세표를 보고 해당 품목을 찾아내는 데 시간을 많이 허비했다. 주문서대로 음식재료를 다 실었을 때 다른 배송기사들은 모두 거래처로 떠난 뒤였다. 차에 올라 시동을 걸고 냉동기를 틀었다. 디젤엔진 소리와 냉동기 돌아가는 소리가 우렁차게 새벽공기를 갈랐다. 서서히 주차장을 빠져나가는데, 찬 새벽공기가 앞유리창에 달라붙어 시야를 가렸다. 와이퍼를 작동시키고 양쪽 차창을 전부 내렸다. 스마트폰을 거치대에 끼우고 내비게이션 앱을 열고 거래처를 입력했다. 냉동탑차가 대로변으로 나갈 때까지 서리가 계속 달라붙어 차를 세우고 수건으로 앞 유리창을 닦아야 했다. 도심을 통과하여 올림픽대로에 올라탔을 때 날이 훤하게 밝아오면서 서리는 차츰 사라졌다.

　첫 출근날이었다. 오전 7시까지 거래처 세 곳을 돌려고 부지런히 달렸으나 세 곳 모두 정해진 시간에 입고를 못 시켰다. 두 번째 거래처에서는 입고 시간을 지키라는 조리원들의 닦달에 마음이 급해져서 음식재료를 잘못 내려놓았다가 다시 되돌아가서 찾아오기까지 했다. 배송을 끝내고 주차장으로 돌아와서 탑차의 화물칸을 열었다. 텅 빈 화물칸 바닥에 채소에서 떨어진 푸른 이파리가 말라붙어 있었다. 빗자루로 화물칸의 쓰레기를 쓸어내는데 다시 악취가 올라왔다.

　퇴근하고 집에 돌아와 바로 쓰러졌다. 긴장이 풀리자 손이 제일 아프고 허리가 뻐근했다. 무거운 짐을 빨리 나르다 보니 손가락에 계속 힘이 들어간 것 같았다. 농구공을 잘못 받아 접질린 것처럼 손가락이 아팠다. 스마트폰을 옆에 두고 눈을 감았지만 잠이 오지 않았다. 스마트폰으로 깊은 바다에 사는 발광생물에 대해 검색하다가 팔이 아파 그만두었다. 온몸이 두들겨 맞은 것처럼 부어올라 돌아눕기도 어려웠다. 잠이 드는가 싶더니 꿈결에 나는 탑차를 타고 골목길을 달리고 있었다. 탑차를 비탈길에 주차하고 화물칸의 문을 열자 비닐 포장한 양파 덩어리가 굴러 떨어졌다. 비닐이 뜯어지면서 양파가 바닥에 나뒹굴었다. 굴러가는 양파를 붙잡자마자 다른 양파가 굴러가고 또 다른 양파가 굴러가면서 온몸이 흙먼지로 범벅되는 꿈이었다. 배가 고파 눈을 떴을 땐 이미 컴컴한 밤이었다. 베개 옆에 잠자던 스마트폰을 집어서 그동안 도착한 메시지를 열어보고 페이스북에 들어가 정신이 멀쩡해질 때까지 뉴스피드를 돌아다니며 '좋아요'를 눌렀다. 정신을 차리고는 끝없이 업데이트되는 정보를 뇌에 입력시켰다. 스마트폰을 눈이 아플 때까지 들여다보며 만지작거렸다.

　차가운 스테인리스 선반을 만질 때는 시체보관소의 냉동고가 연상되었다. 선반에 놓인 둥근 형상은 단단한 섬유질이 플라스틱처럼 느껴지는 양배추 같았다. 눈을 가리고 촉각으로만 사물을 알아맞히는 상상력 게임을 하듯 계속 선반을 따라가며 더듬다가 손에 만져진 차가운 덩어리를 코끝으로 가져와 냄새를 맡아보았다. 아무 냄새도 나지 않았다. 덩어리를 선반에 내려놓고 다시 더듬어 가다가 뭔가 뾰족한 것에 걸려 손끝이 따끔거렸다. 순간 뻗었던 손을 움츠리면서 팔꿈치가 뭔가를 건드렸다. 스테인리스 그릇이 바닥에 나뒹구는 소리가 요란했다. 한 손으로 선반의 기둥을 잡고 나머지 한 손으로 바닥을 더듬어 바닥에 엎어진 그릇을 선반 아래 칸에 올려두었다. 바닥에는 그릇에서 떨어진 것으로 짐작되는 알갱이들이 흩어져 있었다. 발을 옮길 때마다 그 알갱이가 발에 밟혀 터지는 소리가 났다. 그것이 무엇인지 모르지만, 오늘 만들어야 하는 요리의 재료라면 바닥에 떨어진 양만큼 다시 채워놔야 할 것이었다.

음식재료 배송 아르바이트를 시작한 지 며칠 지나지 않았을 때였다. 보통 새벽 네 시쯤 학교에 도착해서 음식재료를 식당 입구까지 옮긴 다음 상자를 벗기고 비닐포장을 뜯었다. 그날의 음식재료를 바구니에 담아 냉장고 선반에 가지런히 옮겨 정리하고 차에서 잠깐 눈을 붙였다. 날이 밝으면 다시 식당으로 들어가 상자와 비닐포장지를 거둬들여서 정리하고 나면 주방에서 일하는 아줌마들이 하나둘씩 출근했다. 영양사는 아줌마들과 출근시간이 달랐다. 느지막이 출근해서 음식재료가 냉장 상태로 신선하게 운송되었는지 거래명세표에 첨부한 타코메타의 기록지로 확인했다. 계약 기간에는 수량이나 품질에 관해서는 서로 믿고 납품을 받는 것이 관례라고 했다. 그런데 S공고 영양사는 무척 까다로웠다. 그녀가 조리실 아줌마보다 먼저 출근해 음식재료를 직접 검사한다는 사실을 처음엔 몰랐다. 전임자가 나에게 인수인계를 확실하게 해줬더라면 음식재료를 이동 조리대에 올려놓고 영양사를 기다렸을 것이다. 그런 사실을 몰랐던 나는 경비에게 식당 문을 열어달라고 한 다음 재빨리 음식재료를 내려놓고 다음 거래처로 가려고 서둘렀다.

　냉장고 안의 윤곽을 파악하려고 스마트폰을 켜서 사방을 비추고 바로 껐다. 배터리가 얼마 남지 않아서 사물의 테두리만 확인한 것이다. 노란빛의 형체가 뿌예지면서 연막을 치는 것처럼 잔상이 남았다가 사라졌다. 바닷속의 발광생물은 빛이 나는 액체나 뿌연 빛을 발산해서 자신이 있는 실제 위치를 포식자가 혼동하게 한다고 한다. 서리가 가득 찬 냉장고 안에서 서서히 굳어가는 느낌이었다. 노란빛의 형체가 다시 선명해지면서 빙빙 돌기 시작했다. 바닷속의 발광생물이 포식자를 놀라게 하는 것 같았다. 바닷속 발광생물은 빛을 발산해 포식자를 놀라게 하고 그 틈에 도망친다고 한다.

　누군가 나타나 냉장고 문을 열 것이라고 상상하며 아줌마들의 출근시간을 계산해 보니 세 시간은 버텨야 할 것 같았다. 놀란 가슴을 진정시키면서 어둠 속에서 잠시 엉뚱한 상상을 했다. 음식재료 배달기사가 음식재료가 되는 것은 아닌가, 누군가 나를 오늘 국에 들어가는 국거리로 쓰려고 일부러 냉장고에 가둔 것은 아닌가. 수백 명의 고등학생이 내 살코기가 들어간 국을 떠먹는 상상을 하자 온몸이 떨리면서 오줌이 마려웠다.

　사방이 철판으로 둘러쳐져 있는 4평 정도의 대형냉장고 안은 모든 것을 차단했다. 나를 세상과 연결해주는 유일한 도구인 스마트폰이 어처구니없는 상황에서는 제 기능을 다하지 못했다. 온몸이 마비가 올 듯 경직되었다. 주먹으로 냉장고 벽을 두드려보니 울림이 전혀 없었다. 살려달라고 벽을 두드려도 밖에서 소리가 들리지 않을 것 같았다. 냉장고 문이 닫히지 않았다면 일을 하다말고 생중계라도 하듯이 스마트폰으로 사진을 찍어 친구들에게 전송했을 것이다.

　S공고 배송 두 번째 날이었다. 주문물량을 내려놓고 냉장고에 정리한 다음 스마트폰으로 조리실과 냉장고를 기념촬영해서 카톡으로

그녀에게 전송하려다 그만두었다. 요즘 들어 부쩍 허기가 졌다. 늘 먹을 것이 부족했다. 언제 부족해질지 모르는 상황에선 있을 때 많이 먹고 남는 칼로리는 원시인처럼 몸에 저장해두어야 한다는 심리적인 허기까지 겹쳤다. 지금 내 스마트폰에는 몇 만 권의 책이 담겨 있고 항상 스마트폰을 손에 쥐고 수시로 인터넷을 검색하며 정보를 축적했다. 얼마 지나지 않아 스마트폰은 정보를 소화하지도 못하고 나처럼 속도가 떨어지고 판단력이 흐려지기 시작할 것이다.

그녀를 만나면 나는 고기가 먹고 싶어서 항상 삼겹살에 소주를 사 달라고 했다. 그녀는 삼겹살이 비만의 주범이라며 한두 점밖에 집어 먹지 않았다. 요즘 삼겹살 가격이 올랐다. 서민들의 입맛에 맞추려고 외국에서 고기를 싸게 수입해 와도 삼겹살 가격은 좀처럼 내리지 않는다. 그녀와 골목을 헤매다 들어간 허름한 식당은 채소를 직접 가져다 먹는 고깃집이었다. 상추를 듬뿍 가져와 상추 두 장에 고기 한 점을 싸먹었다. 소주를 세 병째 시킬 때였다. 그녀는 고기를 불판에 얹으려다 말고 가만히 들여다보더니 '짝퉁' 삼겹살이라고 인상을 찌푸렸다. 해동돼 핏물이 흥건한 고기는 살코기와 비계가 분리되어 있었다. 돼지의 다리 살을 삼겹살 속에 일부 섞어 판다는 소리는 들어봤지만, 인위적으로 비계와 살코기를 붙여 만든 삼겹살은 처음이었다. 하지만 나는 개의치 않고, 겨울잠이라도 잘 기세로 삼겹살을 계속 구워먹었다. 다음날 아침에 일어나니 위장은 어제 먹은 것들을 다 소화시키고, 또다시 먹을 것을 달라고 텅 빈 소리를 냈다. 과식을 해도 소화되는 시간은 똑같았다.

S공고 배송 두 번째 날 음식재료 정리를 끝내고 빈 상자와 비닐포장재를 거둬들일 때였다. 영양사가 가운에 한쪽 팔을 끼우면서 조리실로 뛰어들어왔다. 영양사는 바닥에 앉아 종이상자를 접는 나를 내려다보며 말했다.

"오늘도 도망가려고 했죠?"

"네? 뭐가 잘못됐나요?"

"대변검사 안 하고 그냥 가면 어떡해요."

"보건소에서 검진을 받고 보건증을 발급받았는데요."

대변검사를 또 한단 말인가. 보건소에서처럼 면봉을 항문에 쑤셔 넣어 변을 채취해서 건네면 영양사가 즉석에서 미생물 검사나 기생충 감염 여부를 검사하는 모습을 상상하는데 영양사가 양미간을 찡그리며 말했다.

"무슨 얘길 하는 거예요. 잔말 말고 오늘 식자재 가져온 거 다시 꺼내세요."

나는 거북이처럼 목을 쭉 빼고 말했다.

"왜요? 정확하게 입고했는데요."

"우리 학교는 매일 대면검사해요."

나는 영양사와 생전 처음 대면검사라는 걸 했다. 냉장고에 정리해 넣었던 그날의 식자재를 다시 꺼내 조리실 선반에 올려놓았다. 영양사가 거래명세표를 보며 먼저 신선도를 점검했다. 그다음 품목을 호명하면 나는 음식재료를 하나하나 저울에 올리면서 원산지와 중량, 제조일을 불러주었다. 영양사는 볼펜 끝으로 음식재료를 들추면서 감춰진 이물질을 기필코 찾아내겠다는 듯이 꼼꼼하게 검수했다. 어쩌면 영양사는 음식재료 검수를 끝내고 징병검사장의 군의관처럼 나를 발가벗기고 정밀검사를 할지도 모른다는 생각이 들었다. 검수가 끝난 음식재료를 다시 냉장고에 넣고 나오자 영양사가 나에게 경고했다.

"내일부터 내가 올 때까지 기다렸다가 대면검사하고 가세요."

대변검사를 하지 않은 건 다행이었지만 배송기사도 매일같이 음식재료 취급을 당하는 것 같아서 씁쓸했다.

S공고에서 영양사와 대면검사를 한 다음 날 평소보다 일찍 출근해서 사무실에 들렀다. 배송팀장에게 운행거리가 멀고 거래처도 서

로 멀리 떨어져 있어서 시간 맞추기가 어렵다고 토로했다.

"인마, 다른 데는 만만한 줄 알아?"

"그래도 초짜가 하기에는 너무 벅차요."

"좋아, 그럼 다른 데 배정해주지. 한 군데만 가. 하지만, 물량이 엄청나서 쉽진 않을 거야."

나는 S공고 영양사를 안 보게 된 것이 뛸 듯이 기뻤다. 대신 K여고의 거래명세표를 받았는데 정말 엄청난 물량이었다. 배송팀장은 여학생이 남학생보다 많이 먹는다면서 항상 메뉴에 샐러드가 들어간다고 했다. 과일과 야채 상자와 국거리 채소만 화물칸의 반 이상을 차지했다. 무와 깐 양파를 싣자 화물칸이 꽉 찼다. 나머지 자잘한 음식재료는 조수석에 실었다.

배송팀장은 출발 전에 메모지에 K여고 조리실로 들어가는 약도를 그려줬다. 정문을 통과하여 운동장을 돌아 식당건물 옆에 있는 터널로 들어가라고 했다. 터널의 입구는 약간 비탈길인데 차를 돌려 후진으로 들어가야 음식재료를 내리기 쉽고 빠져나올 때도 편하다고 했다. 후진으로 터널 끝으로 들어갈 때는 탑차의 지붕이 천장에 닿지 않을 정도까지만 들어가라고 했다. 그 지점부터 음식재료를 4층 조리실로 올려주는 리프트까지 손수레를 이용해서 옮겨야 한다고 했다. 배송팀장이 그려준 약도는 낙서 같아서 알아볼 수가 없었다. 가서 잘 모르겠으면 식자재 배송 온 다른 업체 사람에게 물어보라고 했다.

K여고 정문에 도착했을 때는 아직도 컴컴한 새벽어둠이 깔려 있었다. 터널 탐사를 위해 식량을 싣고 가는 기분이었다. 경비는 정문을 열어놓고 순찰 갔는지 텅 빈 경비실 불빛만이 나를 반겼다. 운동장을 돌아 식당건물 앞에 차를 세우고 터널을 찾아보았다. 식당건물 뒤편 비탈길 위에 공사현장 같은 터널이 보였다. 기존 건물을 식당으로 고치면서 4층에 있는 조리실에 화물리프트를 설치하기 위해

지하 터널을 뚫은 것 같았다. 뒤가 보이지 않는 탑차를 후진으로 들어가기 전에 머릿속으로 각도를 그려보았다. 후진으로 비탈길을 올라 60도 정도 꺾으면서 진입해야 터널 입구 정중앙에 설 것 같았다. 심호흡을 하고 운전석에 앉아 후진 기어를 넣었다. 이놈의 차는 뒤가 보이지 않는다는 것이 새삼 답답하게 느껴졌다. 목표를 향해 앞만 보고 달리게 만든 전차에 앉은 것 같았다. 탑차를 후진으로 비탈길을 절반쯤 올랐을 때 제대로 올라섰는지 확인하려고 주차브레이크를 당겼다. 차에서 내려 각도를 확인하려고 브레이크 페달에서 발을 떼자 탑차가 미끄러지기 시작했다. 주차브레이크가 마모되어 탑차가 정지해 있질 못했다. 정차한 상태에서는 가속력이 없어서 비탈길을 다시 올라갈 수 없었다. 진입각도를 확인하지 못하고 비탈길을 내려왔다. 용기를 내서 비탈길을 다시 후진으로 올라갔다. 탑차의 꽁무니가 건물 벽에 두 번 부딪치고 나서야 터널의 입구에 제대로 올라설 수 있었다. 내 차가 아닌 것이 천만다행이었고 고물차라 웬만한 흠집은 티가 나지 않아서 안심되었다. 터널 안으로 조심스럽게 들어갔다. 바닥은 자갈이었다. 터널 바닥까지 깔 예산은 없었던 모양이었다. 벽에 탑차 끝이 닿지 않도록 중심을 잡으며 10미터 정도 더 들어가자 터널 천장에 설치한 센서 등이 켜졌다. 터널이 밝아지면서 터널 끝에 서 있는 차가 보였다. 공산품을 납품하는 업자가 식용유를 내리고 있었다. 터널은 한 대의 차만 겨우 진입할 수 있는 너비였다. 할 수 없이 다시 터널 밖으로 빠져나와야 했다. 운동장으로 내려와 먼저 들어간 차가 빠져나오길 기다리는데 그 틈에 또 다른 음식재료 납품업자가 나타나서 터널에 들어갔다 나오더니 비탈길 가장자리에 정차했다. 그 차는 먼저 들어갔던 공산품 납품업자의 차가 나오자 바로 들어갔다. 나는 헐렁하고 마모된 주차브레이크 때문에 마지막으로 터널에 들어갈 수밖에 없었다. 기다리면서 차창을 내리고 담배를 피워 물었다. 바람이 불었다. 담뱃재가 차 안으로 날렸다. 담배연기를 새벽공기를 향해 내뿜으니 세상이 밝은 회색에서 점점 푸르게 변했다. 잠시 후 참새가 떼를 지어 날아가자 해가 모습을 드러냈다.

터널 끝으로 들어가 음식재료를 내리려고 화물칸의 뒷문을 열었다. 제일 먼저 떨어진 것은 오렌지였다. 그다음으로 굴러 떨어진 것은 깐 양파였다. 냉기가 달라붙어 있던 오렌지와 깐 양파가 바닥에 구르면서 흙이 묻었다. 비탈길에서 급정차할 때 오렌지 상자가 뒤집히고 깐 양파의 비닐포장이 찢어진 모양이었다. 자갈밭에 떨어진 오렌지에 시커먼 먼지와 흙이 콩고물처럼 달라붙었다. 화물칸의 냉기가 오렌지에 달라붙어 수분으로 변한 것이다. 희미한 형광등 불빛을 받은 오렌지는 깊은 바닷속에 사는 발광생물 같았다. 어떤 발광생물은 스스로 빛을 발산함으로써 포식자에게 독성이 있다고 경고를 한다고 한다. 포식자가 그 경고를 무시하고 발광생물을 잡아먹으려고 머뭇거리다간 상위포식자에게 발각되어 발광생물을 입에 물기도 전에 상위포식자에게 먹히고 만다. 평소에 느꼈던 오렌지색은 발랄하고 흥겨운 색인데 터널 안에서 발광하는 오렌지색은 위험을 알리는 경고등 같았다. 스마트폰을 꺼내서 자갈밭에 떨어진 오렌지를 촬영하고 나서 이 상황을 어떻게 수습해야 할지 고민했다.

땀을 닦는 수건으로 오렌지와 깐 양파를 닦아서 상자에 담고 음식재료를 손수레를 이용해 리프트로 옮겼다. 리프트의 크기가 작아서 여섯 번을 실어 올려야 했다. 문제는 내가 마지막이라 4층 조리실에서 올라온 리프트를 열고 음식재료를 내려줄 사람이 없다는 것이었다. 내 뒤에 기다리는 납품업자가 있다면 내가 조리실에 올라가서 식재재를 내리고 밑에서 기다리는 납품업자가 리프트에 내 음식재료를 실어줄 수도 있었을 것이다. 나는 4층 조리실과 지하 터널까지 여섯 번을 왕복하면서 음식재료를 날랐다. 다리가 후들거리는 바람에 터널에서 한번 넘어졌다. 입이 바짝 마르는 갈증은 물을 마셔도 해소되지 않았다. 머리에 혹이 났다. 마음이 급해서 리프트의 입구가 낮다는 것을 망각하고 머리를 계속 프레임에 부딪쳤다. 입고 시간을 지키라는 영양사의 경고에는 그저 머리 숙여 사죄할 수밖에 없었다. 조리실을 나오는데 식당 아줌마들이 칼로 도마를 내리치는 소리가 귓전에 울렸다. 탑차에 올라 학교를 빠져나올 때 수백 명의 여학생이 떼를 지어 몰려오는 펭귄으로 보였다. 운전석에 앉아 스마트폰으로 펭귄의 이동을 촬영하다가 냉동탑차를 천천히 출발시켰다. 펭귄들은 탑차를 무서워하지 않았다. 탑차는 펭귄의 물결을 가로지르며 교문을 빠져나왔다.

체온이 떨어지자 사물에 대한 기억이 빠르게 지워졌다. 스마트폰을 켜서 사방을 비추고 껐다. 냉장고 선반을 따라가며 형상에 대한 그림을 구체적으로 그렸다. 나는 상상했던 물체의 실제가 궁금하여 스마트폰을 다시 켜서 냉장고 안을 훑었다. 내 손끝이 그린 상상의 그림은 정확하지 않았다. 양배추는 양상추였고 대파라고 단정했던 것은 셀러리였다. 하나도 맞춘 게 없었다. 스마트폰 빛에 의해 미처 보지 못했던 형상을 판별하게 되었을 때는 공포가 밀려왔다. 감자탕 재료인 돼지등뼈가 바구니에 산더미처럼 쌓여 있었고 씻은 무가 어둠 속에서 돌덩이처럼 윤곽을 드러냈다. 냉각기가 묵직한 소리로 돌아가면서 체온을 떨어뜨렸다. 스마트폰의 축전지 잔량 표시가 급격하게 줄어들고 있었다. 비상시 빛이 필요할 때를 대비해 스마트폰을 켜지 않기로 했다.

다시 어둠 속에서 내 숨소리를 듣다가 점점 공기가 희박해지는 것을 느꼈다. 그때부턴 조리실 출근시간까지 버틸 수 있을 것이라는 긍정적인 마음으로 나를 다스리기 시작했다.

벽에 기대앉아 어둠 속에 묻힌 사물의 정체를 구별하려고 애쓰는데 유령 같은 해파리가 아니 해파리 같은 발광생물이 모습을 드러냈다. 빨간빛의 형체가 빙빙 돌더니 서서히 사라졌다. 마치 유령이 녹아 없어진 느낌이었다. 깊은 바닷속을 떠도는 해파리 같기도 했다. 갈증이 나면서 입이 바싹 말랐다. 냉기를 맞으면서 느끼는 갈증은 땡볕에서 땀을 흘릴 때보다 견디기 어려웠다. 탑차 화물칸 바닥에 누워 천장에서 떨어지는 물을 받아먹으며 혀로 입술을 자꾸 핥았던 기억이 떠올랐다.

K여고 배송 둘째 날이었을 것이다. 그날은 전날보다 음식재료의 수량이 더 많았다. 음식재료를 탑차에 싣다 말고 사무실로 들어갔다. 배송팀장에게 K여고는 혼자서 하기엔 무리라고 했다. 어제 혼자서 고생한 이야기를 한참 떠드는데 배송팀장이 머리 뒤로 두 손을 깍지끼고 의자를 뒤로 젖혔다가 책상에 차량운행일지 파일을 도끼처럼 내리치면서 말했다.

"이 새끼가 장난하나. 겨우 한 번 해보고 엄살은."

"그럼 차를 바꿔주시던가요. 주차브레이크가 먹지 않아요."

"차를 왜 바꿔, 주차브레이크를 갈면 되지."

"그럼 갈아주시든가."

"너 안 되겠어. 오늘 배송 나가지 말고 청소나 해."

배송팀장은 K여고 배송을 다른 기사 두 명에게 함께 가라고 지시했다. 내가 짐작한 대로 K여고는 두 사람이 달라붙어야 하는 물량이었다. 그는 오늘 내로 주차장에 쌓여 있는 쓰레기를 분리해서 치우고, 그다음 농산물 시장에서 음식재료를 사올 때 쓰는 탑차의 화물칸을 말끔하게 청소하고 내일부터 다시 S공고로 가지 않으면 나를 해고시키겠다고 했다.

오전 내내 쓰레기를 분리해서 마대에 담고 종이상자를 접어서 쌓아올리는데 이마에서 흐른 땀이 눈 속으로 흘러들었다. 음식재료를 농산물 유통센터에서 싣고 오는 화물차는 몇 년째 청소를 한 번도 한 적이 없는 것 같았다. 시체냄새가 나는 화물칸을 빗자루로 쓸어내고 대걸레로 닦아냈다. 청소를 끝내자 입이 바싹 말랐고 갈증이 났다. 사무실에 가서 물을 마시고 배송팀장에게 청소를 다했다고 말했다. 배송팀장은 경리과에 갔다 온다며 탑차에 가 있으라고 했다. 사무실에서 나와 탑차 운전석에 앉아 담뱃갑을 꺼냈다. 손이 시커멨다. 담뱃갑에서 담배 한 대를 입으로 물어 꺼냈다. 담배를 피우고 나니 피로가 몰려들었다. 7월의 해가 펄펄 끓는 냄비처럼 탑차를 달구어서 대시보드의 플라스틱이 녹아 흐를 것 같았다. 시동을 걸고 에어컨을 틀었다. 땀에 젖어 몸에 달라붙은 티셔츠가 거머리 같아서 에어컨을 강하게 틀었으나 계속 미지근한 바람만 나왔다. 거대한 얼음 위에 눕고 싶다는 생각이 들었다. 얼음에 누우면 내 체온에 누운 자리가 녹아들어 움푹 팰 것 같은 열기였다. 운전석의 에어컨을 끄고 화물칸의 냉동기를 틀었다. 운전석에서 내려 화물칸 문을 열었다. 시원한 바람이 힘차게 나오는 컴컴한 공간이 아늑하게 느껴졌다. 냉기 때문인지 시체 냄새가 거의 나지 않았다. 종이상자를 가져와서 뜯은 다음 화물칸에 펼쳤다. 화물칸의 한쪽 문을 한 뼘만큼 열어두고 종이상자를 깔고 앉았다. 땀을 식히면서 배송팀장을 기다렸다. 뻐근했던 몸이 풀리면서 졸음이 쏟아졌다. 끄덕끄덕 졸다가 몸이 옆으로 미끄러지면서 다리를 쭉 뻗었다. 한 뼘만큼 열린 화물칸 문밖으로 강렬한 태양이 만든 선명한 나무그림자가 자갈밭에 드리워져 있었다. 그 자갈들 사이로 아지랑이가 일어났다. 냉동기가 돌아가는 소리가 우렁차고 듬직했다. 딱 십 분만 누워 있어야지 하고 눈을 감았다가 떴는데 냉동화물칸 문이 닫혀 있고 트럭은 어디론가 달려가고 있었다. 일어나 주먹으로 화물칸을 두드리고 발로 걷어차면서 발악을 해도 운전석에서는 아무런 반응이 없었다. 화물칸 안에서 스마트폰은 먹통이었다. 얼굴에 스마트폰의 빛이 반사되는 동안 따뜻함을 느꼈다. 살아있는 생물과 마주한 느낌이 들어서 빛이 사라지지 않게 스마트폰을 계속 만지작거렸다. 어쩌면 마지막 순간이 될

지도 모르는 냉동화물칸 안에 나 혼자 있는 것이 아니라는 위안이 들다가 차츰 사라졌다. 스마트폰의 축전지 잔량이 거의 바닥을 드러냈을 때 스마트폰을 손에 쥐고 악을 쓰다 쓰러졌다. 나는 화물칸 바닥에 누워 천장에서 떨어지는 물을 받아먹으며 혀로 입술을 자꾸 핥았다.

시간이 얼마나 흘렀을까. 드디어 탑차가 멈추고 잠금장치가 풀리는 소리가 들렸다. 화물칸의 문이 열렸을 때 나를 한심하게 쳐다보는 배송팀장의 모습이 분열하고 복제되었다가 사라지기를 반복하다 차츰 내 앞에 자리 잡았다.

"왜 거기 들어가 있냐?"

"여기가 어디예요?"

"천국이다."

바람이 불었다. 그런데 왜 화물칸 밖이 더 시원한 것일까. 시원한 바람에 차츰 정신을 차렸다.

내가 도착한 곳은 농산물 유통센터였다. 경적소리, 사람들 소리에 섞여 배추와 무가 트럭에서 내려져 지게차로 옮겨지고 있었다. 거기에는 분주하게 움직이는 냄새, 살아있는 냄새가 있었다. 기사들이 새벽마다 회사 창고에서 각 거래처로 나가는 냉동탑차로 옮겨실었던 농산물은 배송팀장이 그 전날 여기서 한꺼번에 싣고 온 것이었다.

스마트폰을 켰다. 액정화면이 발광하는 순간 어디선가 나타난 초록빛의 형체가 내 주위를 빙빙 돌면서 나를 유혹했다. 빛이 차단된 학교식당 냉장고 속에 나타난 빛의 존재는 두렵고 무서웠다. 두려움을 떨쳐버리려고 하는데 자꾸만 얼마 전 냉동탑차 화물칸에 갇혔던 기억이 생생하게 떠올랐다. 이 순간도 그때처럼 잘 해결될 것이라는 막연한 기대를 하다가도 그러기 전에 내 몸이 저체온증으로 굳어버릴지 모른다는 두려움이 일었다. 녹색의 형체는 다시 파란빛을 내는 발광생물로 변했다. 나는 바닷속으로 점점 빠져들어 가는 듯했다. 깊은 바다에 사는 발광 포식자는 먹잇감을 통해 발광소를 얻는다고 한다. 포식자가 나를 잡아먹으려고 주위를 맴도는 느낌이 들었다.

　바다 아래로 내려갈수록 햇빛도 줄어들기 때문에 가장 먼저 빨간색이 흡수되고 이어 노란색 그다음 녹색 계열의 빛이 차례로 흡수되면서 나중에는 청색 계열만 남게 된다고 한다. 파란빛을 내는 발광생물이 내 눈앞에 나타난 순간 엄청난 물의 압력을 느꼈다. 온몸을 옥죄는 느낌, 내 몸을 통째로 쥐어짜는 느낌이었다. 정신을 잃으면 죽을지도 모른다는 생각에 몸을 계속 움직이며 생각에 꼬리를 물며 뭔가를 계속 떠올렸다. 그때 내 머리에 물이 떨어졌다. 냉장고 천장에 달라붙어 있던 습기가 물방울이 되어 떨어지는 것 같았다.

　갈증이 점점 심해져서 채소를 보관하는 선반으로 기어가 손을 더듬어 무를 찾아 씹어 먹었다. 처음 입을 벌려 무를 파먹을 때 입술이 갈라졌는지 비릿한 피 맛이 입안에 감돌았다. 무가 푸른빛으로 발광했다. 푸른빛을 내는 무를 씹어먹으면서 졸음과 밀고 당기는 싸움을 했다. 뒤로 밀리면 그대로 잠이 들 것 같았다. 무를 먹는 동안은 어두컴컴한 빨간색을 띠는 회색 반죽 같은 것이 나를 짓누르기 시작했고 냉기에 몸의 감각이 차츰 사라지는 것을 느낄 수 있었다. 사실 냉동이 아니라 냉장이므로 얼어 죽진 않을지도 모른다. 다만, 저체온증에 걸리면 정신을 잃을지도 몰랐다. 학교식당 조리실 아줌마들이 출근할 때까지 죽지 않고 버텨야겠다는 생각에 몸을 계속 움직이면서 냉장고 안쪽으로 다가갔다. 그쪽에 작은 문이 있었던 것 같았기 때문이었다. 더듬거리며 안쪽으로 들어갔다. 거의 끝까지 다다랐다고 여겨졌을 때 스마트폰을 꺼내서 불을 켰다. 스마트폰의 플래시 기능을 사용한 것이다. 순간 주위가 타오르듯이 밝아졌고 눈이 부셔 잠시 눈을 감고 있었다. 그곳엔 작은 문이 있었다. 냉장고 안의 냉장고 같기도 했고 냉장고 밖으로 나갈 수 있는 출구 같기도 했다. 스마트폰의 자동 잠금은 일분으로 설정되어 있었다. 다시 스마트폰을 켜서 작은 문을 살폈다. 잠금장치 아래 튀어나온 빨간 버튼이 보였다. 손에 쏙 들어오는 사랑스러운 버튼은 비상시 누르는 버튼 같았다. 나는 벽을 짚고 일어나서 빨간 버튼을 힘껏 눌렀다. 철컥 소리와 함께 냉장고 문이 한 뼘 정도 열렸다. 그 틈에 손을 넣어 문을 끌어당겼다. 경첩이 뻑뻑한지 문은 비명을 질러댔다. 틈이 더 벌어졌고 팔을 집어넣어 문을 열어 젖혔다. 따뜻한 공기가 나를 맞이할 것으로 기대됐는데 문이 열리는 순간 나를 가둔 거대한 냉장고가 부르르 떨리는 것 같았고 요란한 모터 소리가 났다. 그 안에선 냉기가 쏟아지고 있었다. 천장에서 쏟아지는 냉기가 눈보라처럼 하얗게 보였고 그 눈보라 사이로 꽝꽝 얼은 고깃덩어리가 보였다. 냉기는 딱딱하게 덩어리지면서 입을 크게 벌렸다. 천장에 달린 휘어진 고드름이 날카로운 이빨 같았다. 깊은 바다에 사는 포식자는 이빨이 입안으로 휘어졌는데, 떨어지는 먹잇감을 잘 받아먹게 진화한 것이라고 한다. 무서워서 냉장고 문을 얼른 닫으려고 했지만 잘 닫히지 않았다. 문을 발로 차고 어깨로 밀어붙이며 발악을 해도 한 뼘 정도의 틈을 더 좁힐 수 없었다. 그 틈으로 냉동실의 냉기가 빠져나와 냉장고 안의 온도가 계속 내려가는 것 같았다. 온도가 계속 떨어지면 음식재료들이 얼어버릴 것이다. 이 안에 있는 음식재료를 다시 채워놓으려면 비용이 얼마나 들까? 그간의 일당을 포기하고 도망치는 게 상책일 것이다.

출근시간까지 두 시간이나 남아 있었다. 조리실 아줌마가 출근해서 바로 냉장고 문을 열어보기를 기대하는 수밖에 없었다. 몸을 계속 움직여야겠다는 생각이 들었다. 선반 밑에 모아 놓은 커다란 포장비닐봉투를 찾아 옷처럼 껴입었다. 그러면 체온이 떨어지지 않고 유지될 것 같았다. 한 겹, 두 겹 포장비닐로 내 몸을 팽팽하게 감싸자 음식재료가 된 기분이었다. 스마트폰으로 포장육을 찍었다. 오늘 촬영한 사진들을 페이스북에 올리면 댓글이 많이 달릴 것이다. 사진을 계속 찍었다. 플래시가 터지는 순간만은 불빛이 참 따뜻했다. 여러 각도에서 포장육을 찍고 나니 배터리의 잔량 표시가 거의 바닥을 보이고 있었다. 스마트폰의 배터리가 넉넉하다면 두 시간은 너끈히 버틸 수 있을 것이라는 생각이 들었다. 조금 지나니 어지러웠고 조금 더 지나니 눈이 저절로 감겼다. 나 대신 기억하고 생각해주는 스마트폰을 가슴에 품고 냉장고 문 앞에 기대앉았다. 문을 열면 내가 바로 보이게끔 말이다. 그나저나 큰일이다. 어서 퇴근해서 목욕하고 그녀를 만나러 가야 하는데.

전태일 문학상에 삼 년째 응모했고, 드디어 올해 결실을 맺었다. 매년 고배를 마시면서도 포기하지 않았던 이유는 전태일문학상이 갖는 상징성 때문이었다. 전태일문학상은 이름만 들어도 그 이미지가 강렬하게 떠오르는 문학상이다. '아름다운 청년 전태일'이 불운한 시대에 나타난 변혁의 불씨였다면, 지금 이 시대에 전태일 문학상은 힘들게 일하면서 흘리는 땀의 의미를 소중하게 여길 줄 아는 문학상이 아닐까 한다. 더불어 한국 문단에서 올곧은 정신으로 자기 신념을 펼치는 선배 소설가들이 모두 전태일 문학상을 받았다는 것 또한 이 상에 욕심을 낸 이유였다.

좀처럼 고된 육체노동을 해보지 않았던 내게 식자재 배달 일은 엄청난 중노동이었다. 형님뻘 되는 선배들은 컴컴한 새벽부터 힘들게 배달을 하고 점심을 먹고 한잠 자고 난 후에 다시 오후 아르바이트를 하러 나갔다. 가족을 챙겨야 하는 가장이었기에 그들은 오후에도 쉴 수가 없었다. 그런 형님들 앞에서 힘들다는 말을 함부로 할 순 없었다. 그때의 힘들었던 경험이 당선이라는 보상으로 돌아왔으니 과연 인생에는 공짜가 없는 모양이다. 그저 감사할 따름이다.

요즘 젊은 소설의 경향에서 보자면 리얼리티는 장점이자 단점일 수 있다. 내가 느끼기에 요즘 젊은 단편소설은 일상의 작은 발견을 가지고 담백하게 보여주는 경향이 강한 것 같다. 삶의 어두운 면이나 핍진한 현실을 구질구질하게 그려내지 않는다. 진행 방식에서도 묘사가 장황하지 않고 편안하게 서술하는 방식을 취한다. 나는 그런 소설들이 내심 부럽다. 특히 깔끔하고 지적인 문맥을 가진 소설들에 이르러서는 질투를 숨기기 어려운 것도 사실이다. 그에 비하면 내 소설은 아직까지 경험에 빗대어 이야기를 만들어내는 수준이다. 경험한 것들을 바탕으로 하기에 현장감은 살아 있지만, 예술의 본질적인 측면에서 문학성을 고민하지 않을 수 없다. 다행히 수상의 영예를 안은 응모작의 경우는 현장감이 살아 있어서 점수를 더 받지 않았을까 짐작해본다. 어찌 되었건 삶의 리얼리티가 소설적 리얼리티로 승화될 수 있도록 힘쓰는 것이 내 소설적 과제라는 사실을 잊지 않으려 한다.

생활·기록문 부문 당선작

나도 청소노동자다

김 동 수

1987년에 태어나
광운대 로봇학부를 졸업했다.
현재는 노동자의 삶을
기록하고 있다.

나도 청소노동자다
- 광운대 청소노동자 체험기, 200일간의 기록

프롤로그: 학교는 인권침해의 공간이었다
- 내가 청소노동자를 기록하는 이유

"광운대, 노조 활동 방해 시도"

2013년 12월 〈경향신문〉 기사 제목이다. 내 눈을 의심케 하는 글자들의 조합이었다. 대학이 노조를 파괴하다니. 충격이었다. 광운대 청소노동자들의 현실이 세상에 밝혀진 지 5일째 되는 날이었다.

시나리오는 철저했다. 불법파업 대응 방안, 노조원 채증조 동원 등이 문건에 포함됐단다.[*] 이런 터무니없는 내용의 문건이 세상 밖으로 태연하게 드러난 것이다.

학교는 변명했다. 우리가 작성한 게 아니라고. 광운대 누리집에도 학교가 이 문건을 작성하지 않았다고 팝업창까지 띄웠다. 그 순간 노조파괴 문서는 누가 작성했는지도 모르는 유령문건이 됐다. 정말 누가 만들었을까. 이 사건은 시험기간과 맞물리면서 유야무야됐다.

이미 며칠 전, 청소노동자 60여 명이 총장실을 점거한 적이 있다. 훗날 확인한 사진 속의 농성장 복도는 싸늘했다. 빨간 조끼를 입은 청소노동자들의 표정은 심각했다. 그들 모두가 처음으로 농성이란

---

[*] 조형국 · 김여란, 「"광운대, 노조 활동 방해 시도"」, 『경향신문』, 2013. 12. 10.

걸 해봤단다. 학생들도 함께했다. 농성은 자정이 넘어서까지 진행됐다. 물론 나는 그 공간에 없었다.

이 사실은 다음날 신문에 보도됐다. 나는 이 기사를 읽고, 전날 저녁 마주친 청소노동자가 총장실을 점거했던 분은 아닐까 조심스레 생각해봤다. 뭔지 모를 짜증이 밀려왔다. 수업에 제대로 집중하기 어려웠다. 밖으로 나갔다. 학생들이 삼삼오오 떼를 지어 움직였다. 나는 그 무리에 자연스레 끼지 못했다. 외톨이였다. 홀로 정처 없이 걸어갔다. 온통 청소노동자 생각으로 가득했다. 그런데 저 멀리서 요란한 소리가 들려왔다. 대학본부 앞에서 청소노동자들이 기자회견 중이었다. 이미 시간이 꽤 지난 듯싶었다. 나는 그 광경을 먼발치에서 봤다.

"이사장 개인 집은 물론이고 이사장의 아들이 새로 이사한 아파트에 청소를 시킨 일도 있습니다. 더욱 경악스러운 것은 심지어 '청소를 개판으로 했다'며 다음날 다시 청소를 시켰습니다. 그 무더운 여름날 빗자루와 청소도구를 들고 수 킬로미터를 걸어 이사장님 댁 청소를 하러 가야 했던 노동자들의 심정은 과연 어떠했을지, 짐작이나 되시나요? 이렇게 청소를 하고 난 노동자들에게 회사는 1인당 1500원씩을 던져주며 '수고했으니 아이스크림이나 사먹으라'고 했습니다. 노동자들의 수난은 여름에만 있었던 것은 아닙니다. 가을이면 이사장의 본가에 가서 마당의 풀도 뽑고, 떨어진 은행과 도토리도 주워 깨끗이 닦아서 상납해야 했습니다. 추운 겨울이면 찬바람이 그대로 들이치는 지하 주차장의 바닥을 대걸레로 닦고, 언 손을 부비며 꽁꽁 얼어붙은 계단의 눈도 쓸어야 했습니다.

이렇게 온갖 일을 시키면서도 회사는 물품 하나 제대로 지급하지 않았습니다. 노동자들은 울며 겨자 먹기로 자기 돈으로 물품을 사서 쓰는 일이 흔했고, 어쩌다 눈치 없이 물품 지급을 요청하면 소장에게 찍혀 이리저리 자리를 옮겨 다니거나 해고 협박을 당해야 했습니다."

그때 읽어봤던 기자회견문 중 일부다. 도대체 학교에서 무슨 일이 벌어졌던 걸까. 용역업체 소장의 횡포는 심각했다. 나는 이제야 청소노동자들이 처한 현실을 알게 됐다. 광운대는 어느새 노동권 침해의 공간이 됐다. 대학구성원들의 무관심이 낳은 결과다.

청소노동자들이 처한 현실에 화가 났지만, 가까이 다가갈 용기는 생기지 않았다. 머리와 가슴이 따로 움직였다. 무엇보다 뭔지 모를 두려움이 엄습했다. 쉽게 발이 떨어지지 않았다. 한 발짝 내딛으려 할 때마다 온몸이 경직됐다. 다리 근육은 마비됐다. 심장만 요란하게 뛰었다. 왜 가까이 다가가지 못했을까. 죄스러웠다. 그날의 기억이 지금도 생생한 이유다.

얼마 안 돼서 기자회견이 끝났다. 청소노동자들이 망부석처럼 서 있던 내게 다가왔다. 고개를 푹 숙였다. 자괴감이었다. 청소노동자들은 아무렇지 않은 듯 내 옆을 지나간다. 나도 모르게 목소리가 툭 튀어나왔다. "힘내세요!" 내가 이 말을 했던가. 기억도 없다. 청소노동자들이 내 개미 같은 목소리를 들었던 걸까. "감사합니다."란 대답이 돌아왔다. 왈칵 눈물이 쏟아졌다. 멈출 줄 모르는 눈물을 손으로 얼른 닦아냈다. 찰나의 순간, 다시 나와 청소노동자들의 간격은 멀어졌다.

그 후에도 나는 청소노동자들을 봤다. 그 순간마다 부끄러움이 동반됐다. 이 때문에 일부러 청소노동자를 피해 다닌 적도 있다. 아예 현실을 회피할 마음이었다. 그런 행동들이 반복되니, 자책만 늘어났다. 그 무게는 내 어깨를 짓눌렀고, 알게 모르게 내 양심을 옥죄어갔다. 가슴은 점점 답답해졌다. 더욱더 신경질적으로 변해갔다. 항상 그런 내 모습에 후회했다. 그러나 딱 거기까지였다. 매번 그런 무의미한 행동들이 반복됐다. 그게 내 한계였다.

내가 왜 그랬을까. 그냥 불안했다. 제때 취업하지 못한 탓이다. 그 당시 나는 졸업유예까지 결심한 상태였다. 여기에 참여하면 취업이 되지 않을 것을 고민했다. 채증된 내 모습이 취업에 걸림돌이 될까 봐 두려웠던 것 같다. 그래도 소위 사회문제를 들먹이던 학생이었는데. 하지만 앞에 나갈 용기는 끝내 부족했다. 앞장서려 걸음을 옮길 때마다 온갖 잡생각이 많아졌다. 청소노동자들과의 연대가 혹여 나쁜 방향으로 흐르지 않을까, 끊임없이 걱정했다. 그렇게 핑계만 늘어났다. 그 결과 주저했다. 나는 생각만 있고 실천은 없는 '생각주의자'였다.

때마침 학교와 청소노동자들이 합의했단 기사를 봤다. 우선 안심했다. 하지만 그게 전부가 아니었다. 뒤늦게 들은 이야기지만, 학교는 합의만 해놓고 훗날 모르쇠로 일관해왔단다. 졸업식과 입학식 때 청소노동자들이 다시 전면에 나섰던 이유다. 그 자리에도 나는 없었다.

그사이 청소노동자의 농성 현수막은 다시 늘어났다. 민주화를 염원하던 시절의 대학 모습 같았다. 대학캠퍼스는 청소노동자들의 투쟁 언어로 가득했다. '안녕들 하십니까' 대자보가 사라진 그 자리에 비정규직 노동자들의 파업 현수막과 유인물이 뒤섞였다.

"원하청 책임회피, 투쟁으로 박살내자!"

"생활임금, 노동인권의 시작이다!"

새 학기 즈음 광운대 청소노동자들은 하루 동안 총파업을 했다. 우리의 인식에서 차츰 사라져가던 청소노동자들의 열악한 노동현실도 다시 수면 위로 떠오르기 시작했다. 현수막에 쓰여 있는 글귀가 노동자의 현실을 고스란히 전해왔다. 어찌 보면 현수막의 내용은 나에게 하는 이야기 같았다. 그 현장을 볼 때마다 숨이 턱 막혔다. 점점 불의에 순응하는 내 모습이 싫어졌다. 나는 도대체 그 순간 무엇을 했던 걸까. 그렇게 봄이 지나갔다.

몇 달 후, 청소노동자들은 우여곡절 끝에 다시 학교와 합의했다. 현수막은 깨끗하게 사라졌다. 청소노동자들의 승리처럼 느껴졌다. 다행이라 생각했다. 안도의 한숨을 내쉬었다. 하지만 지난 몇 달간 아무것도 안 한 내 자신에게 부끄러운 감정 또한 해일처럼 밀려왔다.

시간이 약일까. 바쁜 일상 탓인지 학교를 뒤흔들었던 지난 몇 달이 다시 내 관심에서 사라졌다. 청소노동자란 단어는 잊혀갔다. 끊임없이 되풀이되던 자책감 또한 점점 희미해졌다.

그렇게 6개월이 속절없이 지나갔다. 그런데 갑자기 지난해 내 자신을 부끄럽게 만들었던 청소노동자들의 모습이 다시 떠오르기 시작했다. 어느 청소노동자와 우연히 스친 이후부터다. 왜 그랬을까. 트라우마처럼 남겨졌던 지난 겨울의 충격이 다시 재발한 듯싶었다. 몇 달을 꾹꾹 눌러 담았던 마음의 짐이었기 때문일까.

그사이 공대생이던 나는 취업할 생각을 접어두고, 르포작가에 대한 꿈을 꾸기 시작했다. 취업 때문에 끊임없이 망설이던 내게 작은 변화가 일어난 것이다. 어쩌면 청소노동자들의 투쟁 기억이 나를 이 르포라는 세계로 끌어들인 것 같았다. 그래서일까. 내가 끝끝내 외면했던 청소노동자들은 지금 무엇을 하고 있을지, 궁금해졌다. 멀리서 청소노동자를 바라보기보다 내가 직접 그 현실과 삶을 기록하고 싶어졌다. 1년여 전 청소노동자의 투사적 모습과 현재 청소노동자의 일상적인 삶 사이에 무엇이 바뀌었을까.

그 물음의 답을 찾기 위해 청소노동자들이 쉬는 휴게실로 향했다. 학생들은 내 사이를 무심히 지나갔다. 휴게실로 한 걸음 옮길 때마다 그 당시의 기억이 드문드문 되살아났다. 그때처럼 오늘도 나는 외톨이였다. 그런데 청소노동자들이 오늘만큼은 숨바꼭질하듯 잘 보이지 않았다.

사실은 예전부터 휴게실 앞까지 몇 번을 찾아갔다. 하지만 문을 두드리는 것까지는 끝내 이어지지 못했다. 두 자아가 나를 시험한 결과다. 오늘은 그 순간들과 달라야 했다. 다시 허름한 휴게실 앞에 도착했다. 주변을 서성이며 긴 한숨을 내쉬었다. 떨리는 손을 부여잡고 '똑똑' 문을 두드렸다. "네, 들어오세요!" 다행히도 청소노동자가 있었다. 문을 조심스레 열었다. 문을 열고 바라본 청소노동자들의 낯이 많이 익었다. 파업 당시 봤던 얼굴이었다. 아니다. 내가 외면했던 그 당사자들이었다. 순간 입이 바싹 탔다. 그 당시 기억이 주마등처럼 흘러갔다. 숨이 턱턱 막혔다. 머리는 하얘졌다. 정적이 꽤 오랜 시간 지나갔다. 다시 정신을 차리고 목소리를 가다듬었다.

"어머님들, 안녕하세요. 로봇학부에 재학 중인 김동수입니다. 어머님들께 부탁드릴 게 있습니다. 그게 무엇인가 하면, 청소노동자의 모습을 가장 가까이서 기록하고 싶습니다. 지난해 우리 학교에서 벌어진 노동쟁의 이후부터 청소노동자에 대한 관심이 생겼기 때문이지요. 옆에서 어머님들의 삶을 직접 체험하고, 그 이야기들을 풀어낼 계획입니다. 어머님들과 함께 비정규적으로 청소를 해도 괜찮을까요?"

두 노동자는 서로를 마주보며 잠시 머뭇했다. 한 노동자가 입을 뗐다.

"괜찮기는 한데…."

내가 여기에 온 자초지종을 짧게나마 설명했다. 청소노동자들이 나를 경계하는 듯했다. 조금은 서운했다. 뭔가 꿍꿍이속이 있지 않을까, 의심하는 것 같았다. 오랫동안 누군가에게 끊임없이 속아온 듯이. 그 순간에도 나는 심장이 떨렸다. 무슨 이야기를 했는지 생각도 안 난다. 횡설수설한 듯싶었다. 마침내 장황한 이야기를 마쳤다. 우여곡절 끝에 허락을 받아냈다. 문을 조심스레 닫고 재빨리 나왔다. 불안이 또다시 내 마음을 활활 지폈다. 첫 발걸음은 내딛었지만, 정작 무엇을 해야 할지 다시 머리는 혼란스러워졌다. 괜한 걸 시작한 건 아닐까.

2015년 3월 2일, 첫 번째 체험: 만만하게 봤던 청소…
그건 내 편견이었다
- 청소노동자 체험을 시작하다

"근로자"란 직업의 종류와 관계없이 임금을 목적으로 사업이나 사업장에 근로를 제공하는 자를 말한다. - 근로기준법 제2조 제1항 제1호

다시 생각해 보니 무조건 청소 체험만 하는 게 능사는 아니었다. 주변에서 바라본 청소노동자의 모습이 전부였지, 그 삶의 이면에 대해서는 아는 게 별로 없었기 때문이다. 청소노동자들과 친해지는 것이 급선무였다.

그 때문에 청소노동자에게 거의 매일 찾아갔다. 물론 청소노동자의 마음을 여는 건 쉽지 않았다. 내 생각이지만, 청소노동자들은 이런 내 모습이 성가셨을 것이다. 만나면 나눌 대화도 별로 없었는데. 사실은 내가 말주변이 없다. 그럼에도 끊임없이 얼굴을 내비쳤다. 이야기할 주제가 떨어지면 청소노동자들에게 고민 상담도 했다. 고민을 털어놓다 보니, 청소노동자와의 대화 도중 발생하는 침묵의 간격도 줄어들기 시작했다. 처음에는 내게 존대하던 노동자들도 점점 아들처럼 대하는 것이 느껴졌다. 솔직히 기분이 좋았다. 조금은 가까워졌단 증거니까.

그렇게 순식간에 두 달이 지나갔다. 드디어 청소 전날이다. 시간이 속절없이 흘러버렸다. 나도 모르는 두려움이 밀려왔다. 무조건 새벽 4시 전까지 일어나야 한다는 중압감 때문일까. 1시간에 한 번씩은 의무적으로 깨어났다.

"띠디디디디 띠디디디디 띠디디디디"

"아, 시끄러워!" 소리를 더듬어 스마트폰을 찾았다. 이놈의 스마트폰은 어디에 있는지. 자기 전까지만 해도 분명히 옆에 놔뒀는데.

도대체 어디로 간 걸까. 스마트폰 알람은 계속해서 제멋대로 울려댔다. 침대 주변을 뒤척이다 결국 알람을 끄는 데 성공했다. 귀가 찢어질 듯, 알람 소리로 가득했던 방 안은 순간 고요해졌다. 지금은 새벽 3시 반이다.

새벽 댓바람부터 벌어진 '생쇼'였다. 알람과의 전쟁에도 여전히 비몽사몽이다. 일찍 잤음에도 어깨를 짓누르듯 피곤하다. 그런데 다시 시계를 보니, 시침은 4시를 가리켰다. 순식간에 30분이 훌쩍 지나간 것이다. 알람을 끄고 나도 모르게 잠든 결과다. 5시까지 일터로 출근하려면 이제는 서둘러야 한다. 첫 체험부터 지각하게 생겼다. 나는 허겁지겁 출근 준비를 시작했다.

촉박한 시간 탓에 머리도 제대로 말리지 못하고, 부랴부랴 일터로 향했다. 새벽 4시 반 즈음의 새벽 공기는 차가웠다. 간간히 눈에 띄는 네온사인은 내가 가는 길을 조심스레 인도한다. 저 멀리에서 홀로 폐지를 줍는 할배가 어렴풋이 내 눈에 들어왔다. 그 반대편 길가에 홀로 서 있는 신호등은 황색 불빛을 쉼 없이 깜빡이는 중이다. 마침 환한 조명 아래 첫 손님을 싣고 달리는 261번 버스가 내 옆을 지나간다.

추운 날씨에도 땀을 뻘뻘 흘리며 뛰어서일까. 가까스로 지각은 면했다. 하지만 오늘 내 선배가 되어 줄 사수는 이미 근무 준비까지 모두 마친 상태였다. 직장에 비유하면, 막내가 태평하게 꼴찌로 출근한 것이다. 선배가 막 도착한 내게 다가왔다. 혼날 줄 알았지만, 인자한 미소로 말을 건넸다.

"학생, 왔어요? 얼른 옷 갈아입고 일 시작합시다."

내가 일할 곳은 광운대 중앙도서관이다. 내 인생에서 첫 청소노동이다. 더군다나 '금남'의 노동현장을 직접 체험하게 됐다. 그도 그럴 것이 나는 이곳을 청소하는 노동자 중 유일한 남자였다.

새벽 5시의 도서관은 고요했다. 때마침 청소도구 부딪히는 소리가 정적을 깼다. 사수가 청소도구를 꺼내기 시작했기 때문이다.

내 사수는 청소 경력 2년 차에 '빛나는' 구순자 씨다. 구 사수에게 '빛나는'이란 수식을 붙인 이유는 다른 곳에서의 청소노동까지 합치면 상당한 경력을 지닌 청소전문가이기 때문이다. 오늘 내 청소구역은 그녀가 매일 쓸고 닦던 1층 로비 전부다. 이제부터 나는 새끼 새가 어미 새를 뒤쫓듯 사수를 졸졸 따라다닐 것이다.

청소비품을 모아둔 창고 앞에 있던 구 사수는 고무장갑과 면장갑을 내게 건네줬다. 문득 들은 생각이지만, 면장갑을 착용하는 게 조금은 의아했다.

"고무장갑만 끼고 청소하면, 안에 땀이 차요. 그걸 막으려고 면장갑을 끼는 거예요."

면장갑과 고무장갑을 차례대로 끼니, 이제야 비로소 청소노동자가 된 것 같았다. 사실은 예전부터 청소노동자였던 듯 청소를 만만하게 봤다. 군대에서도 이병 때 '빡세게' 청소해 봤는데, 금방 끝나겠

청소노동자 구순자 씨는 매일 새벽마다 화장실 세면대와 소변기, 대변기 등을 차례로 비누칠하며 오물을 닦아낸다. 구순자 씨와 내가 화장실을 청소하는 모습이다. ⓒ 이영탁

지. 하지만 이런 마음가짐은 청소를 시작한 지 얼마 안 돼서 산산조각 났다. 막상 해 보니 내가 생각했던 청소와는 느낌이 많이 달랐기 때문이다. 모든 청소가 다 같은 건 아니었다.

청소의 시작은 화장실이었다. 구 사수가 화장실 청소를 하는 동안, 나는 화장실에 있는 쓰레기통을 비웠다. 그사이 구 사수는 세면대부터 소변기, 대변기, 바닥까지 차례로 비누칠하며 오물을 닦아냈다. 온갖 쓰레기 때가 묻은 쓰레기통도 수세미로 문질렀다. 깨끗하게 '샤워'를 마친 쓰레기통은 새 것인 듯 광이 났다. 세면대와 바닥 등의 물기 제거는 내 몫이었다.

사실은 로비가 도서관 청소의 진짜였다. 전체 청소의 80% 이상을 차지하기 때문이다. 화장실 청소는 몸풀기에 불과했다. 우선 카페 KUPIS(학생 휴게공간)에 있는 책상들을 손걸레로 닦아냈다. 동시에 책상 위에 있는 컴퓨터와 키보드 등도 함께 정리했다. 그다음에는 학생 휴게공간부터 신문열람대의 순서로 1층 로비에 떨어진 먼지나 쓰레기를 기름걸레(바닥의 먼지를 닦는 청소도구)로 한꺼번에 모았다.

기름걸레질을 마친 후, 대걸레로 바닥을 문지르기 시작했다. 대걸레는 군 제대 이후 처음 들어본다. 손에 익지 않은 만큼, 대걸레질도 만만치 않았다. 대걸레질을 할 때마다 '마법의 액체'를 사용했다. 이 액체는 뜨거운 물과 하이타이, 퐁퐁 등을 각각 일정 정도의 황금 비율로 섞은 것이다. 눈대중으로 혼합하는 이 액체의 제조비법은 광운대 청소노동자들만 공유하는 특급비밀이다. 이 액체만 사용하면 도서관을 비롯해 어느 곳이든 순식간에 깨끗해진다. 이른바 청소 만능 도구다.

청소를 하고 있는데, 나도 모르게 하품이 나왔다. 그런 내 모습을 본 구 사수는 잠깐 쉬는 게 어떻겠냐고 조심스레 물어본다. "학생, 잠깐 쉬고 해요." 구 사수는 자판기에서 율무차를 뽑아줬다. 율무차를 마시며 수다 타임을 가졌다. 이 자리에는 사수의 1층 청소 동료이

청소노동자들이 영화상영실을 청소하고 있다. ⓒ 이영탁

자 또 다른 내 사수인 임효선 씨도 함께했다. 대화 주제는 금남의 영역에서 나오기 힘들지만, 또한 가능한 군대 얘기였다.

"우리 조카가 나이도 많은데, 아직 군대를 안 갔어요. 빨리 가면 좋은데. 뭘 그렇게 꾸물거리는지. 자기보다 어린 동생은 벌써 제대까지 했는데, 어쩌면 좋아."

순식간에 휴식시간이 지나갔다. 나는 곧장 도서관 로비의 출입문을 닦기 시작했다. 그사이 구 사수는 임 사수와 함께 영화상영실을 청소했다. 유리문을 닦는 것은 의외로 고됐다. 유리문은 깨끗해졌지만, 반대로 내 팔의 힘은 떨어졌다. 팔에서 경련이 일어났다. 이렇게 열심히 일한 덕택인지 유리문에 마구잡이로 묻어 있던 지문들이 차차 사라졌다. 유리 하나를 닦는 데도 시간이 꽤 걸렸다. 로비 출입문은 도서관의 얼굴이란 생각에 더 열심히 청소했다.

이제 와서 보니, 청소도 '장인의 손길'이 필요했다. 도서관 청소를 하면서 느낀 거지만, 하나같이 청소순서를 잘 지켜야 청소가 가능하다는 것을 곧 깨닫게 됐다. '최소의 시간으로 최대의 공간'을 청결하게 청소해야 하기 때문이다. 그 순서를 무시하는 순간 청소시간이 더 늘어나고, 힘도 더 든다.

헤드폰을 끼고 음악을 듣는, 무표정한 학생이 도서관 정문을 힘차게 연다. 도서관을 찾은 첫 학생이다. 한 손에는 9급 공무원 수험서를 들고 있다. 그 학생과 눈이 마주치자, 나도 모르게 부끄러워졌다. 순간 시선을 다른 곳으로 돌렸다. 왜 그런 행동이 나왔을까. 오늘만큼은 당당한 노동자라고 생각했는데. 여전히 청소노동자를 바라보는 세상의 편견에서 자유롭지 못한 듯했다. 다시 몰래 뒤돌아보니, 그 학생은 내가 도서관 청소를 하는 게 의문이라는 듯 고개를 갸우뚱했다.

새벽 5시부터 시작된 청소는 오전 8시께 끝났다. 3시간 동안 거의 쉬지 않고 일했다. 원래는 새벽 5시가 아니라 오전 6시까지 출근이다. 그런데도 청소노동자들이 새벽에 출근하는 이유는 간단하다. 1교시(오전 9시) 수업 전까지 청소를 다 끝내야 하기 때문이다.

청소가 끝나니 밥 먹으라고 재촉하듯 허기가 졌다. '꼬르륵 꼬르륵' 장이 요동쳤다. 청소노동자들도 때마침 각 층에서 청소를 마치고 한 명씩 휴게실로 돌아왔다. 나는 천장이 낮은 것도 모르고 휴게실에 무심코 들어가다 머리를 찧을 뻔했다. 계단 밑에 소박하게 자리 잡은 휴게실은 청소노동자 6명과 내가 앉자 꽉 찼다. 건물의 가장 어둡고 불편한 곳이 청소노동자들의 휴게공간으로 사용되고 있던 것이다. 이곳이 휴게실인지 제대로 아는 학생들은 손에 꼽을 정도다.

모두 모인 청소노동자들은 휴게실에서 각자 챙겨온 도시락을 함께 나눠 먹었다. 구 사수는 내가 혹시나 굶을까 봐 내 도시락도 싸왔다. 이 순간만큼은 엄마와 아들의 관계나 다름없었다. 볶음김치부터 고등어조림까지 진수성찬이었다. 밥도 꿀맛이었다.

그런데 불과 얼마 전까지만 해도 청소노동자들은 아침과 점심을 먹기 위해 학교 밖에 있는 '회사식당'을 이용했다. 이 식당은 회사가 살림집을 개조한 얼치기 공간인데, 80여 명의 청소노동자들이 한꺼번에 식사하기에는 턱없이 비좁았다. 그 때문에 청소노동자들이 교대로 밥을 먹는 게 일반적이었다. 그러다 보니, 교대시간을 맞추려고 허겁지겁 식사를 하는 노동자들이 속출했다. 그런데 그렇게 제공받는 식단도 경악할 정도로 열악했다. 밥과 국뿐이었다. 식사의 질과 양 모두 최악이었던 것이다. 그곳까지 가는 데 거리도 꽤 멀었다. 상황이 이러니, 도시락을 직접 싸 오는 게 청소노동자들 입장에서 가장 나은 선택이 됐다.

라디오에서 흘러나오는 노랫소리가 좁은 휴게실을 은은하게 채워줬다. 나는 믹스커피 한 잔을 마시며 청소 후유증을 달랬다. 잠시 화장실을 가려고 휴게실을 나와 보니, 도서관 직원들이 하나둘 눈에 띄기 시작했다. 경비노동자는 밖에 나와 출근하는 직원들과 인사한다. 학생들도 도서관을 출입한다. 1층 안내데스크에서 도서반납 업무를 담당하는 사서와 근로장학생들은 근무 준비를 하고 있다. 도서관은 매일 그래왔던 것처럼 가장 청결한 상태에서 학생과 직원들을 맞이했다. 마침 오늘은 새 학기 첫날이다.

나는 어느새 청소에 익숙한 몸이 됐다. 노동 후유증에서 아직 벗

청소도 '장인의 손길'이 필요하다. 청소노동자 임효선 씨가 중앙도서관 로비 바닥을 청소하고 있다. ⓒ 이영탁

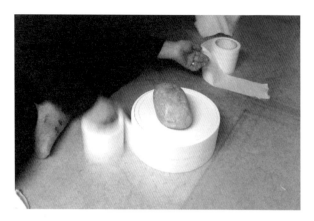

광운대 청소노동자들은 '맷돌 갈기'를 한다. '맷돌 갈기'는 조금 남은 휴지를 다른 휴지에 맷돌 돌리듯이 마는 것을 일컫는 용어인데, 청소노동자들이 붙인 별칭이다.

어나지는 못했지만, 새벽에 다 끝내지 못했던 유리문과 창 닦기를 재개했다. 그사이 학생들은 밀물과 썰물이 교차하듯 도서관을 들어가고 나가는 것을 반복했다.

점심시간 후에도 무엇에 홀린 듯 학생들이 자주 드나드는 곳을 청소했다. 바닥에 떨어진 쓰레기를 주웠고, 음수대 주변의 물기를 닦았으며, 꽉 찬 쓰레기통을 비웠다.

휴게실에 다시 들어오니, 구 사수는 '맷돌 갈기'를 진행했다. '맷돌 갈기'란 조금 남은 휴지를 다른 휴지에 맷돌 돌리듯이 마는 것을 일컫는 용어인데, 사수가 붙인 별칭이다. 남은 휴지를 곧바로 버리지 않고 알차게 재활용하는 센스가 돋보였다. 청소노동자들의 지혜가 담긴 또 다른 특급비법이었다. '맷돌 갈기'를 하는 도중에도, 휴게실은 '쿵쾅쿵쾅' 울려댔다.

오후 3시가 됐다. 드디어 퇴근시간이다. 화장실부터 로비까지 더러운 데가 있는지 꼼꼼히 살펴보고 휴게실로 들어온 구 사수와 임 사수는 근무복을 갈아입기 시작했다. 곧이어 우리는 휴게실 밖으로 나왔다. 노동자에서 다시 누군가의 아내이자 엄마로 되돌아가는 순간이었다.

"학생, 오늘 수고했어요. 조심히 들어가요."

두 사수와 헤어지고 집에 가는 발걸음이 무거웠다. 하루 청소했다고 내 모습은 꾀죄죄했다. 하루 만에 엄청 늙은 것 같았다. 집에 오니, 온몸이 쑤셔댔다. 꽤나 오랫동안 청소 후유증에 시달렸다. 다음 청소하기가 두려워졌다.

이런 고된 노동을 체험하고 나니, 문득 질문 하나가 떠올랐다. 새벽부터 오후까지 전문적으로 자신의 일을 해나가는 청소노동자들은 과연 사용자로부터 정당한 노동의 대가를 받고 청소하는 걸까. 아마도 청소노동자와 하루하루 함께하는 빗자루만큼은 이 물음에 대한 정답을 알고 있을 것이다.

2015년 3월 25일, 두 번째 체험: 여기는 지금, '파업 전야'다 – 민주노총 광운대분회 조합원 총회가 개회되다

노동조합의 대표자는 그 노동조합 또는 조합원을 위하여 사용자나 사용자 단체와 교섭하고 단체협약을 체결할 권한을 가진다. – 노동조합 및 노동관계 조정법(노동조합법) 제29조 제1항

중앙도서관은 물론이고, 다른 건물을 청소한 지도 꽤 됐다. 이제는 청소가 익숙해졌다. 나는 점점 청소노동자화 되어간다. 무엇보다 생활패턴이 바뀌었다. 일찍 자고, 일찍 일어나는 습관이 몸에 배기 시작했다. 오늘도 아침 일찍 출근해서 청소를 했다. 그러다 우연히 민주노조의 존재를 알게 됐다. 1년여 전, 내가 멀리서 바라봤던 기자회견의 주인공들이 가입한 노조다. 갑자기 그 노조가 궁금해졌다.

나와 친분이 있는 청소노동자 대부분이 이 민주노조 소속이었다. 지난번 중앙도서관 청소 때 내 사수였던 구순자 사수와 임효선 사수도 민주노조 조합원이었다. 특히나 임 사수는 노조 간부인 사무장이었다. 청소 체험 이후, 그동안 노조에 가졌던 여러 궁금증들을 임 사수에게 자주 물어봤다. 1년여 전의 상황도 듣게 됐다. 이런 이야기를 시시콜콜하게 주고받는 건 서로가 많이 친해졌단 방증이 아닐까. 노조 소식과 청소노동자들의 일상을 알아가던 어느 날이다.

"10%도 못 채울 걸. 작년에도 그랬으니까."

학생총회를 앞두고, 어느 광운대생이 친구에게 건넨 자조 섞인 표현이다. 그도 그럴 것이 그 학생이 이야기하는 중에도 총회 장소를 그냥 지나가는 학생들이 상당수였다. 그 학생의 우려는 현실화되는 듯했다.

광운대 학생총회는 매년 개회됐다. 하지만 최근에는 2013년을 제외하고 회의가 계속 무산돼왔다. 학칙상 학생총회는 재학인원의 10% 이상이 참석해야 회의에 효력이 발생한다. 그동안의 학생총회가 이 정족수를 제대로 채우지 못한 것이다.

오후 6시. 학생총회 개회시간이다. 새파란 신입생부터 고학번 조상님까지, 학생총회 장소는 학생들로 붐비기 시작했다. 총회 입장을 기다리는 학생들의 '인간 띠'가 순식간에 형성됐다. 그러나 그 사이로 여전히 자기 갈 길을 가는 학생들도 있었다. 학생총회 성사 여부는 아직도 미지수다.

학생총회 시작 4시간여 전, 또 다른 총회가 광운대 안에서 벌어졌다. 바로 전국민주노동조합총연맹 공공운수노동조합 서울경인지역 공공서비스지부 광운대분회(민주노총 공공운수노조 서경지부 광운대분회) 조합원 총회다. 민주노총이 그 민주노조다.

이 총회는 학생총회에 비해 주목도가 떨어진다. 일부러 의도한 건 아니지만, 또한 굳이 드러낼 필요가 없던 것도 사실이다. 조합원들은 총회를 홍보하지 않아도 자발적으로 모일 테니까. 광운대 청소노동자들은 이미 노조 결성 이후 바뀐 자신들의 모습을 생생하게 기억한다. 그 때문에 총회의 중요성도 잘 안다. 이번 총회는 노동조합 및 노동관계조정법(노동조합법)에 의해 소집됐다.

총회 장소 안에는 김준환 서경지부 조직부장과 최다혜 조직차장, 최수연 광운대분회장 등이 이미 도착해 있었다. 김 부장과 최 차장은 민주노총 상근자로서 광운대분회가 만들어질 때부터 함께해왔다. 그래서일까. 조합원들은 이 두 사람을 믿고 따른다. 두 사람 또한 조합원들을 엄마처럼 생각한다.

청소노동자 겸 조합원들이 하나둘 총회 장소로 모이기 시작했다. 임 사무장은 총회에 오는 조합원들에게 비타민 음료와 조합원 총회 관련 문서를 건네줬다. 조합원들은 서로 얼굴을 보자마자 반갑게 인사한다. 학창시절 친한 친구끼리 짝꿍을 하듯, 서로가 옆자리에 딱 달라붙어 앉아 있는 조합원들이 있었다.

"오랜만에 보는 동료들이 반갑지요. 청소구역이 바뀌기 전까지 같이 근무했으니, 옛 친구 같아요. 청소 일도 바쁘고, 청소구역도 멀어서 이런 시간 아니면 보기 힘들어요. 그래서 웬만하면 같이 앉으려고 하죠."

그런데 중간 자리에 유독 튀는 조합원이 보였다. 수많은 여성 조합원들 사이에 앉아 있는 2명의 남성 조합원이다. 그야말로 청'이'점이었다. 여성 청소노동자들이 건물 내부를 청소한다면, 이 남성 청소노동자들은 건물 내·외부를 돌며 쓰레기를 수거하는 것이 주 업무다. 밖에서 비질도 한다. 대학 청소노동자라 하면 무조건 여성일 거란 편견은 이제 접어둬야 한다.

총회는 오후 1시 30분 즈음 시작됐다. 나는 비조합원이지만, 명예 청소노동자 자격으로 조합원 총회에 참석했다. 보조 청소노동자로 일한 경력이 있기 때문이다. 조합원 총회는 생애 처음 경험해본다. 설렘 반, 걱정 반이었다.

김 부장이 연단 위에 섰다. 김 부장은 분위기를 풀려는 듯, 조합원들에게 한마디 건넸다.

"그동안 계속 중앙도서관 계단강의실에서 총회를 해왔는데, 오늘은 국제회의실에서 하네요. 뭔가 기분이 새롭습니다. 회의실이 넓어서 마음에도 꼭 들고요. 여하튼 분위기도 참 좋네요. 여러분도 회의할 마음이 팍팍 생기시죠?"

이어서 지금까지의 단체교섭 상황을 조합원들에게 설명했다. 조합원들의 표정도 사뭇 진지해졌다. 교섭 상황이 좋지 않다는 걸 알고 있기 때문이다. 현재까지 광운대분회는 공공운수노조 규약에 따라 '서경지부 임금·단체협약'과 '광운대분회 보충협약'을 함께 진행하고 있다. 김 부장은 사용자 측과 노조 측이 첨예하게 대립 중인 임금협약 등의 주요 교섭사항을 족집게 강의하듯 찍어서 조합원들에게 알려줬다.

"서경지부 집단교섭 사상 최저 인상률을 요구하고 있음에도, 사측은 계속해서 거부하고 있습니다. 처음에는 동결을 주장하다가, 이제는 200원 인상을 고수하고 있습니다. 사측이 주장하는 6400원은 정부가 권고한 2015년 시중노임단가 8019원에 비하면 턱없이 부족합니다. 노동자들에게 최소한 인간답게 살 권리는 보장해줘야 하지 않을까요?"

김 부장의 말을 들어보니, 최저임금위원회의 최저임금 결정과 묘하게 닮은 듯했다. 이를테면 위원회에 참석한 사용자위원이 처음에는 최저임금 동결을 주장하다가, 그 이후부터 제시 금액을 찔끔 올리는 모습이 그렇지 않은가.

김 부장이 조합원 복지기금에 대해 이야기하던 순간이었다. 때마침 어디선가 번쩍 들린 손이 보였다. 곧 한 조합원이 일어나서 질문

최다혜 민주노총 서경지부 조직차장이 광운대분회 조합원들에게 노동 관련 강의를 하고 있다.

하기 시작했다. 질문의 요지는 조합원 복지기금이 어떻게 사용되는 지에 대한 궁금증이었다.

김 부장은 이 질문에 자세하게 답변했다. 이 부분에서 설명시간이 꽤 길어졌다. 김 부장은 조합원들이 이해할 때까지 설명했다. 김 부장의 설명을 들은 조합원이 연신 고개를 끄덕이는 것을 보니, 자신의 의문을 해소한 듯싶었다. 총회가 끝나고 들은 얘기인데, 이런 질문은 매번 총회 때마다 나온단다.

다음으로 최 차장이 연단에 올라갔다. 최 차장은 조합원들이 오는 4월 24일 민주노총 총파업에 참여해야 하는 이유에 대해 말해줬다. 칠판에 분필로 무언가를 써가면서 설명을 쉽게 풀어나갔다. 김 부장도 한마디 곁들였다.

"한 사람이 사용자에게 뭔가 잘못된 것을 바꿔달라고 하면, 그 사람은 곧바로 해고됩니다. 하지만 다섯 명이 모여서 함께 가면, 사용자는 무엇이 잘못됐는지 확인이라도 해봅니다. 그것이 단결의 힘이지요."

단결이 결국에는 노동자의 권리를 향상하는 데 꼭 필요하다는 이야기다. 최 차장은 현재 정부가 추진 중인 '비정규직 종합대책'에 대한 설명을 이어갔다. 요즘 비정규직 문제가 화두이기 때문이다. 이를테면 비정규직 기간제한을 본인이 원하면(35세 이상) 2년에서 4년으로 늘리는 것은 물론이고, 현재 32개로 제한한 파견허용 업종을 55세 이상 고령 노동자에 대해서는 모든 업종으로 허용하겠다는 부분이다. 청소노동자 모두가 비정규직이란 점에서 이 문제는 그냥 넘어가기 힘들어 보였다.

"고용노동부의 '비정규직 종합대책'은 비정규직 노동자에게 상당히 불리합니다. 비정규직 노동자의 고용불안과 저임금 문제를 더욱 극심하게 만드는 정책이에요. 조합원 여러분들, 드라마 〈미생〉에 나온 장그래 아시죠? 장그래도 여러분과 같은 비정규직입니다. 그런데 요즘 고용노동부가 이 대책을 '장그래법'이라 홍보하고 있습니다. 이상하지 않습니까. 사실상 '장그래 양산법'이나 다름없는 정책을 말이죠."

"맞아. 맞아. 우리한테 불리한 대책이네."

조합원 중 일부가 최 차장의 설명에 맞장구친다.

그다음으로 쟁의행위 찬반투표가 이어졌다. 서경지부의 임금 및 단체협약 교섭이 최종 결렬됐기 때문이다. 하지만 노동쟁의 조정회의는 아직 진행 중이다. 조합원들은 차례차례 줄을 서서 투표를 기다렸다. 자신이 투표할 차례가 오자 조합원들은 각자 자신의 소중한 한 표를 행사했다. 그중 한 조합원이 내게 다가와 쟁의행위의 정당성을 설명해줬다.

"노동자의 권리가 침해받는데, 당연히 우리의 단결된 힘을 보여줘야죠."

그는 쟁의행위에 찬성표를 찍었을까. 갑자기 다른 조합원들의 투표 결과도 궁금해졌다. 이번 쟁의행위 찬반투표에서 찬성표는 얼마나 나올까. 현재 진행 중인 쟁의조정 과정에서 노사 간의 합의가 결렬되면, 서경지부 참가 분회인 광운대분회는 이제 이 투표 결과에 따라 쟁의행위의 여부를 가릴 것이다. 찬성표가 많을 경우 쟁의행위가 시작될 듯싶다. 일부 국민들은 쟁의행위를 불온시하고 불법화하지만, 정당한 쟁의행위는 노동조합법의 합법적인 절차를 거쳐서 진행되는 노동자의 주요한 투쟁 방식이다.

"아직도 우리는 열악한 노동환경에서 지내고 있습니다. 우리의 갈 길은 멀고도 멉니다. 우리도 정말 인간답게 살아야 하지 않겠습니까. 우리는 단결해야 합니다. 여러분, 자신의 권리는 자신만이 지킬 수 있습니다. 함께 갑시다."

최 분회장의 총회 마무리 발언이다. 우레와 같은 박수소리가 터져 나왔다. 총회는 그렇게 친교의 공간이자, 학습의 공간이고, 토론의 공간이며, 단결의 공간이었다.

조합원 총회가 끝나고, 몇 시간 후에 진행된 학생총회는 가까스로 정족수를 채웠다. 그 학생의 부정적인 예상은 빗나갔다. 학생총회가 성사되자 학생들의 요구 안건은 회의장에서 논의됐다. 총학생회는 이 요구안을 갖고 학교 측과 협상할 것이다. 학교 측도 최소한 이 요구안의 타당성을 검토하고, 이행할지 여부를 판가름할 것이다.

하지만 광운대는 대학의 또 다른 구성원인 청소노동자의 요구에 묵묵부답이다. 그사이 광운대 청소노동자들의 노동권은 후퇴되고 있다. 학생총회에 참석했던 학생들은 청소노동자들의 이런 사정을 알고 있을까. 단체교섭 상황은 여전히 지지부진하다. 광운대 안에 파업의 기운이 서서히 감지되고 있다. 광운대는 지금 '파업 전야'다.

2015년 4월 22일, 세 번째 체험: 학생들이 공부하는 강의실, 누가 매일 청소할까
– 청소노동자 변선영 씨가 전해주는 노동인권 이야기

근로자는 근로조건의 향상을 위하여 자주적인 단결권·단체교섭권 및 단체행동권을 가진다. – 헌법 제33조 제1항

다행히도 광운대분회는 서경지부에서 첫 번째로 단체·임금협약에 잠정 합의를 이뤄냈다. 그 결과 '파업 전야'는 잠정 해제됐다. 그렇게 파업의 기운은 사그라졌지만, 청소노동자들은 넘쳐나는 쓰레기로 분주하다. 오늘은 시험기간 셋째 날이다.

지금은 새벽 5시다. 나는 또다시 청소노동자가 됐다. 내가 청소할 구역은 자연과학대학 건물인 옥의관 2층이다. 이곳은 청소할 강의실도 유독 많고, 쓰레기 배출량도 상당하다. 원래라면 단체협약상 새벽 6시까지 출근해도 된다. 하지만 그 시간에 출근하면 첫 수업시간인 9시까지 새벽청소를 다 끝내기 어려워진다.

내 사수인 변선영 씨와 함께 청소를 시작했다. 강의실에 들어갔다. 하루 쓰레기 양에 비례해 강의실마다 쓰레기통의 크기도 가지각색이었다. 쓰레기통이 큰 곳은 그 공간이 더럽다는 반증이다. 205호 강의실이 그중 하나다. 그곳에 가니, 각종 쓰레기들은 이미 쓰레기통을 탈출한 지 오래였다. 곧바로 분리수거를 시작했다. 꽤 많은 쓰레기를 분리수거하다 보니, 어느새 이마에서 굵은 땀방울이 흘러내렸다. 그러나 쓰레기 분리수거는 옥의관 새벽청소의 가벼운 통과의례에 불과했다.

본격적으로 강의실 청소에 들어갔다. 사수와 나는 강의실마다 칠판을 기준으로 각각 왼쪽과 오른쪽을 담당했다. 책상 위와 서랍 속 쓰레기를 치우는 것이 청소의 정식 시작이었다. 허리를 숙이며 서랍

청소노동자 변선영 씨가 강의실에서 대걸레질을 하고 있다.

안을 확인하니, 자연스레 허리운동이 됐다. 그러나 결코 다시 하고 싶은 운동은 아니었다. 반복하다 보면, 허리가 지끈거리기 때문이다. 서랍을 무한히 바라봤다. 그 안에 씹다 버린 껌이 석순처럼 붙어 있었다. 전공서적이나 강의노트도 있었지만, 혹시나 학생들이 다시 찾으러 올까 봐 그냥 놔뒀다.

그다음으로 비질을 했다. 책상 위부터 쓸어내렸다. 시험기간이라 지우개 가루가 많기 때문이다. 책상과 책상 사이의 좁은 통로를 허리 숙여 비질하다 보니, 이 노동도 만만치 않았다. 누가 음료수를 쏟아놓고 그냥 갔는지, 204호 강의실 중간 부분의 왼쪽 바닥이 끈적거렸다. 그곳은 우선 자리만 표시해두고 지나갔다.

다시 203호 강의실로 돌아가서 칠판을 닦았다. 유일하게 허리를 펴고 청소하는 시간이다. 하얗게 빨갛게 노랗게 분필자국으로 물들었던 칠판은 시원하게 자신의 색을 되찾았다. 칠판 위에 있는 분필은 분필함에 놓았고, 분필지우개는 밖에 나가서 털어왔다.

마지막으로 대걸레질을 시작했다. 음료수가 쏟아진 곳부터 애벌

빨래하듯, '애벌물걸레질'을 했다. '애벌물걸레질'을 마친 후에는 곧바로 강의실 4곳의 바닥을 대걸레로 박박 문질렀다.

이렇게 강의실 청소를 완료하는 데만 2시간 반 정도가 걸렸다. 새벽청소의 절반 이상을 차지한다. 강의실을 청소하는 데 공학용어로 말하면 사수만의 청소 메커니즘이 작동했다. 나는 그 메커니즘대로 청소했다. 청소 하나에도 노하우가 깃들어 있는 것이다. 옥의관 청소만 3년 차에 접어든 사수는 자신만의 '청소공학'을 알게 모르게 만들어가는 중이었다.

사수가 여자 화장실을 청소하는 동안, 나는 2층 복도를 기름걸레로 닦아냈다. 몇 번을 왔다 갔다 한 후 기름걸레를 확인해 보니, 시커먼 먼지뭉치가 한 움큼씩 잡히는 게 다반사였다. 밖은 '국내산 미세먼지'로 고역이었고, 안은 '옥의관발 실내먼지'로 고생이었다.

3층으로 올라갔다. 서울시와 광운대가 함께 만든 옥상공원을 청소해야 한다. 매번 이곳을 청소할 때마다 담배꽁초는 어김없이 나타난단다. 이 공원은 사실상 옥의관 내 유일한 흡연공간이었던 것이

청소노동자 변선영 씨가 옥상공원에서 담배꽁초를 줍고 있다.

다. "도심의 환경개선 등을 위하여" 조성한 쉼터는 어느새 흡연자의 낙원으로 전락했다. 시험 스트레스 때문일까. 땅바닥에 떨어진 담배꽁초는 예전보다 더 많아졌단다. 옥상공원에 널브러진 담배꽁초를 사수와 나는 줍기 시작했다.

옥상공원 청소를 모두 마치고 다시 2층으로 내려갔다. 그사이 화학과 학생회실에서 후드티를 입은 남학생이 샤워도구를 들고 밖으로 나왔다. 고무장갑을 끼고 있는 내 모습을 본 그 학생은 의아한 듯 나를 쳐다봤다. 신출내기 청소노동자쯤으로 생각했을까.

8시 30분 즈음 새벽청소가 끝났다. 원래라면 청소가 끝날 때쯤 학생들도 하나둘 등교한다. 하지만 이번 주는 시험기간이라 열람실과 강의실이 이미 학생들로 가득 찬 상태였다. 이른 아침부터 학교가 시끌벅적하다.

청소노동자 휴게실로 올라갔다. 휴게실은 8층에 있다. 엘리베이터가 7층까지만 작동해서, 매번 한 층을 걸어 올라가고 내려간다. 휴게실은 물탱크실을 개조한 곳이다. 옆에서 '웅' 소리가 들릴 듯 말 듯 반복적으로 들려온다. 이 소리도 수리를 해서 작아진 거지, 옛날에는 더 심했단다. 비가 올 때는 천장에서 물도 떨어진다. 이 때문에 물탱크 옆에 청소노동자들이 얹혀사는 것이 사실상 올바른 설명이다. 사수는 이곳에서 매일 식사를 하고, 휴식을 취한다.

잠깐 쉬다가, 2층으로 다시 내려갔다. 10시가 조금 넘자, 여학생이 포스트잇 플래그가 형형색색 붙어 있는 전공서적을 들고 강의실에 들어온다. 204호 강의실은 시험을 앞둔 학생들의 긴장감으로 가득했다. 자리에 앉자마자 학생들의 시선은 모두 책상에 고정됐다. 때마침 교수와 조교가 강의실 문을 여니, 떠들썩했던 공간은 순간 조용해졌다. 곧이어 강의실은 치열한 적자생존의 공간이 됐다. 상대평가인 탓에 다른 학생들보다 더 좋은 점수를 받아야 하기 때문이다. 모두가 시험 문제에 집중한다.

2교시가 끝났다. 쉬는 시간이다. 옥의관 2층은 강의실이 많은 탓에, 유동인구가 가장 많다. 이 건물의 '핫 플레이스'나 마찬가지다. 수업을 마치고 나오는 학생들과 수업을 들으러 가는 학생들 패가 서로 뒤엉킨다. 이 시간대에 혹여나 아무 생각 없이 걷다 보면, 파도에 밀리듯 다른 곳으로 떠밀려갈 위험도 있다. 때마침 시험을 끝마치고 복도로 우르르 나오는 학생들 무리가 눈에 띈다. 여기저기서 한숨 소리가 들려온다. 삼삼오오 모여 답이 뭔지 물어본다. 답 맞추는 소리로 왁자지껄하다. 곳곳에서 장탄식이 터져 나왔다.

"시험 잘 봤냐? 내가 예상한 문제는 하나도 안 나왔어. 그런데 그거 정답이 뭐냐?"

옆에 있던 남학생이 모든 걸 체념한 듯 대답한다.

"아니, 망했어. 근데 다행히도 자기 전에 읽었던 게 문제로 하나 나왔어. 기말고사 때는 잘 봐야지."

모두가 열심이다. 취업이 잘 되려면, 우선 학업 성적이 우수해야 하기 때문일 것이다. 특히나 대기업 정규직이 되려면, 성적은 필수불가결의 스펙 중 하나다. 더군다나 요즘은 그 스펙의 종류도 늘어나는 추세다. 물론 기업들이 '스펙초월'을 주장하지만, 여전히 알게 모르게 스펙을 중요하게 보는 것도 사실이다. 그래서일까. 학생들은 무조건적으로 자본 논리를 체득해야 한다.

하지만 이 학생들 대부분은 대학을 졸업하면 노동자가 될 것이다. 그런데도 그걸 망각했는지 노동지식은 부족하다. 어찌 보면 '혜리 광고'가 노동지식의 전부다. 노동교육이 절실한 이유다. 학교에 전공과목으로 노동법이 개설됐지만, 듣는 학생은 법대생이거나 노무사를 준비하는 소수의 타 학과 재학생들이 대부분이다. 특히나 이공계 학생들은 거의 전무하다. 노동법은 사실상 인기 없는 수업이 됐다. 노동자가 노동법을 읽지 않으면 노동법은 사용자의 것이 되는데, 안타깝다.

예비노동자들이 시험을 치르는 와중에 우리는 청소를 시작했다. 웬만하면 학생들이 돌아다니지 않는 수업시간에 화장실 청소를 한다. 복도 또한 학생들의 수업을 방해하지 않기 위해 최대한 조심스럽게 청소하며 살금살금 지나간다. 그런데도 옥의관 2층은 예비노동자와 청소노동자가 자주 만나는 공간이다. 이 순간 일부 예비노동자들은 사수에게 인사를 한다. 하지만 대부분은 아무것도 없다는 듯 그냥 무심히 지나간다. 가끔 사수가 인사를 먼저 하면, 겸연쩍은 듯 답례한다. 하지만 내가 고무장갑을 끼고 지나갈 때는 고개를 돌려가면서까지 무한한 관심을 드러냈다.

역시나 사람이 많은 곳은 더럽기 마련이다. 화장실이 그중 하나다. 휴지통도 계속 비워야 하고, 떨어진 휴지도 다시 끼워 넣어야 한다. 바닥에 떨어진 휴지도 주워야 하고, 발자국으로 검게 물든 바닥도 대걸레로 훔쳐내야 한다. 어쩔 때는 용변을 보고 나서 처리하지 않은 채 그냥 가는 학생들도 더러 있단다. 오늘만큼은 그런 대참사가 일어나지 않았다. 다행이었다.

청소노동자 변선영 씨가 계단을 대걸레로 닦고 있다. 매일 꼼꼼하게 청소한다.

오늘은 한 달에 한 번씩 정기적으로 열리는 민주노총 서경지부 광운대분회 조합원 총회가 있는 날이다. 그동안의 지지부진했던 보충교섭 진행상황을 설명하기 위해 마련됐다. 총회는 중앙도서관 영화상영실에서 열렸다. 나는 벌써 두 번째 참석이다. 도서관은 시험 준비를 하는 학생들로 가득했다. 총회 장소로 조합원들이 하나둘 모이기 시작했다. 미리 도착한 최수연 분회장이 문을 열고 들어오는 사수에게 뭔가 궁금한 듯 갑자기 질문했다.

"선영 씨, 비서실장 새로 됐어요?"

오늘 계속 사수와 딱 달라붙어 다니니, 모두 다 사수의 비서실장 아니냐고 물어본다. 조합원들이 부러운 듯 바라본다.

사수는 광운대분회 조합원이다. 어느 누구보다 노조활동에 열정적이다. 얼마 전에는 보충교섭에도 참석했다. 그럼에도 사수는 광운대분회에 맨 마지막으로 가입한 조합원이었다. 그 이유는 자신에게 확신이 있어야 뭐든 하는, 신중한 성격의 '트리플 A형'이기 때문이란다. 사수는 노조 가입 직전까지도 신중하게 노조에 대한 정보를 두루 찾아봤단다. 자신에게 꼭 필요한 단체란 걸 확신하고서야 노조에 들어가기로 결심했던 것이다.

"가입할 때 많이 망설였어요. 확신을 갖고 노조에 들어갔지만, 처음에는 그냥 불안했어요. 뭣도 모르고 누가 나 잡아가는 건 아닌지, 걱정이 많았지요. 노조활동을 하면 무조건 불법이라 하잖아요. 요즘도 이런 얘기를 자주 듣지만, 노조활동을 직접 해 보니 합법적으로 내 권리를 주장하는데 뭐가 문제인지 모르겠어요."

노동자를 비로소 사람답게 만드는 것은 바로 노조였다. 노조가 만들어지고, 조합원들의 삶은 많은 것이 변했다. 최저임금에도 미치지 못했던 임금이 인상됐고, 열악한 노동환경도 개선됐다. 그러나 광운대 안에서 청소노동자로 살기에는 아직까지 노동환경 전반이 열악하기 그지없다.

사수의 자식이 처한 현실도 우리 사회의 노동실태를 고스란히 보여준다. 그녀의 둘째 딸은 '열정페이'의 당사자였다. 지금은 다른 직업을 가졌지만, 상당기간 의류업계에서 종사했다. 패션노조에 의해 알려졌듯이, 무단히 착취를 당했다. 40여 년 전 전태일 시대의 시다처럼 일했지만, 돌아오는 건 주말 없는 노동과 차비 수준의 보수가 전부였다.

"우리 자식들에게 이 현실을 물려주지 않으려고 노조활동을 더 열심히 하는 것 같아요. 우리 청년들도 노동조합에 더 관심을 갖고, 노동법도 배우면 좋겠네요."

노조는 우리의 비루한 노동현실을 바꾸는 가장 큰 원동력이다. 하지만 우리 사회는 "파업은 무조건 불온하다"는 담론을 만들어낸다. 그런데 만약 당신이 열악한 노동환경에서 일하는 노동자라면, 그 순간 어떻게 대처할 건가. 혼자 그냥 참고 견딜 것인가. 연대하여 자신의 권리를 말할 것인가. 그건 당신의 선택이다. 분명한 건 임금은 자동으로 인상되지 않고, 노동자의 권리는 자연스레 신장되지 않는다는 점이다.

총회를 끝내고, 예비노동자들이 도서관을 오가는 사이로 사수와 나는 지나갔다. 나는 사수에게 노조가 만들어지고 변한 것 중에 무엇이 가장 좋았는지 물어봤다.

"많죠. 일일이 나열하기 힘들지만, 우선은 주말에 청소를 안 해도 되는 거?"

맞다. 그도 그럴 것이 사수를 비롯한 광운대 청소노동자들은 노조가 만들어지기 전까지 학생들이 별로 없는 토요일에도 무조건 나와야 했다. 놀랍게도 토요일 근무는 무급이었다. 불과 1년여 전의 모습이다.

하지만 아직도 인간다운 삶을 살기 위해 노조를 만들고, 파업을 하면 패가망신 당하는 세상이다. 천문학적 손해배상과 가압류를 가

하기 때문이다. 이를테면 2011년 당시 홍익대는 농성을 벌인 청소노동자들에게 2억 8000만 원의 손해배상을 청구한 적이 있다. 우리 사회에서 헌법 제33조는 정말로 유효한 걸까.

"그동안 고통 받는 이웃에 대한 관심 대신, 내 가족만 보고 살아왔던 것 같아요. 하지만 노조 가입 이후, 사회 문제에 관심이 많아졌어요. '드라마광'이었는데, 이제는 뉴스를 더 자주 봐요. 사회를 바라보는 시선이 확연하게 달라진 거죠."

현재까지 비정규직 노조조직률은 2% 안팎이다. 이 수치가 증명하듯, 상시적인 고용불안과 열악한 노동환경 속에서 어쩌면 노조는 비정규직 노동자에게 딴 나라 이야기다. 사수도 마찬가지였다. 그럼에도 불구하고 사수는 6년여 간의 노예 같았던 노동자의 삶을 탈피하기 위해 '인간 선언'을 했다. 그 이후부터 자신과 같은 고통과 슬픔에 직면한 노동자들과 함께하고 있다. 노동의 언어가 사라지는 세상인데도, 이곳 광운대만큼은 청소노동자들 사이에서 기적의 바람이 불고 있다.

2015년 4월 30일, 네 번째 체험: 첫 집회 참석…가슴이 떨려 왔다
- 광운대 청소노동자, 서울여대 집회에 가다

근로조건은 근로자와 사용자가 동등한 지위에서 자유의사에 따라 결정하여야 한다. - 근로기준법 제4조

"우리는 노동자입니다. 빨갱이가 아니에요."

어느 민주노총 조합원의 얘기다. 그도 그럴 것이 자신을 민주노총 조합원이라 설명하면 빨갱이라 지탄받는 게 우리네 현실이다. 노조

라는 단어 하나에 무논리가 성행한다. 대다수가 노동자인데도, 노조의 단점이 더 부각되는 세상에 우리는 살고 있다. 이런 현실을 이겨낸다는 것 자체가 도전처럼 느껴진다.

광운대 청소노동자들의 행보도 역시나 도전의 연속이다. 노조가 만들어지면서 빨갱이란 소리를 들어야 하는 것은 물론이었고, 주변의 불온한 시선과도 마주해야 했다. 광운대 안에서, 특히나 민주노조 조합원들은 악마처럼 그려진다. 그럼에도 조합원들은 노조활동을 열심히 한다.

민주노총 서경지부 광운대분회 조합원들은 안전교육을 받은 후에 곧바로 퇴근하지 않고 하나둘 모이기 시작했다. 아직도 교섭이 지지부진한 서울여대 비정규직 노동자들의 노동쟁의 현장에 연대를 가야 하기 때문이다.

청소노동자들을 따라 석계역 1번 출구 정류장으로 갔다. 오후의 햇빛은 눈부셨고, 따가웠다. 나는 연신 "덥다"를 반복했다. 도중에 탄 마을버스 안도 찜통이었다. 중천에 뜬 해님이 이솝우화의 이야기처럼 내가 겉옷을 벗나 안 벗나 인내심 테스트를 하는 것 같은 하루였다. 그사이 초등학생인 듯한 꼬마 친구들이 생긋생긋한 미소를 지으며 장난스럽게 내 주변을 맴돌았다.

정류장에서 다시 1155번 버스를 탔다. 청소노동자들이 순간 버스를 점령했다. 앉자마자 이야기꽃을 피웠다. 화제는 순환근무였다. 청소노동자들은 보충협약상 내일 노동절부터 각 건물마다 6개월씩 순환근무에 들어가기 때문이다. 이를테면 중앙도서관 1층을 청소했던 노동자가 2층으로 옮기는 형태다. 순환근무 이야기는 버스에서 내릴 때까지 계속됐다. 요즘 이 문제가 청소노동자들의 '핫이슈'인 듯싶었다.

사실은 연대집회로 서울여대에 간다는 소식에 살짝 설렜다. 공대를 다녔던 나로서는 여대에 대한 환상이 여전히 남아 있기 때문이다. 되돌아보면, 정말 한심한 생각이었다. 서울여대 소식을 듣기 전까지, 그 심각성을 모른 채 나 혼자만 들떠 있던 것이었다. 불현듯 부끄럽고 미안한 감정들이 뒤섞여 밀려왔다. 이런 나에게 변선영 조합원이 서울여대의 현재 상황과 더불어 연대의 의미까지 설명해줬다.

"물론 저도 힘들죠. 새벽 댓바람부터 나와서 청소하고 이렇게 연대하러 가는 건 만만치 않아요. 자비로 집회 장소에 가야 하고, 또한 시간도 빼앗기기 마련입니다. 그럼에도 불구하고 우리가 연대하러 가는 건 그분들의 현재 상황이 언젠가는 나에게도 닥칠 것이란 역지사지의 마음 때문입니다. 저희가 재작년에 노동쟁의를 했을 때, 서울여대 언니들이 와준 게 얼마나 힘이 되고 용기가 생기던지. 천군만마를 얻은 느낌이었죠. 개개인이 각자도생하는 게 아니라 하나로 힘을 합칠 때, 우리 노동자들은 정말 무시하지 못하는 존재가 되지요. 연대가 노동자의 삶을 지켜줍니다."

때마침 '서울여대·육군사관학교 행정안내소' 정류장에 다다랐다. 조합원들과 내가 버스에서 내렸다. 서울여대 정문으로 들어갔다. 무슨 행사가 있는지 정문 주변은 복잡했다. 여대생들이 하나둘 보이기 시작했다. 분위기는 화사했다. 꽃은 만개했다. 그 사이를 민들레 홀씨들이 살랑이는 바람에 춤을 췄다. 캠퍼스 안은 낭만으로 샘솟았다. 봄의 자태를 만끽하는 학생들은 웃음꽃이 가득했다. 4월의 끝자락을 온전히 담아내려고 사진을 찍는 학생들도 보였다. 모든 게 생기발랄했고 평화로웠다.

하지만 길을 걸을 때는 기분이 이상했다. 길가 주변은 성황당처럼 천 조각이 나무에 묶여 있었다. 나중에 들어보니 그 천 조각은 소원천이었다. 그곳을 따라가면 뭔가 있을 것처럼 느껴졌다. 예측은 맞아 떨어졌다. 다른 공간들과 부조화를 이루는 곳이 쉽게 눈에 띄었다. 바로 서울여대 행정관(본관)이다. 이곳만큼은 이 세상과 괴리된 듯한 느낌으로 가득했다. 이 주변을 지나다니는 사람들도 별로 없었

민주노총 광운대분회 조합원들이 서울여대 비정규직 노동자들과의 연대를 위해 집회 장소로 가고 있다.

다. 학생들 대신 두 명의 경찰이 서 있는 게 보였다. 본관은 알게 모르게 고립됐다.

"서울여대는 미화원에 대한 인식을 개선하고 인간답게 대우하라."

"뼈 빠지게 일했는데, 임금삭감 웬 말이냐! 생활임금 보장하라!"

"서울여대, 타 대학과 동일임금 보장하라."

서울여대가 포함된 서경지부는 작년 11월부터 2015년 임금과 노동조건을 결정하기 위해 각각의 용역회사들과 무단히 교섭을 진행했다. 다른 대학 사업장은 이미 임금협약 등을 잠정 합의한 상태였다. 하지만 서울여대를 포함한 몇 곳만 합의점이 도출되지 않았다. 노동쟁의 조정신청도 결렬됐다. 이 때문에 서울여대분회는 지난 22일부터 합법적인 쟁의행위에 돌입했다. 더군다나 두 명의 청소노동자는 단식농성 이틀째였다.

이미 오후 3시부터 학교 본관 앞에서 파업 결의대회가 진행됐다.

퇴근 후에 곧바로 달려온 것임에도, 나와 광운대 청소노동자들은 집회에 늦게 도착했다. 그래도 서울여대분회 조합원들은 광운대분회 조합원들의 참여에 무척이나 고마워했다. 행정관 1층 로비부터 복도까지 민주노총 조합원들로 빽빽했다. 앉을 자리가 부족할 정도였다. 지금 이 순간만큼은 여기 있는 모두가 서울여대의 비정규직 노동자들이었다.

검은 양복을 입은 사람이 본관 주변을 어슬렁거렸다. 그 사람은 본관 안으로 들어오지 않고 저만치서 우리를 바라볼 뿐이었다. 국민 TV 기자들은 서울여대 비정규직 노동자들의 노동쟁의 현장을 촬영했다. 이 촬영분은 이날 뉴스K에서 "서울여대 '갑질'…일방적 임금삭감에 청소노동자 단식돌입"이란 제목으로 보도됐다. 최승현 노동당 부대표도 본관 정문 주변에서 아무런 내색도 하지 않고 노동자들과 함께했다.

본관을 지나는 두 여학생은 결의대회가 열리는 정문을 한 번 훑었지만, 이런 거에는 무관심하다는 듯 그냥 지나간다. 자신들과 상관없는 현장이라고 생각했을 것이다. 특히나 재학생들은 취업에 불이익이 발생할까 봐 이 쟁의행위를 회피하는 건지도 모르겠다. 나도 한때 그랬으니까.

그렇다. 노조 없는 삼성에 가려면 이런 집회에 참여하는 것조차 곤란해진다. 이런 현실이 학생들 사이에서 점점 정답으로 굳어져간다. 취업하기 어려운 요즘, 대학생들의 심정은 충분히 이해한다. 하지만 자신의 현실로 다가올 수도 있는 문제를 끝끝내 외면하는 것에 아쉽다는 생각도 든다. 물론 노동 문제에 관심을 갖는 학생들도 생각보다 많다.

집회 도중, 갑자기 떨려 왔다. 여대생들 때문이 아니다. 심장은 쿵쾅쿵쾅 요동쳤다. 얼굴은 홍조로 변했고 귀는 새빨개졌다. 머리는 벼락을 맞은 듯, 자꾸 이상한 생각이 들기 시작했다. 옛날 청소노동자들의 기자회견 때 홀로 서 있던 나로 되돌아간 듯한 기분이었다. 누군가 어디서 채증은 하지 않을까. 경찰에 끌려가지는 않을까. 요주의 인물로 떠오르지는 않을까. 별의별 생각과 걱정이 나를 불안하게 만들었다. 마치 내가 불온해진 듯했다. 정식 집회에 참석한 것뿐인데, 왜 그랬을까.

뭔가 나도 모르게 이 집회에 불안을 느꼈다. 그 증세는 더욱더 강렬해졌다. 내가 뭐라도 된 것처럼 그 순간만큼은 혼돈 그 자체였다. 과대망상의 결과다. 벌써 드라마 '쪽대본' 나오듯 시나리오는 이미 완성됐다. 방송이나 신문에서 자주 봤듯이 강제로 끌려가는 모습들이다. 민주화된 사회에서 이런 생각이 들다니. 아직도 노동쟁의를 불온시하는 세태를 무시하지 못하는 것 같다.

단식농성 중이던 두 명의 청소노동자가 로비 중앙에 나와 발언을

민주노총 조합원들이 서울여대 행정관을 가득 채웠다. 민주노총 서경지부 홍익대분회 조합원이 발언을 하고 있다.

했다. 각 대학 사업장 분회장들도 격려사를 보냈다. 노동자들은 그동안 인간 이하의 삶을 살아왔다는 울분을 토해냈다. 이곳이 곧 살아 있는 노동교육 현장이었다. 노동자가 한 명씩 한 명씩 이야기할 때마다 마이크의 울림이 서울여대 곳곳에 퍼졌다. 저 멀리서 관심 없던 학생들도 듣고 있을 것이다. 학생들도 이제 노동자들의 현실을 제대로 알게 됐을까.

마지막으로 이삼옥 서울여대 분회장이 농성 현장에 나와 발언을 이어갔다. 며칠 전, 이 분회장은 농성 중에 과로와 스트레스로 쓰러졌단다. 병이 아직 완치되지 않은 상태였지만, 지금 우리 앞에 서 있다. 이 분회장의 마지막 발언은 상투적이지만 울림이 컸다.

"우리 함께 연대해야 합니다."

노동자가 사용자와 동등한 지위에서 자유로이 협상하려면 노동자들은 단결해야 한다. 〈공산당 선언〉에서 칼 마르크스도 말하지 않았던가. 만국의 노동자들에게 단결하라고. 지금은 너무나 상투적인 언어가 됐지만, 우리네 노동현실 속에서는 여전히 유효한 글귀다.

여기 서울여대 비정규직 노동자들은 노동기본권 쟁취를 위해 힘겹게 싸워나가고 있다. 하지만 사용자의 묵묵부답 속에 속절없이 시간만 흘러간다. 일주일이 넘는 투쟁 기간 동안 노동자들의 눈물과 땀이 뒤섞여 흐르는 이유다. 이 모든 걸 꿋꿋이 견디는 것도 사실은 당장 내 옆에 있는 든든한 동지들이 있기 때문이다. 스멀스멀 피어오르는 왠지 모를 불안은 주변의 끊임없는 관심과 연대로 불식되고 있다. 하지만 언제까지 이런 고난을 이어가야 할까.

나는 파업 결의대회에 참여했지만, 아직도 뭔가 무섭고 두렵다. 지레짐작 겁먹고 내 스스로 쓸데없이 자기검열을 해서일까. 이유 모를 불안과 동시에 햄릿만큼의 고민 또한 시작됐다. 지금의 부당한 노동현실을 보고 행동할 것인가(to be), 방임할 것인가(not to be). 나는 요즘 노동자들이 불러낸 유령의 환각에 시달린다. 그 유령이 나에게 속삭인다.

"노동자의 삶을 부정하는 이 노동현실을 바로잡아다오."

2015년 5월 7일, 다섯 번째 체험: 계단 밑 '비밀의 방'… 해리포터가 되어 문을 열다
– 광운대 청소노동자들은 어디에서 쉴까①

사업을 타인에게 도급하는 자는 근로자의 건강을 보호하기 위하여 수급인이 고용노동부령으로 정하는 위생시설에 관한 기준을 준수할 수 있도록 수급인에게 위생시설을 설치할 수 있는 장소를 제공하거나 자신의 위생시설을 수급인의 근로자가 이용할 수 있도록 하는 등 적절한 협조를 하여야 한다. – 산업안전보건법 제29조 제9항

서울여대 청소노동자들은 여전히 파업 중이다. 오늘도 광운대분회 조합원들은 서울여대로 연대를 갔다. 하지만 나는 임효선 사무장과 함께 중앙도서관에서 오후청소를 했다. 생각보다 할 게 많았다. 나는 땀을 뻘뻘 흘리며 청소에 열중했다. 한편으로 날도 무더운데, 연대를 간 조합원들이 걱정됐다.

나는 청소하다 흘린 땀 좀 식히려고 휴게실에 잠깐 들어갔다. 이곳은 외관상 창고나 다름없다. 신입생에게 이 청소노동자들의 휴게실을 물어보면 "모른다"는 대답이 돌아온다. 해리포터에게만 보이던 킹스크로스 기차역의 9와 3/4 플랫폼처럼 느껴진다. 나도 오늘만큼은 해리포터가 됐다.

광운대 중앙도서관에서 일하는 청소노동자들의 휴게공간은 1층 계단 밑에 있다. 중앙도서관은 내가 첫 청소 체험을 했던 곳이다. 그때도 그랬지만, 문을 열면 깜짝 놀랄 것이다. 이곳이 휴게실이라니.

하루의 절반 가량을 일터에 있는 청소노동자들에게 휴게실은 제2의 보금자리나 다름없는데. 이곳을 한마디로 설명하면, 토굴 같다.

허리를 숙여 엉금엉금 기어 들어간다. 그도 그럴 것이 안쪽으로

중앙도서관의 청소노동자 휴게실은 1층 계단 밑에 있다. 외관만 보면 창고처럼 느껴지는 공간이다. ⓒ J1

2평 남짓의 공간에서 5명의 청소노동자들이 옹기종기 쉰다. 성인 남성 두세명이 누우면 꽉 차는 공간이다. 사진은 내가 잠깐 누워 있는 모습이다. 다리를 쭉 펴지 못할 정도로 휴게실이 좁다. ⓒ J1

들어갈수록 천장이 낮아진다. 노동자들이 쉴 공간의 높이는 130cm
다. 요즘 초등학교 6학년 여학생의 평균 키가 151.8cm다. 초등학생
도 머리를 숙이고 들어가야 하는 곳이 바로 여기다. 대략 1.77평
(5.843m²)의 공간에서 노동자가 제대로 서 있을 곳은 문 앞뿐이다.

이 좁고 낮은 ㄱ자 구조의 공간에 주간조(06:00~15:00) 근무자 5명
이 옹기종기 앉아서 쉰다. 성인 남성 두세 명이 누우면 꽉 차는 공간
이다. 다리를 쭉 펴지도 못할 만큼 공간이 비좁다. 그런데 얼마 전까
지 이 공간에 노동자 1명이 더 있었다면 믿겨지겠는가. 거짓말 같
만 사실이다. 내 사수가 오전·오후조(06:00~08:30, 15:30~18:00)로 근
무하기 이전까지 그래왔다. 그 당시 노동자들의 쉬는 범위는 잠시
누웠을 때 뒤척이지도 못할 정도로 제한적이었다. 테트리스 게임에
서 퍼즐 맞추듯 쉬는 꼴이었다.

그렇게 휴게실 안에 들어오면 무조건 앉아 있어야 하니 허리가 아
파오기 마련이다. 근무복도 앉아서나 어정쩡하게 서서 갈아입어야
한다. 여기는 더 이상 일어나는 것을 허용하지 않는 공간이다. 천장

중앙도서관에서 일하는 청소노동자들은 자신의 키보다 낮은 공간에서 근무복
을 갈아입는다. 내가 휴게실에서 겉옷을 입는 장면이다. ⓒ J1

이 원체 낮다보니 기다란 형광등이 벽면에 걸려 있다. 고개를 돌리다 우연히 바라본 형광등 불빛에 눈이 부시다. 눈물이 핑 돈다.

나는 급하게 나가려다가 이곳의 통과의례처럼 천장에 머리를 '쿵' 하고 찧어야 했다. 첫 체험 때는 다행히 피했지만 이번에는 부딪히고야 말았다. 아픈 것은 물론이었지만 혹시나 혹이 날까 봐 손으로 머리를 계속 문질렀다. 아직 이 공간에 익숙하지 않아서일까.

"저도 처음에는 천장이 낮다는 걸 알면서도 무의식적으로 일어서다 머리를 찧기 일쑤였죠. 뭣도 모르고 거의 하루에 한 번 꼴로 부딪혔던 것 같아요."

임 사수의 이야기다. 나는 잠깐 쉬다가 다시 청소를 시작했다. 9층 남자 화장실에 있는 쓰레기통부터 비웠다. 특히나 열람실이 있는 1층과 8, 9층 화장실의 쓰레기통은 꽉 차 있다. 9층 남자 화장실을 청소하는 나를 신기하게 쳐다보는 남학생이 내 뒤에 서 있다. 엘리베이터 앞에 있는 여학생 둘은 고무장갑을 끼고 돌아다니는 내 모습을 호기심 어린 눈빛으로 바라본다.

다시 돌아와 휴게실을 자세히 살펴보니 창문이 없다. 계단 밑이니 당연히 없을 것이다. 그래서일까. 공기 정화는 주로 출입문을 열어두는 것이 전부다. 열어놔도 실내 환기는 전혀 이뤄지지 않는다. 문을 열어두면 가끔 학생들이 힐끔 쳐다보고 지나간다. 사수는 이런 학생들이 예전 같았으면 신경 쓰였겠지만 지금은 익숙해졌단다.

물론 환풍기가 있지만 안과 밖의 공기를 순환시키는 데 별 도움이 되지 못한다. 오히려 겨울이면 환풍기 사이로 찬바람이 '쌩쌩' 들어온다. 지난겨울 청소노동자들은 그 바람을 막으려고 환풍기에 신문을 구겨서 막아놓은 적이 있다. 이 휴게실에서 환풍기는 어느새 애물단지가 됐다.

때마침 천장 위로 '또각또각' 소리가 고스란히 전해진다. 학생이 구두를 신었나 보다. 누군가가 이어서 계단을 뛰어 내려온다. 천둥

내가 청소노동자 휴게실을 정리하고 있다. 그사이 학생들이 계단을 올라가고 있다. © J1

이 치는 듯한 폭발음이 여과 없이 내 달팽이관으로 전달됐다. 앉아서 쉬는데 깜짝깜짝 놀랐다. 처음에는 적응이 안 됐다. 하지만 시간이 지나자 조금은 무뎌졌다. 천장에 붙어 있는 스티로폼이 방음 역할을 하는 건지도 모르겠다.

이 누추한 곳에 장점도 물론 있다. 장점이라 말하기도 민망하지만 그래도 간신히 하나를 찾아냈다. 도서관 1층 로비에 시스템에어컨이 설치되어 있다. 그 때문에 요즘 시원한 바람이 휴게실로 들어온다. 하지만 그 바람의 세기는 미미하다. 선풍기 한 대와 저만치서 불어오는 시스템에어컨의 찬바람으로 한여름의 무더위를 식히기에는 부족해 보였다.

이런 현실을 보니, 지난해 노동절에 발표된 '서울시 청소근로환경 시설 가이드라인'이 생각났다. 이 가이드라인에 따르면, 휴게공간은 1인당 5m² 내외의 공간을 보유해야 한다. 냉난방기, 생활가전제품, 수납가구, 침구류 등 4대 필수비품 또한 구비돼야 한다. 그러나 광운대는 이 가이드라인을 지킬 필요가 없다. 법적 효력이 없기 때문이다. 어떤 제약도 없는 탓에 광운대 청소노동자의 휴게공간이 이렇게까지 열악한 걸까.

그럼에도 불구하고 "여기가 좋다"는 청소노동자들도 있다. 정말 좋은 걸까. 그 내막을 들어보니 사정이 있는 듯했다. 괜히 학교 측에 휴게실을 옮겨 달랬다가 여기보다 더 나쁜 곳으로 보낼까 봐 걱정하는 것이었다.

"여기 계단 밑에 말고는 휴게실로 사용할 데가 없어요. 있다면 옥상인데, 거기는 휴게실로는 꽝이죠. 제가 경험해봐서 알아요. 왜냐하면 옥상은 외풍도 심하고 기계소리로 가득하거든요. 추운 건 둘째 치고, 안 좋은 귀 더 안 좋아질 걸요? 옥상 휴게실이 안 좋아서 내려온 건데, 또 올라가면 말짱 도루묵이죠."

그래서일까. 그 노동자는 지상 4층, 지하 3층 규모의 '광운대 80주년 기념관 및 지하캠퍼스' 공사가 끝나기를 기다린다. 그곳 지하를 도서관으로 사용할 것이란 소문 때문이다. 혹시나 거기에 쾌적한 휴게공간이 생기지 않을까 하는 일말의 기대감이 있는 것 같았다. 하지만 이건 그 노동자의 '초'긍정적인 바람에 불과하다. 아직 완공되지 않은 건물에 어떤 계획이 마련되어 있을까. 떡 줄 사람은 꿈도 안 꾸는데, 김칫국부터 마시는 건 아닐까.

청소를 하다 보니 벌써 오후 6시였다. 퇴근 준비를 했다. 중앙도서관을 나오니, 나와 사수 사이로 6교시 수업이 끝난 학생들이 우르르 지나갔다. 집에 가는 도중 사수는 계속 팔꿈치를 움직였다. 그동안 사수가 왼쪽 팔꿈치에 보호대를 끼고 있던 걸 봐온 나는 걱정이 들기 시작했다. 팔꿈치 상태가 어떤지 사수에게 곧장 물어봤다.

"얼마 전까지 오른쪽 팔꿈치가 아프더니, 최근에는 왼쪽 팔꿈치가 아프네요. 우리 청소노동자들은 팔목이랑 팔꿈치 부분이 많이 아파요. 청소를 하는데, 그 부위를 많이 쓰기 때문이죠. 한마디로 직업병이에요. 오늘 집에 가서 냉찜질 좀 해야겠어요."

휴게실은 육체의 피로를 푸는 공간이자, 심리적 안정을 취하는 터전이다. 하지만 광운대 중앙도서관의 청소노동자들은 휴게공간에서 불편을 넘어 노동자의 권리까지 침해받고 있다. 만약 "내가 원하는 방은 다 있다"는 어느 부동산 앱에 이 휴게공간이 올라오면 어떤 반응이 나올까. '이런 공간'을 규제할 방법이 없다. 산업안전보건법 제29조 제9항은 노동 현장에서 유명무실해진 지 오래이기 때문이다.

2015년 5월 13일, 여섯 번째 체험: 자판기 뒤에 "꼭꼭 숨어라 머리카락 보일라"
– 광운대 청소노동자들은 어디에서 쉴까②

건축물 등 시설의 소유자로서 해당 시설의 청소 및 경비 용역 등을 제공받는 자(청소 및 경비 용역 등을 타인에게 도급 또는 위임·위탁하는 자를 포함한다)는 그 업무에 종사하는 근로자가 사용할 수 있도록 해당 시설 내에 휴게시설, 세면 등 위생시설을 설치·제공하여야 한다. – 유승희 새정치민주연합 의원이 대표발의한 '산업안전보건법 일부개정법률안' 중 일부

중앙도서관의 청소노동자 휴게실을 체험한 후, 또 다른 휴게공간도 궁금해졌다. 더 열악한 곳은 없을까. 그런데 있었다. 슬픈 현실이었다. 학교 안에 있는 모든 휴게실의 단점을 모아놓은 곳이었다. 그곳을 직접 체험해봤다.

여기는 '착시적 공간'이다. 이 건물은 어느 출입문으로 지나다녀도 1층처럼 느껴진다. 이곳만의 특징이다. 특히나 3층은 1층으로 굳어졌다. 대부분의 학생들도 내가 현재 서 있는 이 비마관(전자정보공과대학 건물) 3층을 1층처럼 생각한다. 그도 그럴 것이 이 건물의 엘리베이터도 1, 2층은 없고 3층부터 존재한다. '1층인 듯 1층 아닌 1층

청소노동자 강영희 씨가 고개를 숙여 형광등을 켜는 모습이다. ⓒ J1

같은' 이곳 3층은 유난히 학생들로 혼잡하다.

학생들이 비마관 3층을 무심히 지나간다. 그 사이에서 나는 어떤 안내판도 없이 '당기시오'란 작은 팻말만 덩그러니 붙어 있는 문을 열고 들어간다. 무슨 '비밀의 방'을 본 듯, 한 남학생이 궁금한지 쳐다보고 지나간다. 사실은 남루하기 짝이 없는 청소노동자 휴게실에 불과하다. 그렇다. 이 공간은 '자세히 보아야' 어딘지 알 수 있고, '오래 보아야' 어떤 삶이 있는지 이해할 수 있다.

휴게실로 들어가 불을 켠다. 무미건조한 형광등이 따스한 햇살의 역할을 대신한다. 사방이 온통 막혀 있기 때문이다. 청소노동자들이 일부러 '숨바꼭질'을 했던 건 아니지만, 어느새 이 건물에서 유령 같은 존재가 됐다.

"우리가 가끔 일부러 숨어 있는 것 같아요. 특히나 수업의 시작과 끝이 교차하는 시간에는 출입문을 아예 열지도 못해요. 학생들이 줄서서 다닐 만큼 인산인해를 이루는데, 괜히 문을 열었다가는 학생들이 문에 부딪힐 수도 있어요. 그래서 웬만하면 학생들이 자주 돌아다니는 시간대는 최대한 휴게실 안에 있으려 하죠. 하지만 그 안에

비마관의 청소노동자 휴게실 외벽은 자판기다. 사진은 청
소노동자 강영희 씨와 내가 자판기 뒤에 서 있는 모습이
다. ⓒ J1

있어도 또 다른 문제가 남아 있어요.”

야간조(15:30~22:00) 청소노동자 강영희 씨의 얘기다. 학생들이 돌
아다니는 그 시간대는 청소노동자들에게 고통이다. 계단 밑에 휴게
실이 있기 때문이다. 중앙도서관을 보는 것 같다. 사정은 거기보다
더 심각하다. 학생들이 왔다 갔다 하는 만큼, 휴게실은 ‘쿵쿵’ 울려댄
다. 구두 굽 소리부터 슬리퍼 질질 끄는 소리까지 가지각색의 소음
이 노동자의 휴식을 방해한다. 학생들이 썰물처럼 빠져 나가면, 그
제야 한숨 돌린다.

“우리 바로 위층에 강의실만 12개가 있어요. 학생들이 그 강의실
에 꽉 차 있다고 생각해보세요. 수많은 학생들이 우리 위를 올라가
고 내려갈 겁니다. 그 시간은 소음으로 도배되는 느낌이에요.”

그 시간이 지나도 소음의 공포는 또다시 찾아온다. 휴게실을 자세히 살펴보면, 벽면이 조금 이상하다. 노란색과 빨간색으로 칠해져 있기 때문이다. 그런데 이게 시멘트벽이 아니다. 바로 자판기다. 자판기 뒤에 청소노동자의 쉼터가 숨어 있는 것이다. 그걸 보고 아연실색했다. 이 휴게실은 방음은커녕 소음만 양산해낸다.

"처음 입사하고 여기서 쉬는데, 음료수 내려오는 소리에 심장이 '쿵' 하고 떨어지는 줄 알았어요. 며칠을 진정하지 못했죠. 하지만 이제는 이 모든 게 그냥 노랫소리처럼 들려요. 오랫동안 경험하다 보니, 그런 것 같아요."

자판기에서 음료수를 꺼내는 학생들이 눈에 띈다. 이 음료수 떨어지는 소리가 청소노동자의 휴식을 방해한다. '우당탕' 소리가 자판기 반대편으로 고스란히 전해지기 때문이다. '드르르' 소리도 연속해서 들려온다. 직원이 자판기에 음료를 채워 넣는 소리다. 특히나 직원들이 음료수를 넣는 소리는 청소노동자들이 쉬는 걸 완전히 포기하게 만든다. 눈에 보이지 않는, 불규칙한 소음이 광운대 청소노동자들을 괴롭히는 셈이다. 청소노동자들과 자판기의 불편한 동거가 지금 이 순간에도 진행 중이다.

요즘 들어 청소노동자들은 자판기가 내뿜는 전자파를 걱정한다. 실제로 측정한 적이 없어 정확한 수치는 모르지만, 그래도 이 큰 전자기기 2대가 24시간 작동하는 만큼 전자파의 공포는 상상 이상이다. 알게 모르게 청소노동자의 건강이 위태롭다.

소음·전자파의 공포와 함께, 2.68평(8.86m²)의 공간에서 주간조 청소노동자(06:00~15:00) 7명이 쉰다. 전체 공간은 2.68평보다 넓다. 하지만 나머지 공간은 냉장고 등 가전제품이 배치됐고, 청소용품을 쌓아둔다. 어느 노동자는 화장지를 쌓아놓은 곳에 앉아서 쉬기도 한다. 더군다나 3평 남짓의 공간에서 계단과 가까운 쪽의 높이는 90cm에 불과하다. 그래서일까. 아예 기어들어가야 한다. 그곳은 신참의

비마관의 청소노동자 휴게실은 계단 바로 밑에 있다. 아무 생각 없이 일어나다 보면 머리 찧기 딱 좋은 곳이다. 다른 노동자가 바로 옆에서 쉬면 사방이 막혀 있는 것이나 다름없다. 내가 누워 있는 장면이다. ⓒ J1

자리다.

내가 체험해본 결과, 모두가 쉬고 있을 때 나오기도 벅찰 정도다. 다른 노동자가 바로 옆에서 쉬면 사방이 막혀 있는 것이나 다름없다. 누워 있다가 아무 생각 없이 일어나다 보면 머리 찧기 딱 좋은 공간이다. 형광등이 환하게 켜져 있어도 이곳만큼은 암흑천지다. 그곳을 벗어나면 대략 154cm 높이의 휴식 공간이 나타난다. 이 쉼터는 나머지 고참들의 공간이다. 쉬는 공간의 배정은 이른바 '짬밥' 순이다.

"여태까지 수없이 휴게실을 교체해달라고 해도 바꿔주지 않네요. 지금 상황을 설명하면 달걀로 바위 치기죠."

청소노동자들이 노동조합을 만들 때까지 학교 관계자들은 이곳을 단 한 번도 찾아온 적이 없었다. 학교는 무시해왔고, 용역업체는 방관해왔다. 하지만 노조가 생기니, 그제야 총장이 휴게실을 방문했다. 그렇다고 바뀐 건 없다. 휴게실을 교체하는 데 노력하는 척 시늉만 내는 것이었다. 학교가 이렇게 휴게실 교체에 뭉그적거리는 이유는 휴게시설과 관련된 노동법을 위반해도 행정당국에서 제재할 벌칙규정이 마땅히 없기 때문일 것이다. 국회와 정부는 이런 사실을 알고 있을까.

지난 3월 24일 유승희 새정치민주연합 의원이 '산업안전보건법 일부개정법률안'을 대표발의했다. 청소노동자의 "위생시설을 설치·제공하여야 한다"(제30조의3)는 조항을 추가한 법안이다. 아직 국회 환경노동위원회에서 심사 중이다. 만약 이 법안이 국회 본회의를 통과하고 대통령의 공포까지 완료되면, 행정당국은 위생시설을 제대로 제공하지 않은 시설 소유자에게 1000만 원 이하의 과태료를 부과할 명분이 생긴다. 하지만 이 중요한 법안은 누구의 관심도 받지 못하고 있다.

광운대 청소노동자들의 휴게공간 사용은 '로또'나 다름없다. 어느 건물에 배정되느냐에 따라 휴식의 정도가 달라진다. 그래서일까. 광운대 청소노동자들은 웬만하면 비마관 같은 건물에서 일하는 걸 꺼린다. 이런 불편한 휴게시설에서 노동자의 인권이 제대로 보장되는 것은 사실상 불가능하지 않을까. 다른 청소노동자들도 사정은 비슷하다. '쿨쿨' 잠자고 있는 '유승희법'에 관심을 가져야 하는 이유다.

2015년 5월 15일, 일곱 번째 체험: 대학 축제를 준비하는 또 다른 사람들
– 청소노동자 김영호 씨는 대학의 구성원일까

사용자는 해당 사업 또는 사업장의 상시적인 업무에 대하여 「직업안정법」, 「파견근로자보호 등에 관한 법률」 등 다른 법률(「민법」을 제외한다)이 정하고 있는 경우를 제외하고는 근로자를 간접고용 하여서는 아니 된다. 사용자가 전항의 규정을 위반하여 근로자를 간접고용한 경우 사용자는 해당 근로자를 직접 고용한 것으로 본다. – 은수미 새정치민주연합 의원이 발의한 '근로기준법

비마관 휴게공간을 체험하기 몇 시간 전, 한 청소노동자가 벤치에서 쉬는 걸 봤다. 아직 친하지 않은 노동자였다. 옆자리로 자연스레 다가갔다. 한참 햇볕이 내리쬐는 교정 안에서 30분 동안 대화가 이어졌다. 그 노동자로부터 청소 체험이 가능하단 약속도 받아냈다.

오늘이 바로 그 노동자와 약속했던 그날이다. 새로운 아침이 밝아왔다. 새벽 5시인데도 학생들이 꽤 보였다. 술에 취했는지 비틀거리며 시내를 돌아다니는 무리가 내 옆을 지나간다. 편의점 앞에서 맥주를 마시는 학생들도 있다. 학교 안 몇몇 주점도 불이 켜져 있다. 어제의 달이 지고 오늘의 해가 떠오르려 기지개를 켜는데도, 일부 학생들은 전날 축제의 열기에서 아직 벗어나지 못한 듯했다. 그렇게 광운대학교 축제인 '월계축전'은 새벽까지 계속됐다.

오늘은 축제 마지막 날이다. 한편으로는 참된 스승의 존재를 되새기는 스승의 날이다. 광운대 안의 구성원들에게 여러 의미가 층층이 뒤섞여 있는 하루다. 그 시작을 여는 사람들은 광운대의 또 다른 구성원인 청소노동자들이다.

내 사수인 청소노동자 김영호 씨도 그중 한 명이다. 청소노동자의 이름만으로 의아할 듯하다. 대학 청소노동자라고 하면 대부분은 여성 노동자를 생각할 것이기 때문이다. 그러나 내 사수처럼 남성 노동자들도 분명히 존재한다. 광운대 청소노동자 중 남성의 비율은 20% 정도다. 박용철 한국노동사회연구소 객원연구위원이 발표한 '서울시 대학 비정규직 노동실태와 개선방안(2014년 3월)' 자료만 봐도, 대학 청소노동자 중 남성의 비율은 15.9%다.

사수는 "정직이 정답이다"란 현수막이 걸려 있는 전자정보공과대학 건물인 비마관을 담당한다. 이 건물에 있는 수많은 쓰레기통의 쓰레기를 비우고, 건물 외부를 깨끗하게 청소하는 역할이다. 남성 노동자들이 소수에 불과하지만, 여성 노동자들 못지않게 광운대의 외관을 빛나게 해주는 주역들이다.

사수는 새벽 4시 50분에 출근했다. 축제 기간이라 쓰레기가 많을까 봐 이전보다 10분 일찍 나왔단다. 지금 내 눈앞에 산더미처럼 쌓여 있는 쓰레기들을 미리 예상한 것이다. 학생들이 등교하기 전에 일을 끝내려면 어쩔 수 없는 선택인 듯했다.

나는 견습생이 일 배우듯 사수와 함께했다. 혹시나 놓치는 부분이 없나, 신경을 곤두세워야 했다. 이전의 청소노동자들과 했던 업무와 많이 달랐기 때문이다. 사수는 갈색 빛깔의 고무통을 얹은 카트를 성큼성큼 끌고 지나갔다. 고무통은 줄로 고정됐다. 이 통에 비마관 내의 쓰레기를 모두 담아낸다. 카트 뒤에는 어울리지 않게 서류가방도 붙어 있었다. 그 안에는 쓰레기를 담을 비닐봉지와 다양한 연장들이 들어 있었다. 그런 카트를 잠깐 운행해봤는데, 쓰레기가 있다 보니 무게가 꽤 나갔다. 비실비실한 내가 계속 운행했다가는 접촉사고를 일으킬 것 같은 느낌이 들었다. 조금 끌다가 다시 사수에게 카

청소노동자 김영호 씨가 전자정보공과대학 건물 앞에서 비질을 하고 있다.

트를 넘겨야 했다.

건물 내 모든 쓰레기를 카트에 담아 내려왔다. 학교 구석에 있는 분리수거장에 쓰레기를 버리고 다시 비마관 앞으로 갔다. '바다이야기', '날 덥혀줘, 지구온난화처럼' 등의 이름을 내건 주점들이 중앙도서관과 비마관 사이에 쭉 늘어서 있었다. 역시나 그 주변에 술병이 가득했다. 나는 술병이 깨질까 봐 조심스럽게 포대에 담았다. 시계는 벌써 5시 30분을 가리켰다.

"예전 축제 때는 학생들이 소주병을 아무 데나 갖다 놔서 청소하기 힘들었는데, 요즘은 정리를 잘 해놔서 그래도 편해요. 유리병이 깨지면 다치니까 조심히 옮기세요."

한 곳에 모인 술병들과 달리 길바닥은 아수라장이었다. 담배꽁초는 물론이고, 각종 쓰레기들이 나뒹굴었다. 곳곳에서 '구토' 흔적도 보였다. 사수는 그 주변을 마당비로 쓸었다. '쓱쓱' 주변을 몇 번 비질하니, 금세 쓰레기들이 마법을 부린 것처럼 한 곳으로 모이기 시작했다. 나도 군대 시절 낙엽 쓸던 기억을 되살려 비질을 해 봤다. 때마침 총학생회 간부인 듯한 남학생이 사수에게 "고생하신다"며 넉살 좋게 음료수를 건넸다. 그 옆에 힘없이 서 있는 나한테는 눈길도 주지 않은 채 그냥 지나간다.

사수가 그 음료수를 들이켰다. 음료를 다 마신 후, 갑자기 뭔가 떠오른 듯 내게 이야기했다.

"생각해 보니, 오늘이 광운대에서 청소한 지 딱 3년하고 2개월이되는 날이네요. 그동안 많은 사람들이 제 주변을 스쳐 지나갔어요."

사수는 남성 청소노동자 중 고참급이다. 그동안 20명의 사람들이 입사한 지 얼마 안 돼서 그만두는 걸 바라봐야 했다. 모두가 청소 일을 견디지 못하고 떠나갔기 때문이다.

"그동안의 부지런한 습관이 삶에 녹아 있지 않았다면 청소 일 하기가 만만치 않아요. 새벽 4시에 일어나는 게 생각보다 어렵거든요."

사실은 청소노동자에게 새벽 댓바람부터 기상하는 것 말고도 또다른 난관이 있다. 바로 계절의 영향이다. 여름에는 무더위가 선사하는 쓰레기의 악취와 싸워야 한다. 겨울에는 시베리아 고기압이 몰고 오는 추위와 맞서야 한다.

이 청소 일은 3개월이 마지노선이란다. 3개월 정도 청소를 하다보면, 새벽 기상과 계절의 영향 모두 어느 정도 익숙해지기 때문이다. 하지만 대부분은 이 3개월을 못 버티고 그만둔다. 그 마지노선을 넘긴 사람들이 지금 사수와 함께 일하고 있는 것이다.

"들어오면 열심히 일하겠다고 다짐하는데, 대부분은 못 견디고 금방 나가요. 요즘 50세 이상이면 다른 직업 얻기가 어려우니까, 쉬운 줄 알고 들어오는 거죠. 그런데 이것도 힘들기는 마찬가지예요. 특히나 자신의 영광스런 과거만 생각하고 이 일을 시작하면 절대 못합니다. 과거를 버려야 해요. 사명감을 가져야 하죠."

아침식사를 마치고, 9시부터 분리수거가 시작됐다. 아까 새벽부터

9시부터 분리수거가 시작됐다. 청소노동자 김영호 씨가 분리수거를 하고 있다. 분리수거를 하는 데만 꼬박 2시간 정도가 걸렸다.

쓸고 모은 쓰레기를 분리해야 한다. 모든 청소노동자가 함께했다. 쓰레기들을 갈퀴로 끌어 모아 종류별로 나누었다. 병, 플라스틱, 캔 등이 자신의 자리를 찾아갔다. 차곡차곡 분리된 쓰레기들은 각자 포대에 담겨졌다. 그 포대는 또 다른 곳으로 옮겨졌다. 나머지 일반 쓰레기는 녹색 바탕의 일반폐기물 암롤박스에 버려졌다.

"분리수거도 정신없이 몰아쳐서 해야지, 그렇지 않으면 제정신으로 하기 힘들어요. 더러운 것을 직접 대면하는 일이기 때문이죠. 특히 여름이 되면 온갖 악취로 고생 좀 합니다."

그사이 나는 폐지를 골라 1톤 트럭에 실었다. 종이박스를 분리하다 나온 음식물 냄새가 코를 찔렀다. 술에 젖었는지 물기도 있었다. 어느새 폐지가 차 위에 한가득 쌓여 갔다. 분리수거를 함께했지만, 솔직히 도움이 됐는지는 미지수다.

수업을 들으러 가는 학생들은 이곳 분리수거장을 한 번씩 쳐다보고 지나간다. 분리수거 작업은 11시까지 이어졌다. 사수는 분리수거가 끝나갈 즈음에 다시 주점 주변을 청소했다.

지금은 12시. 점심식사를 하고, 비마관 청소를 다시 시작했다. 이 건물의 각 층은 미로 같다. 하지만 사수는 이 미로를 능수능란하게 빠져나가며 쓰레기통에 쌓여 있는 쓰레기를 비웠다. 기본적으로 한 층에 쓰레기통이 2~3개 정도 있는 것 같았다. 거기서 나올 쓰레기는 상당해 보였다. 특히나 시험기간 때 나오는 쓰레기 양은 상상 이상이다.

아까 새벽에 비마관을 돌아서 그랬을까. 지금은 쓰레기통에 쓰레기가 별로 없다. 이처럼 카트에 담을 쓰레기가 적을 때는 엘리베이터를 타기보다 계단으로 내려간다. 미로 같은 곳에서 이렇게 내려가야 청소시간이 절약되기 때문이다. 카트의 바퀴가 한 발짝 한 발짝 계단을 내딛으며 조심스럽게 지나갔다. 카트가 잠시 허공에 떴다가 바닥과 닿을 때마다 '쿵쿵' 울려댔다. 거대한 굉음이었다.

꽉 찬 쓰레기통을 분리수거장에 다시 내려놨다. 잠시 물을 마시려고 분리수거장 옆에 있는 컨테이너 박스로 들어갔다. 여기가 바로 남성 청소노동자들의 휴게실이다. 잠깐 휴식도 취할 겸, 커피 한 잔을 얻어마셨다. 분리수거장에 있는 동료들에게 사수가 흐뭇한 듯 내 소개를 시작한다.

"내 제자야. 로봇학과 출신인데, 나랑 같이 청소 시작했어. 자네도 나처럼 일한 지 3년이 넘으면 제자를 둘 수 있어. 조금만 기다려봐."

사실은 청소하다가 아무 데나 앉아서 쉬는 곳이 바로 사수의 간이 휴식공간이다. 청소 일이란 게 고돼서 그런지 사수는 자리에 앉을 때마다 담배를 피웠다. 담뱃값이 오른 이후 담배를 두 달 반을 끊었는데, 다시 피우기 시작했단다. 담배연기에 자신의 고된 삶을 '훨훨' 날려버리는 것 같았다. 그사이 주점들이 하나둘 장사 준비를 시작했다.

"쟤는 왜 따라 다니지?"

청소노동자 김영호 씨가 카트를 끌고 계단을 내려가는 모습이다. 카트가 가벼울 때는 청소시간을 절약하기 위해 계단을 이용한다. 카트가 계단과 닿을 때마다 '쿵쿵' 울려댔다.

옥상공원에서 달콤한 휴식을 마치고 쓰레기를 줍고 있는데, 이런 얘기가 들려왔다. 그 말은 비아냥거림인지 궁금증인지 구분하기 어려웠다. 그 울림이 오랫동안 내 귓가를 맴돌았다. 내 바로 옆에서 왜 그런 말을 당당하게 했을까. 아직도 의문이다. 내가 청소노동자를 따라다니면 학생들은 매번 의아하게, 또는 이상하게 쳐다본다.

그 학생의 물음을 뒤로 하고, 다시 담배꽁초를 주웠다. 옆에 있던 사수는 수건으로 땀을 닦았다. 땀이 많은 사수에게 수건은 기본도구다. 특히나 한여름에는 땀이 폭포수처럼 흘러내린단다. 때마침 사수는 '숨은 그림 찾기'를 하듯 후미진 곳에 숨겨진 아이스크림 봉지를 찾아냈다. 내가 그 주변의 쓰레기를 샅샅이 찾아서 주웠다고 생각했는데, 오산이었다.

청소를 하다 바라본 맞은편은 공사가 한창이었다. 그걸 증명하듯 타워크레인이 우뚝 서 있었다. 사수가 갑자기 자신의 옛 이야기를 꺼냈다.

"젊었을 적에는 건축 일을 했어요. IMF 때문에 어쩔 수 없이 그만 둬야 했지요. 그 뒤로 아파트 경비생활을 10년 정도 했죠. 또 우연하게도 청소노동자의 길로 들어섰는데, 원자력병원에서 일한 것까지 합치면 벌써 7년째가 다 되어가네요. 무엇보다 저는 딸들에게 미안해요. 여태까지 돈 못 버는 아버지였기 때문이죠."

김유선 한국노동사회연구소 선임연구위원이 분석한 '비정규직 규모와 실태(2014년 11월)' 자료를 보면, 2014년 8월 사수와 같은 용역노동자의 월 평균임금은 138만 원이다. 2014년 당시 4인 가족 최저생계비 월 163만 829원에도 못 미치는 수치다. 참고로 올해 4인 가족 최저생계비는 166만 8329원이다. 용역노동자에게 인간다운 삶은 사실상 불가능한 것이나 다름없다.

사수가 살아온 인생은 도급과 용역의 삶이었다. 사수의 삶을 지탱한 노동이 이 학교 안에 모두 있다. 건설노동자, 경비노동자, 청소노동자가 그것이다. 특히나 사수와 같은 대학 청소노동자는 간접고용의 중심에 있다. 언제부터인가 청소노동자들에게 직접고용은 딴 나라 이야기가 됐다. 그도 그럴 것이 용역업체에 도급을 주면, 대학은 용역노동자들에게 아무런 법적 책임을 지지 않아도 되기 때문이다.

대부분의 대학들은 청소노동자를 학교의 구성원으로 인정하지 않고 있다. 이런 구조 속에서 청소노동자들은 저임금과 고용불안에 시달린다. 자기 학교의 예비노동자들은 대기업 정규직으로 취직시키려고 노력하면서도, 지금 그곳에서 일하는 청소노동자들은 간접고용 비정규직을 선호하는 아이러니한 모습이 진리의 전당 대학에서 비일비재하게 나타나는 것이다.

이런 상황에서 현행법은 간접고용 비정규직의 확산을 규제하는 데 부족한 점이 많다. 그래서일까. 간접고용이 무분별하게 남용되고 있다. 종류만 해도 파견, 용역, 호출 등인데, 웬만한 사람들은 구별하기조차 힘들 지경이다. 그 결과 고용시장은 점점 왜곡되어간다.

청소를 마치고 퇴근하는데, 학교 안은 학생과 동네 주민으로 가득했다. 축제 인파 속에서 문득 이런 생각이 들었다. 자신의 업무를 묵묵히 수행해온 사수가 정직하게 흘린 땀의 대가는 제대로 계산돼왔던 걸까. 내 머릿속에서 '아니다'란 답안이 떠오른다. 간접고용 노동자들은 사실상 '장그래'보다도 못한 노동현실에 처해 있기 때문이다. 사수가 정직하게 흘린 땀의 대가는 언제쯤 제값으로 돌아올까. 간접고용을 줄이는 법안인 '은수미법'은 아직도 국회 환경노동위원회에 계류 중이다.

2015년 5월 28일, 여덟 번째 체험: 갑자기 노조 총회가 열린 이유는 뭘까
– 민주노총 광운대분회 대의원 선거가 시작되다

노동조합은 규약으로 총회에 갈음할 대의원회를 둘 수 있다. – 노동조합 및 노동관계조정법(노동조합법) 제17조 제1항

내가 청소하는 동안, 물밑에서 무수한 협상이 이뤄졌다. 오늘은 그 결실이 맺어지는 하루다. 서울시 영등포구에 위치한 민주노총 공공운수노조 사무실에서 '2015년 공공운수노조 서경지부 집단교섭 단체·임금협약 합의서'와 '광운대분회 사업장 보충협약 합의서'가 드디어 조인됐다. 오늘도 장장 3시간에 걸친 마라톤 회의 끝에 합의에 도달했단다. 신설된 조항 등을 다시 검토하다 보니, 시간이 꽤 걸린 듯했다.

그 전날, 이 합의서의 내용을 조합원들에게 알리는 민주노총 서경지부 광운대분회 조합원 총회가 열렸다. 그런데 나는 그날 총회가 있는지도 몰랐다. 변선영 조합원에게 연락했다가 우연히 알게 됐다. 내가 총회 개최 사실을 몰랐던 이유는 이번 총회가 임시총회였기 때문이지 않을까. 노동조합 및 노동관계조정법(노동조합법) 제18조를 보면, 노조 대표자가 필요하다고 인정할 때 임시총회를 소집할 수 있다.

총회 소식을 듣자마자 명예 청소노동자이자 예비 조합원으로서 부랴부랴 중앙도서관으로 뛰어갔다. 물론 나는 이 총회에서 아무런 권한을 갖고 있지 않다. 다행히도 총회 시작 10분 전에 도착했다. 총회 장소인 중앙도서관 계단강의실은 한산했다. 최수연 분회장과 박순옥 부분회장, 임효선 사무장 등 노조 임원진이 계단강의실에 미리 와서 총회 준비를 하고 있었다. 검은 바탕의 민주노총 조끼를 입은

김준환 서경지부 조직부장도 때마침 들어왔다.

조합원들은 총회 장소인 계단강의실로 하나둘 들어오기 시작했다. 임 사무장은 들어오는 조합원마다 총회 관련 문서를 건넸다. 나도 옆에 나란히 서서 임 사무장을 도왔다.

출입문 바로 앞에는 학생들이 많았다. 시끌벅적했다. 시험기간이 코앞이라 학생들이 과제에 열중하고 있는 듯싶었다. 나도 이곳에서 조별과제를 했던 기억이 새삼 떠올랐다. 그 사이를 지나 총회 장소로 들어온 구순자 조합원은 내게 반가운 듯 손을 맞잡고 인사한다. 구 조합원은 유독 나를 아끼는 '엄마들' 중 한 분이다.

"오랜만이네. 요즘 학교 안 왔나봐. 일부러 찾아다녔는데도 없더라고. 얼굴 보기 정말 힘드네."

노조의 청'이'점인 두 남성 청소노동자도 참석했다. 나까지 합쳐서 청'삼'점이었다. 두 조합원이 들어오자 총회가 곧 시작됐다.

김 부장은 조합원들에게 내일 조인할 협상 내용을 차근차근히 이야기했다. 김 부장이 설명하는 중에 최 분회장이 갑자기 자리에서

최수연 민주노총 서경지부 광운대분회장이 조합원들 앞에서 이야기 중이다.

일어났다.

"30분 전에 연락이 왔는데, 서울여대분회가 용역업체와 단체·임금협약에 잠정 합의를 이뤘답니다."

서경지부 집단교섭은 서울여대만 남겨진 상태였다. 서울여대 청소노동자들은 38일 동안 파업을 벌였고, 분회장 등은 단식투쟁까지 했다. 그사이 이 학교 총학생회가 청소노동자들의 농성 현수막을 철거하는 상황까지 치달았다. 만약 오늘도 단체교섭이 타결되지 않았다면, 조합원들과 나는 지난번처럼 서울여대 청소·경비노동자들의 파업에 연대를 갔을 것이다.

다시 김 부장이 설명을 이어갔다. 조합원들은 문서에 시선을 집중했다. 교섭 결과에 뭔가 놓친 건 없는지 자세히 살피는 것 같았다.

이번 교섭에서 40여 개 조항이 개정·신설됐다. 그 결과 98개 조항의 통일된 단체협약이 만들어졌다. 임금은 기본급 6550원(시급)으로 350원 인상됐다. 인권보호, 차별행위 금지, 각서 및 폭력행위 금지, 직장 내 성폭력 등 인권조항도 다수 포함됐다. 광운대분회 보충협약에는 현장 개선안 등의 조항도 추가됐다.

설명이 끝났다. 이제는 대의원 선출만 남았다. 대의원이 무슨 역할을 하는지 갑자기 궁금해졌다. 내가 생각하는 대의원은 우락부락한 근육을 가진 아저씨들의 이미지가 전부다. 왜 그런 생각을 했던 걸까. 그 이유는 잘 모르겠다. 이런 편견 말고, 정말로 대의원은 노조에서 무슨 역할을 할까.

"대의원은 회의나 교육이 있을 때마다 꼬박꼬박 참석해요. 여기서 단순히 집행부의 결정사항을 전달하는 데 그치지 않아요. 어떤 행사가 있을 때마다 그 의미를 조합원들에게 설명하고 참여할 것을 권유하죠. 현장에서 조합원들의 고민상담도 해요. 조합원들에게 문제가 발생했을 때 해결방안을 모색하는 것 또한 대의원의 역할이에요."

현재 광운대분회 대의원인 변 조합원의 이야기다. 대의원은 우선 노조 임원과 다른 개념이다. 이를테면 임원진은 노조를 이끌어간다. 반면에 대의원은 조합원들의 대표로서 노조 임원들을 견제한다. 비유하건대, 대의원은 국회의원과 같다.

"이번 민주노총 지도부 선거에서 직선제를 처음 도입했잖아요. 그 직선제 전까지는 조합원을 대표하는 대의원이 최고 의결기구인 대의원대회에서 지도부를 선출했대요."

그렇다. 원래 개별 사업장에 조합원이 많으면 물리적으로 총회를 개회하기 어려워진다. 그 결과 총회에서 결정할 사안을 대의원회에 위임할 때도 있다. 물론 국회의원과 유권자들의 생각이 일치하지 않을 때가 발생하듯, 대의원과 조합원들의 의견 또한 다를 때도 있다. 광운대분회같이 조합원 규모가 작은 노조는 조합원을 통한 직접 민주주의도 가능하다.

대의원은 규정에 정한 각 소속 선거구에서 조합원들이 선출한다. 공공운수노조 서경지부는 대의원 선거규칙상 선거구를 '분회'로 구분한다. 그중에서 광운대분회는 인원수 비례에 따라 3명의 대의원 자리가 배정됐다. 이 선거는 직접·비밀·무기명투표로 이뤄진다.

3명의 대의원을 선출하는데, 후보도 3명이었다. 후보자들의 면면을 보니, 청소 경력이 3년 이상이었다. 조합원들은 이제 이 세 후보가 자신을 대표할 자격이 있는지 곰곰이 생각해보고, '찬성표 또는 반대표'를 행사할 것이다. 대의원 후보인 세 조합원이 차례로 일어나 자신의 포부를 이야기했다.

"조합원들을 대표해서 열심히 하겠습니다."

조합원들 사이에서 박수소리가 들려왔다. 나도 함께 손바닥을 쳤다.

마지막 순서로 세 명의 대의원 후보에 대한 찬반투표가 이어졌다. 대의원 투표는 오늘 하루로 끝나는 게 아니다. 며칠간 더 진행된다. 조합원들이 줄을 서서 투표하는 모습을 보니, 대의원 후보들이 받을 찬성표 수가 갑자기 궁금해졌다. 혹시나 반대표가 더 많이 나온다면, 그다음에는 어떻게 되는 걸까. 청소노동자들과 동고동락했지만, 아직도 모르게 참 많다.

투표 절차가 완료됐다. 곧이어 최 분회장의 마지막 발언으로 총회가 끝났다.

"앞으로 선출될 대의원 분들은 이제 우리 광운대분회 조합원들을 대표하는 자격을 갖게 됩니다. 중요한 자리인 만큼, 1년 동안 광운대분회를 위해 열심히 일해주세요. 지난 1년 동안 자신의 역할을 묵묵히 잘 수행해주신 현 대의원 여러분께도 감사의 인사를 전합니다."

어찌 됐든 광운대 청소노동자들의 단체·임금협약과 보충협약이 타결됐다. 대의원 투표도 시작됐다. 이제부터가 문제다. 내년 집단교섭을 걱정해야 하기 때문이다. 그도 그럴 것이 2015년 집단교섭은 지난해 11월부터 시작돼서 5월이 끝나갈 때쯤 마무리됐다. 6개월여 동안 투쟁을 벌인 것이다. 작년에도 마찬가지였다. 청소노동자들이 5월쯤 협상이 타결되는 현실은 이제 일상처럼 느껴진다. 협약이 소급 적용되는 악순환이 매번 진행되는 것이다. 이런 지난한 협상 탓에 단체교섭은 영원히 끝나지 않는 '뫼비우스의 띠'와 같다. 내년에도 투쟁은 계속될 것이다. 이번에 선출될 대의원의 역할이 점점 막중해지는 이유다.

2015년 7월 3일, 아홉 번째 체험: 청소 일하랴, 노조 활동 하랴…'하루 24시간이 모자라'
– 청소노동자 임효선 씨가 꿈꾸는 세상은 무엇일까

근로 조건의 기준은 인간의 존엄성을 보장하도록 법률로 정한다. – 헌법 제 32조 제3항

햇볕이 강렬하다. 선크림을 바르지 않은 팔뚝은 금세 검게 물들어 간다. 간간이 바람도 불어온다. 시원한 바람에 여름이 맞나 싶다. 하늘을 바라보니, 구름이 군데군데 덩이졌다. 그럼에도 덥고 눈부시고 후텁지근한 날씨에 몸이 고생한다. 하지만 일상은 평범하다. 북적북적하던 학교도 고요하다. 그 많던 학생들은 어디로 갔을까.

그사이 정문 바로 앞 건널목 신호등 불빛은 파란불에 잠시 멈춰 있다. 저만치서 세차게 달려오던 초록 바탕의 시내버스 한 대가 속도를 줄이기 시작한다. 그 신호에 맞춰 대기 중인 차들 사이로 누군가가 내게 다가온다. 자세히 바라봤다. 왠지 낯이 익다. 양팔에 하얀 팔토시로 무장한 여성이다. 햇볕에 팔뚝을 내주지 않겠다는 결연한 의지가 엿보인다. 그녀는 바로 임효선 사무장이다.

그녀는 오늘 내 사수다. 반가운 마음에 재빨리 뛰어가 인사했다. 같이 정문으로 들어갔다. 왼팔엔 '안내'라고 적힌 완장을 끼고, 오른손엔 경광봉을 들고 있는 근로장학생이 드문드문 들어오는 외부 차량을 통제한다. 학교 안 '스모킹 존' 너머에서는 담배 피우는 남학생들이 우리를 쳐다본다. 거기서 밀려오는 담배 연기에 코끝이 매캐하다. 종종 걸음으로 그 구역을 피해 간다. 일터와 점점 가까워진다.

사수의 일터인 중앙도서관에 도착했다. 손 세정제가 우두커니 홀로 서 있다. 혹시나 손에 세균이 있을까 봐 세정액을 듬뿍 발라 비벼 댔다. 알코올 냄새를 간직한 채 휴게실로 들어간다. 주간조

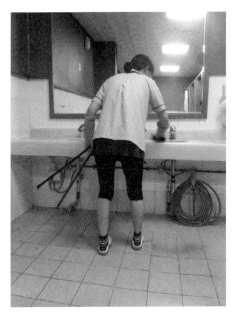

청소노동자 임효선 씨가 화장실 세면대의 물기를 제거하
고 있다.

(06:00~15:00) 청소노동자들은 이미 퇴근하고 자리에 없다. 휴게실
안 어둠을 더듬어 조명 스위치를 찾아냈다. 그제야 동굴 같던 곳의
시야가 탁 트이기 시작한다.

사수는 오전 · 오후조(06:00~8:30, 15:30~18:00)다. 여느 청소노동자
들처럼 새벽에 출근한다. 새벽청소가 끝나고, 다른 동료가 휴게실에
들어갈 때 퇴근한다. 오후쯤 다시 동료가 퇴근한 빈 공간을 채우고,
저녁 무렵에 일터를 빠져나간다. 요약하면, 사수는 하루에 출근과
퇴근을 2번이나 한다. 남들은 1번만 출퇴근하는데, 뭔가 이상하게
느껴진다.

"2년여 정도 주간조로 1층 로비에서 청소했죠. 순환 근무제의 영
향으로 이렇게 오전, 오후 청소를 나눠서 하게 됐어요. 벌써 2달 정

도 됐네요. 출퇴근을 2번이나 하는 게 귀찮을 때도 있지만, 어느 정도 익숙해졌답니다. 어차피 6개월마다 한 번씩 바뀌니까, 11월쯤에는 다시 주간 근무조로 바뀔 것 같아요."

휴게공간에서 오후청소 준비를 시작했다. 사수는 회사명이 쓰여 있는 작업복을 덧입었다. 나는 주황색 고무장갑을 꼈다. 고무장갑은 청소할 때 꼭 필요한 도구다. 이거 없으면 청소를 못한다.

휴게실을 나오니, 여학생이 지나간다. 뭔가를 잘못 본 듯 두 번, 세 번 나를 계속 위아래로 훑어본다. 엘리베이터 안에서도 네댓 명의 남학생들이 고개를 갸우뚱하며 나와 내 사수 사이의 연관 관계를 찾는 데 골몰한다. 그런 시선들을 알게 모르게 의식하며 9층까지 올라 갔다.

오후청소는 1층부터 9층까지 쓸고 닦아낸다. 열람실이나 자료실 안을 청소하는 게 아니다. 각 층의 화장실과 로비를 청소한다. 은근히 손 가는 데가 많다. 시간이 날 때마다 전 층을 계속 청소한다.

엘리베이터에서 내리니 그 학생들은 9층 열람실로 들어갔다. 사수는 곧장 여자 화장실로 향했다. 나는 반대로 남자 화장실로 발걸음 했다. 들어가서, 우선 쓰레기통을 비웠다. 그다음에는 바닥이 검게 물든 데를 마른 걸레로 닦아냈다. 그 중간마다 학생들이 화장실을 왔다 갔다 했다. 내가 청소하니 들어오는 남학생들마다 깜짝깜짝했다. 다들 어쩜 이렇게 반응이 똑같을까.

2층으로 내려가서 로비를 청소하다 보니, 인문과학 자료실에 학생들이 있다. 잠깐 안으로 들어갔다. 소파에 앉아 소설책을 여유롭게 읽는 여학생이 눈에 띈다. 그 옆에 있는 책상에서 토익 단어를 외우는 남학생도 있다. 그 사이에 내 키보다 큰 책꽂이들이 나란히 줄서 있다. 며칠 전에 나는 이 책꽂이 중 한 곳에 꽂혀 있던 책을 대출했다. 성석제의 〈투명인간〉이다. 누가 닦았는지 수북이 쌓여 있을 거라 생각했던 먼지는 온데간데없다. 그곳을 청소한 건 지금 2층 화장

청소노동자 임효선 씨가 손걸레로 창문틀을 닦고 있다.

실을 정리하는 내 사수다.

"5시에 도착해서 가장 먼저 7층 화장실부터 가요. 거기가 제 청소의 시작이죠. 7층 화장실과 로비를 청소하는 데만 1시간 정도 걸려요. 딱 거기만 청소해요. 그곳 자료실은 다른 언니가 합니다. 화장실은 변기를 닦고, 바닥을 청소해요. 물론 쓰레기통을 비우는 건 기본이고요.

그다음으로 2층에 내려가서 7층에서처럼 화장실과 로비를 청소합니다. 가장 중요한 건 2층 자료실이에요. 2층 자료실은 중앙도서관에 있는 자료실 중에서 제일 커요. 우선 들어가면 할 게 정말 많습니다. 손걸레로 책꽂이의 먼지를 털어내고, 책상의 오물을 닦아내죠. 밑바닥도 빗자루로 쓸고 대걸레로 닦고. 새벽부터 혼자 청소할 게 너무 많아서 매일 허둥지둥해요."

새벽에 분주하게 청소하는 사수는 성석제의 소설 제목처럼 학교 안 '투명인간'일지 모르겠다. 2층에서 아무렇지 않게 자료실을 이용하는 학생과 교직원에게 보여도 보이지 않는 존재이기 때문이다. 하지만 천장 어딘가에 달려 있는 폐쇄회로텔레비전(CCTV)만은 사수에게 관심을 준다. 그도 그럴 것이 그 렌즈에 비친 그녀의 모습은 사수가 투명인간이 아니란 걸 단적으로 반증한다. 오늘은 오히려 나 때문에 사람들의 이목이 집중됐다.

8층은 열람실이 폐쇄됐다. 학생들의 이용이 줄었기 때문이다. 불 꺼진 그곳은 사람이 없다. CCTV가 허망한 듯 그 어둑한 열람실을 애처롭게 바라본다. 하지만 나는 혹시나 싶어서 남자 화장실을 점검했다. 사수는 7층으로 내려갔다. 계단을 내려가는데, 갑자기 사수가 왜 청소라는 일을 시작했는지 궁금해졌다.

"그 당시 특별하게 할 일이 없었어요. 자격증이 있었다면, 전문적인 분야의 직업을 가졌을 텐데. 제 신랑이 신혼 때부터 자격증 따고 지겨울 정도로 잔소리를 했죠. 이런저런 핑계를 대고 결국 안 했는데, 그게 지금은 조금 후회가 되네요.

그래서 일을 처음 시작할 때 무얼 할까, 고민했어요. 그러다 분식집에서 아르바이트를 시작했죠. 유치원 교사 보조로도 일해 봤어요. 그런데 이게 공통적으로 하루에 4~5시간 정도만 일해야 했어요. 그러다 보니, 월급은 40~50만 원밖에 안 됐죠. 그런데 애들이 셋이다 보니, 씀씀이가 남달라요. 반찬값, 교육비 등등. 아무리 제 남편이 일해도, 부족한 건 사실이죠. 이왕 밖에서 일하는 거 어느 정도 수입이 있어야 했어요.

그러다 지금 참빛관에서 일하는 언니가 청소 한 번 해보는 게 어떻겠냐고 물어보더라고요. 그 언니가 우리 동네 주민이에요. 막상 그 언니한테 권유받았지만, 청소라는 게 어르신들이 한다는 편견이 있잖아요. 저도 그 편견이 있었으니까, 제 나이가 애매하단 생각이었죠. 처음엔 우물쭈물했어요. 그러다 몇 달이 지났는데, 그 언니가 일하던 사람이 그만뒀다고 귀띔해주더라고요. 이력서 써보라고 해서 망설이다 결국 썼죠. 그게 시작이에요."

그 이야기를 듣다 보니, 벌써 사수는 5층 로비에 덩그러니 떨어져 있는 잡지를 줍고 있었다. 사수는 2013년 4월에 입사했다. 정말 우연한 계기로 청소를 시작한 것이다. 중앙도서관이 사수의 첫 근무지였다.

"지금 생각해 보니, 이게 남들 의식하면 한없이 부끄러워져요. 사람들은 어쨌든 이 일을 하찮게 보니까요. 그런데 이게 나쁜 짓해서 돈 버는 것도 아닌데, 굳이 남의 시선을 의식할 필요가 있을까요?"

그런 사수가 갑자기 10월쯤 돼서 노조에 가입을 한다. 입사 6개월 만이다. 그때 광운대 청소노동자들에게 노조는 생소한 것이었다. 입사한 지 얼마 안 됐던 사수에게 역시나 노조 가입은 막연한 이야기에 불과했다.

"제가 4월에 입사했을 때 저랑 같이 들어온 언니가 있어요. 도서관에서 같이 일했는데, 5개월쯤 돼서 누리관(로봇학부·경영학부 건물)으로 갔어요. 참 많이 의지했는데. 근데 10월쯤이었나? 그 언니가 일 끝나고 누리관으로 잠깐 오라 하더라고요. 뭔가 했죠. 갔는데, 대뜸 노조를 만든다는 거예요. 인덕대에 노조가 만들어졌는데, 거기 청소노동자들 처우가 좋아졌다고. 우리도 노조 만들면 임금도 인상되고, 복지도 나아지고, 인간적 대우도 좋아질 거라고 말해줬어요.

그 이야기를 듣고, 저도 모르게 덜컥 가입하고 말았어요. 임금 오른다는 말에 혹한 거죠. 노조에 대해서는 아무 것도 몰랐던 시절이었죠. 그러고 보니 제가 노조의 초창기 멤버예요. 노조만 만들어지면 다 끝날 줄 알았는데. 너무 순진했던 것 같아요. 사실은 노조 출범식 이후부터가 시작이었어요. 그런데 노조를 만들려고 시작할 때부터 이런저런 고난이 벌어졌죠. 그 당시 소장이 대충 눈치를 챘는지, 노조를 못 만들게 막 방해하는 거예요. 청소노동자들이 노조에 가입했나, 시간 날 때마다 점검하고. 조합원한테만 일 더 시키고 잔소리도 더 많이 하고…."

그런 사수에게 소장이 찾아와서 "노조를 만들면 뭐가 좋냐"고 물었단다. 그 당시 사수는 노조에 대해서 잘 몰랐지만, 무작정 "노동자한테 좋은 거 아니냐"고 따지듯 대답했단다. 그런데 그게 맞는 말이다. 노조는 노동자들의 이해를 대변하는 버팀목이지 않은가. 처음 가입할 때부터 노조가 만들어질 때까지 사수가 겪었던 몇 달은 거의 첩보 영화 속 주인공과 다름없었다. 그때 그 소장은 회사에서 해고됐다.

"우리가 2013년 11월 1일에 노조 출범식을 했어요. 그때 다른 분회 조합원들이 우리에게 연대를 왔죠. 우리 분회가 출범식 할 때 한 30명 정도 됐는데, 그 언니들이 걱정 말라고 했어요. 이제 인간 대접받을 거라고. 정말 그때 큰 힘이 됐어요."

현재 사수는 민주노총 서경지부 광운대분회 사무장이다. 하지만 처음부터 사무장은 아니었다. 그냥 노조 내에서 나이가 어린 열혈 조합원이었다. 노조 활동이 있을 때마다 적극적으로 참여했던 게 전부다. 초창기 분회장이었던 그 동기 언니가 개인적 사유로 분회장 자리를 내놓으면서 당시 사무장이 분회장으로 당선됐다. 그 때문에 공석이던 사무장 자리는 어느새 노조 활동에 적극적이던 사수로 추천됐다.

내가 근처에서 바라본 임 사무장은 노조의 살림꾼이었다. 운영비 등 예산을 관리하고, 노조 내의 사무 전반을 관장한다. 요즘은 회계 감사 준비도 하고 있다. 하지만 사수는 노조 전임자가 아니다. 노조 임원은 곧 전임자란 등호가 성립되지 않는 것이다.

특히나 노동조합 및 노동관계조정법(노동조합법) 제24조 제2항을 보면, 전임자는 전임 기간 동안 사용자로부터 어떠한 급여도 지급받지 못한다. 물론 전임자의 임금 손실이 없는 근로시간면제 제도가 있다. 이 제도의 적용을 받는 광운대분회 임원은 유일하게 분회장뿐이다. 그래서일까. 사수는 자신의 직무인 청소는 물론이고, 노조 임원의 역할까지 동시에 맡는 중이다.

"아직도 어딘가 나가서 발표하면 얼굴이 새빨개져요. 임원인데, 총회 때 조합원들 앞에서 발표하면 가슴이 콩닥콩닥해요. 학창시절 때도 발표시킬까 봐 얼마나 걱정을 했는데요. 요즘은 그래도 사무장이 돼서 그런지 많이 나아졌어요."

사수는 참 소녀 같다. 감수성도 풍부하고, 부끄러움도 많다. 그렇게 앞장설 때마다 심장이 두근거리는 사수는 지난 몇 년간 투사의 모습을 보였다. 다른 조합원들도 마찬가지였다. 그 때문에 대학 청소노동자의 현실이 세상에 알려졌다. 사회 문제로까지 비화됐다. 하지만 여전히 많은 문제를 안고 있다. 그중 간접고용으로 야기되는 '가짜 사장, 진짜 사장' 문제는 이 사회 전반에 팽배하다. 광운대 청소노동자들도 이 문제에서 자유롭지 않은 게 사실이다.

나는 화장실의 꽉 찬 쓰레기통을 비우고, 휴지를 새로 간다. 그러고 나서 스마트폰으로 잠깐 기사를 봤다. 마침 오늘은 최저임금위원회 제9차 전원회의가 열리는 날이었다. 그렇다. 요즘은 최저임금이 노동자들 사이에서 최고 화두다.

"요즘 1~2만 원 들고 가면, 시장에 가서 살 게 없어요. 몇 개 고르면 금방 만 원이 넘어가는데, 뭘 사요. 가뭄 때문에 채소 물가도 갑자기 확 올라갔어요. 살 건 많은데, 고르기가 두려워집니다. 마트 갈 때마다 바구니가 점점 가벼워지는 게 느껴져요. 그래도 우리는 노조가 있어서 최저임금보다 조금 더 받는다고 하지만, 여전히 저임금인 건 마찬가지예요. 최저임금 만 원은 언제쯤 가능할까요?"

사수는 노동조합이 만들어지기 전까지 최저임금을 받아왔단다. 2년 전까지는 모든 수당이 최저임금으로 환산됐다. 최저임금과 별개로 퇴직금, 상여금 등의 수당이 따로 지급돼야 했지만, 철저히 무시됐다. 광운대 청소노동자들은 원래부터 그런 건 줄 알았단다.

그 결과 최저임금을 고스란히 받아야 했다. 명목상 최저임금이었지만, 실상은 그 이하였다. 현재 청소노동자들이 최저임금 이상의 임금을 받는 건 그만큼 노조의 영향이 컸다. 그럼에도 시급 만 원은 커녕 올해 시중노임단가(8019원)에도 한참 못 미친다. 내년도 최저임금은 얼마나 될까. 그도 그럴 것이 최저임금은 청소노동자들이 내년에 받을 임금에 상당 부분 영향을 미치기 때문이다.

"최저임금은 정말 피부로 와 닿는 문제예요. 결국 제 문제죠. 우리가 함께해야 우리의 문제도 해결될 테니까요. 그런데요. 성신여대랑 한성대가 청소노동자들한테 생활임금을 지급하겠다고 하던데, 혹시 그 소식 알고 계신가요?"

1층 화장실에 들어갔다. 바닥에 떨어진 하얀 휴지 뭉치를 주웠다. 화장실을 정리하고 나오니 사수가 2층에서 내려온다. 사수는 당시에 손을 덜덜 떨면서 가입했던 노조의 중요성을 내게 전해줬다. 그 이야기는 2층으로 터벅터벅 올라가던 학생들도 들었을 것이다.

"제가 노조를 하면서 느낀 건 우리가 하나 되지 않고는 이길 수 없

청소노동자 임효선 씨가 1층 로비를 대걸레로 닦고 있다. 그 저만치서 학생들이 공부 중이다.

다는 거예요. 우리의 단합된 힘을 보여줘야지, 그렇지 않으면 우리는 그냥 길거리에 아무렇게나 버려진 휴지 조각 취급을 받을 거예요. 그래서 더 똘똘 뭉쳐야겠지요. 비록 요즘 내·외부적으로 힘든 상황이지만, 노동자의 권리를 얻기 위해 사무장으로서 더 사명감을 갖고 활동해야 할 것 같아요. 수많은 난관이 광운대분회 앞에 나타나겠지만, 우리가 함께라면 충분히 이겨낼 수 있을 겁니다."

사수는 조곤조곤 비정규직 문제도 이야기했다. 이를테면 비정규직 문제는 이미 청소노동자 자신을 넘어선 지 오래다. 비정규직 문제는 어느새 그 자식의 취업에까지 영향을 미치는 중대한 사안이 됐다. 비정규직이 대물림되는 시대다.

"내 자식이 정규직 되기가 진짜 하늘의 별 따기예요. 옛날에는 고시 공부해서 합격하기가 하늘의 별 따기였는데, 지금은 고시 공부 저리 가라죠. 4년제 명문대 들어가도 비정규직이 태반이잖아요. 우리 아이들을 위해서라도 제가 더 열심히 해야 할 것 같아요. 특히나 제 아이들이 나중에 노조에 가입하면 환영할 것 같아요. 노조 가입하고 많은 것이 변했거든요. 제 아들, 딸들도 자신들에게 닥칠 불합리한 노동현실을 스스로 바꿔나갔으면 해요. 저도 응원할 거예요. 제가 지금 노조 활동하는 것을 제 남편과 아이들이 적극적으로 지지해주니까요. 항상 고맙고, 미안해요."

사수의 말이 멋졌지만, 한편으로 슬펐다. 맞는 얘기지만, 그게 또한 우리의 현실이기 때문이다.

청소가 마무리됐다. 사수가 전자정보공과대학 건물인 비마관 경비실 앞에 부착된 카드 리더기에 출퇴근 카드를 대니 "안녕히 가십시오"라는 음성이 흘러나온다. 이 리더기는 최근에 회사가 설치한 것이다. 밖으로 나가니, 누군가가 자전거를 타고 지나간다. 그 광경을 바라보던 사수는 내일부터 운동을 시작할 거라 귀띔해줬다.

"이게 육체노동이다 보니까, 건강관리도 중요해요. 가끔 체력이 안 따라줘요. 그래서 운동 계획을 쭉 짜놨죠. 하지만 작심삼일로 끝나요. 아니지. 하루도 안 지나서 무용지물이에요. 내 자신에게 계속 핑계를 대고 있더라고요. 내일부터는 진짜로 운동해야 하는데…."

집으로 발걸음 하는 사수는 매번 청소를 하며, 또 노조를 하며 무엇을 느꼈을까. 노동자에게 불리한 노동현실이 갑자기 바뀌는 마법은 이뤄지지 않는다는 걸 몸소 깨닫지 않았을까. 그럼에도 사수는 그 상황을 바로잡기 위해 끊임없이 투쟁하고, 요구할 것이다. 누가 뭐라 해도 열악한 노동현실을 바로잡는 최후의 보루는 결국 노동자 자신이란 것을 이미 알고 있기 때문이다. 오늘도 사수는 노동자가 살기 좋은 세상을 꿈꾼다.

에필로그: 나는 청소하는 기록노동자다
– 현재 진행형인 청소노동자 체험

임시 조합원 총회가 열린 지 한 달여가 지나갔다. 나는 책상 끄트머리에 치워져 있던 '광운대분회 사업장 보충협약 합의서'를 다시 꺼내 봤다. 한 달 정도 지나서인지, 얇게 먼지가 깔려 있었다. 먼지를 털어내고 합의서를 한 장 한 장 넘겨봤다. 그런데 눈에 띄는 조항이 보였다. 제1조 전임자 조항이다. 이 조항은 이른바 근로시간면제 제도(타임오프제)다.

"단체협약에 따른 조합전임자는 조합이 지정한 근로시간면제자에 한하여 1500시간의 근로시간 중 자유로운 조합활동을 보장한다."

민주노조 광운대분회에서 근로시간면제자는 최수연 분회장뿐이다. 최 분회장은 '청소노동자인 듯 청소노동자 아닌 청소노동자 같은 존재'다. 그도 그럴 것이 다른 청소노동자처럼 청소 일을 하지 않기 때문이다. 그 대신 최 분회장은 조합 업무 전반을 담당한다. 문득 이런 궁금증이 떠오른다. 왜 최 분회장은 본연의 업무인 청소 일도 안 하는데, 근로시간을 면제받을까. 그 궁금증 때문에 나는 곧 최 분회장의 일거수일투족을 체험할 참이다.

물론 체험 전이지만, 지금까지 내가 봐왔던 최 분회장의 하루는 치열했다. 주말도 없이 일할 때도 많다. 왜 근로시간면제자인지 대충은 이해가 간다. 특히나 최 분회장은 무릎이 불편하다. 오래 걷는 날이면 다리에 무리가 온다. 그런데도 아침부터 나와서 조합원들의 개인 의견을 수렴한다. 조합원들의 불편사항을 용역업체 소장에게 전달하는 역할도 도맡아 한다.

노동쟁의가 벌어지는 사업장에 조합원 대신 연대를 가는 것도 최 분회장의 업무다. 최근에는 서울여대와 연세 세브란스빌딩 노동자들의 노동쟁의에도 함께했다. 이곳저곳에서 열리는 조합 관련 회의도 빠짐없이 참석한다.

최 분회장은 불철주야로 신출귀몰하다. 분회장의 업무가 이렇게 상당한데, 아무도 몰라준다. 일부 조합원들만 이런 사정을 안다. 그렇다고 정당한 보상을 받는 것도 아니다. 거의 매일 8시간 이상을 일하지만, 근로면제시간은 2000시간도 안 되는 게 현실이다. 어쨌든 내·외부적으로 열악한 조건에서 노조를 이끄는 최 분회장의 하루 체험은 내게 상당한 의미로 다가올 것 같다.

지금까지 직접 청소를 해 봤지만, 쉬운 일이 하나도 없다. 특히나 매일 해야 하는 화장실 청소는 지옥 같다. 우리 집 화장실은 가족이니 참겠지만, 남이나 다름없는 학생·교직원들이 사용하는 화장실은 아무리 오래 해도 견디기 힘들다. 열악한 노동환경은 차치하고, 새벽부터 일하는 습관조차 익숙지 않다. 세상이 바라보는 편견 가득한 시선도 견뎌야 한다. 청소란 업무는 육체노동이지만, 또 한편으로 감정노동인 이유다.

그렇다. 학생들이 무심히 지나쳤던 청소노동자들의 모습이 아주

가까이서 바라보면 선명하게 드러난다. 지금도 수많은 청소노동자들이 광운대를 반짝반짝 빛나는 공간으로 꾸미고 있다. 내 청소 선배들의 구슬땀이 광운대 건물 곳곳에 하나하나 배어 있는 것이다.

우리 사회의 한 구성원인 청소노동자 대부분이 이렇게 중요한 업무를 하고 있음에도 자신의 일을 부끄러워한다. 자신을 밑바닥 인생이라 생각하는 청소노동자들도 있다. '모든 노동은 신성하다'는 글쟁이들의 주장은 글 속에만 존재하는 걸까.

현실은 옛 조선시대의 계급 피라미드처럼 직업의 상하관계가 분명했다. 특히나 가사 노동의 연장선상에 있는 청소를 하찮게 바라본다. 이를테면 부모가 어린 자식에게 "공부 안 하면 청소노동자처럼 밖에서 일한다"는 얘기 자체도 직업의 귀천이 있다는 걸 방증한다. 이미 우리는 어렸을 때부터 직업의 귀천을 배우며 커나가고 있는지도 모르겠다.

항간의 시선만큼이나 청소노동자를 설명하는 단어도 몇 개의 범주로 정해져 있다. 사회적 약자로 대표되는 고령, 여성, 저학력, 비정규직이 그것이다. 통계치도 이런 현실을 증명한다. 박용철 한국노동사회연구소 객원연구위원이 발표한 '서울시 대학 비정규직 노동실태와 개선방안(2014년 3월)'을 보면 청소노동자 273명 중 84.1%가 여성이었고, 96%가 파견·용역노동자였으며, 59.5%는 중졸 이하의 학력 소지자였다. 평균 연령은 59.9세였다. 이런 현실이 청소노동을 괄시받는 직종으로 만들고 있다.

"정말 똑같은 사람인데 너무 무시하는 것 같아요. 청소노동자를 똑같은 사람으로 생각하지 않는 게 느껴집니다. 노동현실 좀 개선해 달라고 절규해도 잘 들으려 하지 않기 때문이죠."

변선영 조합원이 내게 전한 얘기다. 이런 인식은 결국 열악한 노동조건으로 이어진다. 이를테면 청소노동자는 저임금을 받아야 한다는 편견이 그것이다. 이런 현실은 청소노동자를 다시 사회적 약자로 만든다. 악순환이 되풀이되는 순간이다.

　이런 선입견과 환경에 광운대 청소노동자들은 반기하기 시작했다. 민주노조 가입 순간부터 지금까지 이뤄낸 그 지난한 투쟁은 청소노동자의 정체성을 새롭게 만들어냈다. 그 결과 열악한 노동환경은 조금이나마 개선됐다. 이 청소노동자들의 노동운동은 지금도 우리 사회에서 힘겹게 살아가는 여성, 비정규직, 저학력, 고령의 모든 노동자를 대변한다. 여기서 노동의 희망을 본다.

　세상과 맞서는 민주노조 소속 청소노동자들과 동고동락한 지도 꽤 오래 됐다. 그동안 남모를 속사정이 참 많았다. 특히나 나는 이 체험기를 우리 아빠, 엄마, 동생 몰래 진행해왔다. 우리 가족들은 내가 지금 취업 준비를 하고 있는지 알고 있다. 물론 남들과 다르게 취업 준비에 소홀한 아들과 형의 낌새를 이미 눈치 챘는지도 모르겠다.

　겉보기로 계속 취업 준비에 실패하는 듯한 아들에게 엄마는 이제 공무원 시험을 준비하는 게 어떻겠냐고 조심스레 제안한다. 아들이 나이는 점점 들어가는데, 아직도 돈을 못 벌고 있으니. 엄마의 자식 걱정은 하루하루 늘어간다. 이 순간만큼은 불효자가 된 듯한 기분이다. 나조차 이런 내 모습이 가끔은 불안하다. 내가 선택한 이 여정이 올바른 건지 끊임없이 내 자신에게 되묻는 이유다.

　또 다른 걱정이 나를 옥죄고 있다. 이 체험을 시작하면서부터, 나는 주변을 자주 돌아보는 습관이 새로 생겨났다. 민주노조 조합원을 만날 때마다 학교 관계자의 시선이 두려워진다. 변선영 조합원은 이런 내게 가끔 능친다. 내가 학교의 감시 대상 5호라고. 1호부터 4호는 민주노조 간부들이다. 이 농담이 전혀 농담 같지 않은 건 왜 그런 걸까.

　이런 현실적 제약에 최근 들어 자주 답답하고, 무기력한 나다. 그럼에도 나는 포기하지 않을 것이다. 청소노동자를 기록할 때만큼은 오히려 더 행복해지기 때문이다. 목표는 명확하다. 오랜 시간 지근거리에 서서 청소노동자의 현실과 그 일상적인 삶을 더 다양하고, 자세하게 그리고 싶다. 오늘도 청소노동자의 삶을 써내려간다. 나는 '청소하는 기록노동자'다.

오늘도 노동자의 삶을 기록한다

노동현장의 생생한 모습을 고스란히 담으려고 노력했던 기억이 주마등처럼 스쳐간다. 체험이 없었다면, 불가능했을 것이다. 체험은 더 좋은 르포를 쓰겠다는 생각의 발로였다. 청소노동자의 삶을 있는 그대로 기록하고 싶은 마음이 간절했기 때문이다. 광운대 청소노동자 체험을 시작한 이유였다.

청소노동자 체험은 어느새 일상이 됐다. 하지만 그 일상을 그리는 건 쉬우면서도 어려운 작업이었다. 그 때문에 나는 항상 고민했다. 청소노동자가 나였다면, 어떻게 이야기를 풀어냈을까. 이 물음을 끊임없이 되뇌며 체험기를 이어갔다. 이 과정은 흡사 좌충우돌하는 초보 기록노동자의 성장 이야기였다.

하루하루 체험하며 청소노동자들이 겪는 희로애락을 느꼈다. 기쁘고, 노엽고, 슬프고, 즐거운 이야기들이 쉴 틈 없이 노동현장을 지배했다. 그렇다. 노동자가 흘리는 굵은 땀방울의 이면에는 우리가 알지 못하는 수많은 삶이 공존했던 것이다. 수개월 동안 청소노동자들과 함께 공유했던 그 찰나의 감정들은 내 체험기를 이끄는 중요한 동력이었다.

그렇게 체험기가 만들어졌다. 물론 그 사이마다 부족한 부분도 꽤 많이 존재했다. 아직 전하지 못한 이야기들이 남아 있는 만큼, 매순간 그 부족분을 메우려고 끊임없이 노력할 것이다. 광운대 청소노동자 체험기는 현재 진행형이다.

나는 이야기의 주인공인 광운대 청소노동자들 덕분에 노동이란 단어에 내포된 의미를 조금이나마 이해하기 시작했다. 묵묵히 자신의 일을 하면서도 노동자의 인간다운 삶을 보장받기 위해 노동운동을 하는 광운대 청소노동자들이 나의 노동인권 선생님이었다. 나와 함께 동고동락했던 민주노조 소속 광운대 청소노동자 한 분 한 분께 고맙다는 인사를 전한다.

지금 내 가족들이 가장 많이 생각난다. 이제야 내가 르포작가를 꿈꿔왔던 걸 가족들에게 이야기했다. 전부터 계속 내가 하고 있는 일에 대해서 털어놓고 싶었지만, 나 혼자서 여러 이유로 괜히 망설였던 결과다.

나의 당선 소식에 아빠는 "우리 아들이 최고"라며 칭찬해주셨다. 엄마는 "그동안 고생이 많았다"며 격려해주셨다. 동생은 "멋지다"며 축하해줬다.

가족들의 한마디 한마디에 눈물이 왈칵 쏟아졌다. 정말 가족들이 없었다면 현재의 나 또한 없었을 것이다. 내가 제일 존경하는 아빠와 엄마, 그리고 형같이 듬직한 동생에게 감사와 사랑의 마음을 표한다.

내가 발 딛고 있는 사회의 노동현장은 여전히 열악하다. 노동자가 살기 참 힘든 세상이다. 그 현실을 살아가는 노동자의 모습을 하나하나 담고 싶다. 특히나 노동법의 사각지대에 놓여 있음에도 우리 눈에 잘 띄지 않는 노동자들의 삶에 주목할 것이다. 오랜 기간 자세하게 바라보고 싶다. 이제부터가 시작이다. 오늘도 나는 노동자의 삶을 기록한다.

차가운 노동현실에 대한 날카로운 고발의 시

　전태일문학상은 세간에서 실시되는 여타의 다른 많은 문학상과는 달라야 한다는 게 심사자들의 공통된 입장이었다. 전태일이라는 이름을 달고 있는 이상 전태일 선생이 생전에 보여주었던 인간에 대한 폭넓은 이해와 우리 사회의 여러 모순에 대한 날카로운 통찰을 담고 있어야 한다고 생각했다.

　올해 전태일문학상에도 많은 분들이 응모했다. 이것은 점점 악화돼 가는 우리 노동현실과 어떤 관련이 있는 게 아닌가 하는 생각을 갖게 했다. 응모자 가운데는 현장 출신자들도 꽤 눈에 띄었다. 그러나 어떤 분들의 시는 지나친 언어세공 기술에만 머문 듯하여 안타까웠다. 대학 문창과나 문화센터 시창작반의 작풍으로 보이는 내용 없는 언어 테크닉이나 자폐적인 세계인식이 있는 시도 없지 않았다.

　본심에 올라 온 작품은 열세 명의 작품이었다. 전체적으로 심사자는 한 작품의 완성도보다는 앞으로의 가능성에 무게를 두고 평가했다. 좋은 현장 체험이 실린 시도 있었지만, 그 체험이 보편적 정서로 나아가지 못하고 개인체험에 머물러 있는 경우도 있었고, 훌륭한 소재를 가지고 개인의 독백 정도에서 그친 시도 있어서 안타까웠다.

　우리가 대표 당선작으로 뽑은 이동우의 「막다른 길들」은 쌍용차 사태를 다루고 있는 시이다. 26명이나 목숨을 잃은 차가운 노동현실에 대한 날카로운 고발로 읽히는 시이다. 그러나 이 시는 그런 비정함을 즉물적으로 드러내지 않고 뒤로 숨기면서도 현실을 효과적으로 표출하고, 아울러 범상치 않은 결론으로 시를 이끌어가는 솜씨가 돋보였다. 이 밖에도 심사자가 관심을 보였던 작품은 고정옥의 「떡잎」외 2편과 최연수의 「검은 가방」외 4편이었다. 앞으로 건투를 빈다.

예심: 송경동(시인) · 문동만(시인)
본심: 백무산(시인) · 김용락(시인)

소설의 가장 큰 의무는 현실을 피하지 않고 정직하게 대면하는 일

　문학이 커다란 위기를 맞이하고 있다. 과장을 좀 하자면 단군 이래 최대 위기라고 해도 좋을 것 같다. 위기는 두 방면에서 왔다. 하나는 문학과 떼려야 뗄 수 없는 관계를 맺고 있는 출판시장의 위축. 쉽게 말해 도대체 책을 읽지 않는다는 것이다. 모든 이들이 손에 든 스마트폰 화면만을 들여다볼 뿐이다. 그렇다고 아직 전자책 시장이 활성화된 것도 아니다. 이렇다 보니 도처에 정보는 넘쳐나지만, 정작 제대로 된 이야기는 드물게 되는 기현상이 벌어진다. "매일 아침 우리들은 지구의 새로운 사건들을 알게 되지만 정작 진귀한 이야기에는 빈곤을 겪고 있다. 그 까닭은 우리들이 알게 되는 일이란 모두 하나의 예외도 없이 이미 설명이 붙여져서 전달되기 때문이다."(벤야민) 독자로 하여금 느끼게 하는 대신 구구절절이 설명을 보태야 하는 것은 문학과 거리가 있게 마련이다. 다른 하나는 신경숙 사태. 길게 얘기할 필요 없이, 독자들은 자신들이 가장 사랑하는 작가로부터 돌이킬 수 없는 배반을 당한 것이다. 동료 작가들은 작가들대로 창피해서 얼굴을 들 수 없게 되었다. 자고로 우리나라는 성리학적 문치(文治) 사회로 몇 백 년을 존속해 왔기 때문에 아무리 세계에서 가장 빠른 경제발전을 이룩했다고 해도, 직업으로서 글쓰기를 선택한 작가에 대한 예우는 그야말로 선비에 대한 그것처럼 제법 좋은 편이었다. 사회가 위기에 처했을 때마다 작가들이 앞장서서 의미 있는 발화(發話)를 할 수 있었던 것도 그 때문이었다. 그런데 이제 문학의 이름으로 나설 수 있는 공간이 급격히 좁혀졌다고 아니할 수 없지 않은가. 나아가 표절이 개인의 양심의 문제 차원을 넘어서서, 우리 문학이 문학권력의 지배를 받는 한 언제든지 또 발생할 수밖에 없게 되었다는 데 문제의 심각성이 있다고 해야 한다. 이번 사태를 통해 서사, 즉 이야기가 있어야 할 자리를 문체가 차지하고 있었다는 통렬한 비판이 나왔는데, 어쩌면 이것이 이번 사태의 가장 큰 교훈인지 모르겠다. 사실 작가들은 진작 '현장'을 등진 채 '골방'으로 퇴각했다. 아마 6월항쟁과 7,8월 노동자대투쟁의 결과 형식적인 민주화가 어느 정도 이루어진 직후 지난 시절을 회고하는 작품들이 이른바 '후일담 문학'이라고 해서 신랄하게 비판을 받은 것과 거의 때를 같이할 것이다. 이후 작품의 주된 배경은 공장과 거리에서 아파트와 카페로 바뀌었다. 그때부터는 서사가 급속히 퇴조하고, 대신 인간의 내면과 본질에 대한 탐구가 그 자리를 차지하기 시작했다. 계급은 더 이상 인간을 바라보는 유용한 프리즘이 되지 못했다. 현실적 존재로서 인간이 일상에서 매순간 맞부딪치는 불안보다는 근원을 알 수 없는 불안, 즉 본질적 불안에 사로잡힌 인간에 대한 탐구가 주를 이루었다. 그것은 필요한 일이었고, 지난 시절의 우리 문학이 과도하게 집단의제에 함몰된 나머지 필연적으로 소홀하게 여길 수밖에 없었던 부분이었다. 이른바 개인을 새롭게 발견하는 과정이었던 것. 하지만 그것이 지배적이 되는 과정에서 문체가 서사를 현저히 압도했다. 나아가 21세기에 접어들자 현실은 작가의 가장 중요한 참고목

록의 지위마저 의심받는 지경에 이르게 된다. 서사만이 문학의 정수는 아닐 것이다. 하지만 오늘 우리가 목격하듯 서사를 홀대하는 풍토는 마땅히 개선되어야 한다. 우리 문학이 현실을 떠날 때, 현실도 우리 문학을 외면할 것이기 때문이다.

본심에 올라온 소설들을 읽으면서 우리에게는 아직 희망이 남아 있다는 생각을 가졌다. 작가들은, 그리고 작가 지망생들이 서사에 대한 믿음을 포기하고 있지 않았기 때문이다. 그들은 우리 시대가 안고 있는 문제들을 정직하게 바라보고 있었다. 위기에 처한 노동의 문제는 소설에서도 가장 중요한 소재였다. 감정노동자의 애환과 불완전 고용을 포함한 비정규직 문제, 해고 문제. 심사자들 역시 노동문제를 정면으로 다룬 소설을 쓴 적이 있기에 돌이켜보는 바이지만, 그 시절과 지금은 노동문제의 본질 자체가 전혀 달라졌다는 사실을 깨달았다.

마천루의 코앞에서 여전히 상존하는 도시빈민들을 핍진하게 추적해 나간 소설(「해우방에서 하루」)과 디자이너였던 주인공이 회사가 운영하는 목욕탕으로 부당 배치되면서 벌어지는 해프닝을 그린 작품(「목욕하는 남자」) 역시 우리 시대 노동문제의 일단을 정직하게 보여주고 있다. 그러나 전자는 판잣집동네의 도시빈민들을 하나하나 보여줄 때에는 치밀함을 자랑했지만, 뒷부분에 가서는, 다시 말해 그들이 한 군데 모여 무엇인가를 보여주어야 할 때에는 앞 장면의 그런 치밀함이 온데간데없이 사라져버리는 불균형을 드러내고 말았다. 후자는 부당한 발령을 받은 주인공의 동선이 계급적 자각하고 거리가 멀었던 것은 물론, 또 지루했다. 그러다보니 그야말로 우리 시대의 노동의 문제일 수밖에 없는 불완전고용의 문제가 개인에게 닥친 지극히 사적인 해프닝처럼 축소되고 말았다.

당선작으로 김주욱의 「발광생물」을 선정했다. 학교 급식을 배송하는 아르바이트 노동자의 일상을 세밀하게 파고드는 솜씨가 일품이었다. 주인공이 노동을 하는 주요공간으로서 냉동탑차와 냉장고가 오히려 그를 두 번씩이나 위기에 몰아넣는다는 설정이 전혀 어색하지 않았다. 오늘 우리 주변의 수많은 아르바이트 노동자들이 어떤 환경에 처해 있는지 직접 경험하지 않고도 실감할 수 있을 정도였다. 아울러 작가는 주인공의 그런 위기를 혹은 과장되거나 혹은 어설프게 그리는 대신 소설적으로도 능숙하고 짜임새 있게 형상화해냈다. 그리하여 소설에서 주인공의 시선을 빌려 '음식재료 배달기사가 음식재료가 되는 것은 아닌가'하고 슬쩍 던져보는 '엉뚱한 상상'이, 우리가 처한 노동현실에 대한 '정직한 고백'이라는 사실을 느끼게 해준다.

앞서 문학이 커다란 위기를 맞이하고 있다고 했는데, 아무리 외적인 환경이 크게 영향을 미쳤다고 해도 결국 문제를 해결해나가는 주체는 문학(인)이어야 한다. 여러 가지 제도나 환경을 변화시키는 일도 중요하겠지만, 무엇보다 작가의 자세가 가장 중요하다는 점을 강조하고자 한다. 주어진 현실을 피하지 않고 정직하게 대면하는 일, 그것이야말로 어느 시대를 막론하고 소설의 가장 큰 의무일 것이다. 우리는 너무 먼 길을 걷고 있었다.

당선자는 물론, 아깝게 탈락의 고배를 마신 응모자 여러분도 모두 희망을 잃지 말고 뚜벅뚜벅 나아가기를 기대한다. 전태일정신이 바로 삿된 것을 뿌리치고 올바른 미래를 향해 정직하게 나아가는 것 아니겠는가.

예심: 홍명진(소설가) · 이재웅(소설가)

본심: 윤정모(소설가) · 김남일(소설가)

가슴을 울리는 진실의 문장들

본심에 생활글과 기록문이 각 세 편씩, 총 여섯 분의 작품이 올라왔습니다. 생활글 「당신의 콩국수 한 그릇」은 할머니가 해주신 콩국수를 통해 노동자에게 따뜻한 밥 한 공기와 한 사발 국으로 고단한 삶을 위로해주고 싶은 마음을 표현한 따뜻한 글이었습니다. 편지글인 「달빛 같은 선배님께」는 해고생활과 파업이라는 극한 상황에서도 달빛처럼 은은하게 세상과 사람들을 비춰주는 노동조합과 사람 간의 아름다운 관계를 정갈하게 쓴 작품이었습니다. 생활글 「우리는 현재진행형」은 해고에 맞선 투쟁과정을 아내의 입장에서 눈물겹게 써내려간 리얼한 기록이자, 우리 시대에 진행되고 있는 해고와 산재와 약자로 내몰린 노동자들의 고충들이 잘 드러난 작품이었습니다.

책 두세 권 분량의 묵직한 현장 기록문 「이게 진정 선동, 불법인지요?」는 대한민국 굴지의 식품회사에서 고용주가 어떻게 노동자를 다뤄 왔는가, 그런 조건에서 노동자의 힘과 노동조합이 어떻게 변해 갔는가, 얼마나 많은 사람들이 다치고 해고되고 불이익을 당했는가 하는 것을 피눈물 나게 기록한 귀중한 자료였습니다. 르포르타주 「벼랑 끝 이기자」는 소위 '마이너 신문사' 기자가 부당하게 부서이동당하고 끝내 해고되고 투쟁하는 과정에서 겪는 인간적인 모독과 이 사회의 단단한 벽과 벼랑 끝 일상을 잘 기록한 수작이었습니다. 거의 소설이라 할 만큼 냉정한 시선과 찬찬한 기록이 마음을 울렸습니다. 기록문 「나도 청소노동자다」는 대학교에서 벌어지는 인권침해와 인권을 찾으려는 고투를 잘 그렸습니다. 총장실을 점거한 청소노동자의 이야기를 피하다, 차츰 귀를 기울이다, 갈등하다, 결국 청소부가 되어 그들의 노동과 삶을 시간 순서로 기술했습니다. 자신을 '청소하는 기록노동자'로 자리매김하면서 200일 동안 일하며 쫓아다니며 인터뷰해 쓴 훌륭한 체험기였습니다.

위 5편이 각자 성격이 다르고, 특히 한겸택의 「이게 진정 선동, 불법인지요?」와 이은용의 「벼랑 끝 이기자」는 방법을 찾아 자료집 혹은 책으로 묶었으면 하는 마음이 드는 아까운 자료라 생각되어 감히 우열을 논할 수 없습니다만, 김동수 님의 「나도 청소노동자다」라는 작품을 최종 당선작으로 올리는 바입니다. 진실은 결코 미문일 수가 없습니다. 과장하지 않는 의협심, 대상화 하지 않는 주체 설정, 정직함, 삶의 구체적인 세목의 표현, 사태의 핵심을 짚어내는 눈, 현장에 걸맞는 박진감 넘치는 문장 등 여러 가지 미덕을 갖춘 이와 같은 작품들이 앞이 보이지 않는 이 시대 젊은이들 속에서 더 나오길 빕니다. 고맙습니다.

예심: 최경주(소설가) · 안미선(르포 작가)
본심: 신순애(작가) · 김해자(시인, 르포 작가)

김성호(고양가좌고 2), 「폐차」 외 4편 | 전태일재단 이사장상(시 부문)
변회수(문정여고 3), 「아버지의 미싱소리」 | 전태일재단 이사장상(산문 부문)
정혜성(살레시오고 3), 「거룩한 '인간사랑' 정신의 소유자」 | 전태일재단 이사장상(독후감 부문)
박하은(숭신여고 3), 「사공이 탄 구두」 외 3편 | 경향신문 사장상(시 부문)
허지연(경기창조고 3), 「올빼미」 | 경향신문 사장상(산문 부문)
이강(구산중 1), 「당신이 바보인 이유」 | 경향신문 사장상(독후감 부문)
허찬(장충고 3), 「발화」 외 3편 | 한국작가회의 이사장상(시 부문)
이하림(인천원당고 3), 「송전탑의 봄」 | 한국작가회의 이사장상(산문 부문)
박윤화(전주성심여고 3), 「똑똑한 바보, 전태일」 | 한국작가회의 이사장상(독후감 부문)
김다영(광주경신여고 3), 「빨리, 더 빨리」 외 2편 | 사회평론 사장상(시 부문)
정수민(고양예술고 3), 「당신의 이력을 수선해드립니다」 | 사회평론 사장상(산문 부문)
김형준(김천고 2), 「아름다운 희생」 | 사회평론 사장상(독후감 부문)

폐차

이리로 이리로 쿨토시 낀 아버지의 팔이
기름 낀 삶에 녹아들지 못한 채 버둥거린다
주유기 앞으로 멈춰선 제네시스 한 대 주유선을
자기 팔을 자동차 똥구멍 깊숙이 집어 넣는다
그렇게 한참을 4500원짜리 담배 대신 5만원어치
기름을 들이키고 내쉬며 자동차 배기관처럼 꼬인
뱃속 내장을 채운다 잠시 쉬는 시간 아버지는
점심 때 먹은 게 체했는지 화장실 변기에
기울어진 삶 구석 고인 썩은 기름 덩어리를
쿨럭쿨럭 뱉어낸다 오늘 그가 먹은 삼각김밥 두 개
계산해주는 50대 편의점 알바를 보며 그래도
나는 유통기한 지난 걸로 배 채우지 않아서
다행이라고 그는 생각했다 하지만 한편으론
편의점 알바가 유통기한 지난 공짜 김밥들을 준다면
마다할 생각도 없었다 고무타이어보다 질긴 삶을 절뚝이며
다시 주유선을 잡는 아버지는 30대 사무실 페인트 냄새처럼
이 기름 냄새에도 적응했다 그렇게
10년 넘게 사회 속 떠 있는 기름방울처럼 살아온
아버지는 어느덧 아무도 원하지 않는 폐차 직전
중고 자동차로 늙어버렸다 그 차의 바퀴 네 개로
굴러가던 엄마 형 누나 그리고 나는 어느덧 탈선한 지
오래 바퀴 없는 차가 굴러갈리 만무하다 구멍 뚫린

배기구로 기름이 줄줄 새고 벗겨진 운전대 저 혼자
돌아가는 귀신들린 차 같다 이미 사회는 아버지의
번호판을 떼어버렸다 번호도 없는 미등록 차량 어느 날
견인차 수십 대가 몰려와서 아버지의 사지에 고리를 걸고
폐차장으로 향하는 날이 있었다 굴러가는 법을 잊지 않기 위해
주유소 기름 냄새를 목에 축이던 아버지가 경유와
휘발유를 헷갈려 혼유 세 번을 했던 날 혼유 세 번이면
잘린다는 주유소장의 말과 함께 아버지가 잘린 날 집에
돌아오는 길 50대 편의점 알바와 마주대고 핀
담배 한 개비 잿가루 털며 들어온 아버지의 몸이 어느 순간
무너진다 삶을 버티던 흰 뼈가 고물 철 덩어리로 내려앉고
50년을 흘러온 피가 기름 떼로 현관 타일에 미끄러진다
형은 냄새난다며 누나는 저게 뭐냐고 소리치며 치우라 한다
나는 아버지를 치우고 가난을 닦아낸다 12시나 돼야 집에 오는
엄마 없는 안방에 아버지는 폐차되었다

부채 할아버지

에누리 없는 더위 속 여름 막바지 세일 한창인
백화점 앞 청테이프 떨어진 핸드캐리어에
웅크리고 앉은 할아버지 자기 옆에 깔린, 세월에
쪼그라든 여든살 먹은 몸보다 큰 돗자리에는
바람이 되지 못한 부채들이 누워 있다
지나가는 사람들의 걸음은 5000원짜리 부채
바람보다는 50억짜리 백화점 에어컨 바람에
발돋움한다

접힌 부챗살 마냥 햇볕이 두렁을 낸 주름살이
할아버지의 손 동선 따라 지렁이처럼 꿈틀거린다
플라스틱 반찬통에 8색 둘리 물감 짜고 섞으며
철책 두른 산허리에 앉은 꾀꼬리 노랫소리를 그리고
떠난 아내 위에 한 송이 얹었던 목련을 한 잎 두 잎 피운다
찢어질라 가느다란 대나무 부챗살 위에 쪽방촌 하얀 반달을
딱풀로 붙이며 부채 하나 바람 한 점을 짠다

한 번 보고 가시오 말 한 마디 없는 할아버지 발밑에는
각자 사연과 기구한 삶을 여덟 색깔로 간직한 부채들이
누군가의 땀을 털어낼 삶을 재촉할 바람으로 피어나길
기다리고 있다 백화점 앞에서 약속상대를 기다리는 사람들 몇이
둘 데 없는 발걸음을 슬쩍 곁눈질로 들일 뿐
우와 예쁘다 말에 할아버지 턱이 위로 삐끗하지만
그 사람 핸드폰으로 '예쁜 부채' 검색하며 쇼핑 사이트

구경하고 할아버지는 한 번 좀 보라며 방금 만든 부채
하나를 집어 든다 그러나 다음에 올게요 하곤 덥다 더워
백화점 안으로 들어가 버리는 그 사람
뒤에서 할아버지는 떨어진 부챗살을 딱풀로 다시 붙인다

하얀 반달 부채를 아가미인양 뺨에 달고
벙긋벙긋 숨을 보채는 할아버지는
이번 달 월세는 부채 몇 개로 되려나 끝나지 않을
셈을 한다 혹시라도 단속이 돌아다니진 않을까 수많은
사람들 발길 사이에 내민 머리는 보도블럭 사이 자란
은빛 잡초 같다

오징어 꼬리 하나

탁타다닥 세상에 휘둘러지는 빗방울은
하늘 위 거인이 늦은 새벽 출출해
야식 먹으려 후라이팬에 두른 식용유 같다
그 식용유 기름 세상 곳곳을 36.5도에서
탁타다닥 튀겨내며
선풍기 날갯짓 아래 잠든 사람들
바코드 꼬리표에 매달린 편의점 알바들
18살 아이들 똥기저귀 갈아주느라 허리 접힌 엄마들
인원감축대상 두려움 술로 희석시킨 아빠들
밤 도둑고양이 민들레 씨앗 묻은 꼬리 따라 집으로
걸음걸음 하는 18세 여고생 C양 위에
어둠이란 눅눅한 튀김옷을 덧입힌다
그런 뒤 거인은 누르툭툭 잘 튀겨진
그들 위에 매운 여름과 짜디짠 땀을 담뿍 뿌린다
음 맛있겠다 맛있겠다 그런 뒤
신용카드 같이 뭉툭한 어금니로
깨진 술병 같이 뾰족한 송곳니로
언제 빠질지 모르는 덧니로
거인은 와그적 아그적
씹고 씹는다 삼켰다
고 생각했는데 목구멍 어둠에 끌려간 꼬리를
흔들며 정작 몸통은 질척질척한 혓바닥 위에
남아 있다 그래서 거인은 삼키고 삼키리라 괜한 오기에
씹고 씹는다

하지만 결국 거인이 손바닥 위에 뱉은 건
튀김옷 떨어진 질기고 질긴
오징어 꼬리 하나
젠장 또 밀가루 옷만 먹었구나

청소부 K

끈적이는 검은 아스팔트 타르 알갱이 위에
콘크리트 선인장이 가로수로 핀 도심 한복판 잿빛 사막
날 선 빛줄기가 쬔 공기가 검은 더위를 토해낸다
사막 위 죽어가는 좀비가 되어 온 몸으로 기고
기는 사람들은 시원한 오아시스 한 모금을 갈망하며
콘크리트 선인장 가시에 찔려도 핏방울 대신 먼지 하나
날릴 뿐 그것이 사람 숨구멍 막기 전에
얼른 쓸어버리는 청소부 K의 튼 손

잿빛 사막 곳곳에 떨어진 사람들의 음료수 캔 하나
햄버거 한 봉지의 시간을 줍고 쓰는 청소부 K 어쩌다
장초라도 발견하면 버린 사람의 타다 남은 세월을
죽 빨아들이고 내쉬는 K의 콧구멍이 벌름거린다

같은 사막 위 같은 몸짓으로 걸어가는 사람들과 K
K를 향해 더러운 냄새 더러운 쓰레기 공부 안 하면
저렇게 돼 중얼거리는 사람들 가솔린 가스에 취한 얼굴로 시멘트
모래
찍어내는 그들은 수십년 세월을 오아시스가 있는 곳을 찾아
이리저리 신기루처럼 떠다니지만 사람들은 이미 아스팔트로 굳은
오아시스를 밟고 다닌다, 고 청소부 K는 말한다 그러고 보면 나는
오아시스를 쓸고 있었던 거야 플라스틱 빗자루로.

하루 해를 집어삼킨 자정 모두가 달궈진 사막 모래에 반쯤 묻혀

잠들어 있을 때 고무바퀴 두 개 달린 할머니가 덜쿵거린다
걸핏하면 틀어진 발목 잡아당기는 모래 함정에 힘없는
할머니가 옆으로 쓰러질라 치면 청소부 K의 빗자루가
지렛대 되어 받친다 그리곤 구름 다 죽은 납빛 하늘을
바라보며 더워서 잠도 안 오는데요 뭐 K는 돈으로 못 받을
쓰레기를 골라내고 이 정도면 할머니가 라면 몇 개를
끓여먹을 수 있을지 셈을 하는 손가락이 부스럭거린다
새벽부터 비단길 따라 걸은 할머니의 발가락 사이에 끈적끈적
말라붙은 검은 모래 알갱이들도 털어준다 에구 아저씨도
힘들 텐데 콘크리트 선인장에 팔 두르고 앉은 K는
사람들 한숨으로 지워진 사막의 지평선을 그려본다

청소부 K는 내일은 모레에는 사람들의 땀을 쓸고 웃음을
주워 담길 바라며 오늘을 어제로 저만치 쓸어두고 내일을
위한 자리를 남겨둔다

스톨

녹슨 철 막대기 여러 개로
심장을 긋고 눈물을 세워 만든
수천 개의 저 스톨* 안에
선홍빛 맨살을 실룩이고 빗살 같은
속눈썹 뒤룩이는
엄마가 있다
그곳에서 엄마는 꼬부라진 꼬리를
더 구부러뜨리고 세상 무게 감당할
맨몸을 욱여넣고 앞만 응시한다
내가 낳은 내 새끼들은
다 어디로 도망간 거지
자식을 낳고 낳아서 키웠더니
그 좁은 틀 안에서 뒤척이며 젖을
짜내고 돈을 쿨럭이며
자식한테 먹였더니
나한테 애나 낳으라 애나 돌보라 돈을
벌어와라 소리치던 주인남자한테 매를 맞아가며
그 틀을 숙명의 굴레처럼 쓰고 살았더니
남은 건 혀끝의 쇠 비린내뿐
쇠창살 사이사이로 언뜻언뜻 지나치는
저 수컷돼지 몇 마리들이 오늘

---

* 　스톨 : 어미돼지가 새끼를 낳는 좁은 분만틀

엄마가 그 좁은 틀에서 정해진 돈을
벌고 애를 낳는 걸 감시할 돼지들이란다
똥오줌 냄새 침 냄새 피 비린내 썩은 사료 냄새
로 덮인 이 틀 안에서도 나는
내 새끼들 냄새를 만질 수 있다
저 수컷돼지 몇 마리들 속에
내 새끼가 있고 내 옆집 앞집 뒷집
의 새끼가 있다

이 돼지들아
엄마라고 한 번만 울어보렴
그럼 이 쇠창살도
그 말 모양 따라 구부러질 테니까

아버지의 미싱소리

1.

드르륵 드르륵 하는 미싱소리가 집안으로 들어왔다. 아침부터 어김없이 아버지의 미싱 돌리는 소리가 요란하게 귀를 자극했다. 벽에서 째깍거리는 시계를 보니 오전 8시. 시계 바늘 돌아가는 소리만 들리는 고요한 주말이었다. 주말 치곤 꽤나 이른 시간임에도 양복바지를 열심히 재봉틀 아래로 밀어 넣는 아버지의 뒷모습이 거울에 비쳐 보였다. 방에서 나와 거실을 가로지르고 문 하나를 넘어가면 아버지가 자식 같이 여기는 세탁소가 있다. 세탁소와 집이 연결된 형태의 구조인데 문 하나를 경계로 집과 세탁소를 구분하고 있는 셈이다. 발을 디뎌 앞으로 가면 세탁소, 뒷걸음질을 하면 우리집. 덕분에 아버지의 작업장인 세탁소를 하루 종일 드나들 수 있는 턱에 미싱을 손에서 놓지 않는 아버지다.

아버지가 미싱에 손을 놓지 않는다면 나 또한 손을 놓지 않는 것이 있다. 바로 컴퓨터. 오전 8시, 아침 공기가 작업장으로 들어오게 문을 열어 두어 딸랑거리는 풍경소리가 울려 퍼지면 나도 뒤따라나가 작업장 구석에 위치한 컴퓨터 앞에 앉는다. 컴퓨터 본체에 사과같이 생긴 전원 버튼을 누르면 파란 화면이 나를 반겨주고 그 파란 화면은 나의 가슴을 두근거리게 한다. 오늘은 어떤 방을 탈출해야 할까.

내가 하는 게임은 자동차를 타고 경주를 하는 것도, 내 구역을 만들기 위해 영역 다툼을 하는 것도, 총을 들고 사람을 죽이거나 축구를 하는 그런 게임도 아니다. 나는 추리를 하고 도구를 이용해 열쇠를 찾아내어 방을 탈출하는 탈출게임에 중독되어 있다.

"또 게임이냐. 공부는 하라고 말도 안 할 테니 그런 거 할 시간에 재봉틀이나 더 배워. 네가 이 세탁소를 물려받아야 할 거 아니냐."

이게 아버지의 속셈이었던 것이다. 원래 이 컴퓨터는 집안 거실에 있었지만 내가 매일 컴퓨터 앞에 앉아 있는 것을 본 아버지는 컴퓨터를 작업실 구석에 배치해 두었다. 눈앞에 두고 감시를 하겠다는 작전이었던 것이다. 확실히 아버지의 따가운 눈초리에 컴퓨터 앞에 다가가는 것이 꺼려졌지만 그것도 잠시일 뿐 곧 면역력이라는 것이 생겨 그 눈초리도 더 이상 따갑고 꺼려야 할 것이 아니게 되었다. 그럼에도 아버지는 미싱을 손에서 놓지 않고 나를 흘끔흘끔 쳐다보며 지청구를 늘어놓기 시작한다.

하기야 공부에 전념해야할 수험생 고3이 집안에서 빈둥거리는 모습을 보면 눈에 가시이긴 하겠지만 난 지금이 내 인생을 위한 과정의 일부라고 여긴다. 탈출게임을 하다보면 느끼는 교훈도 있다. 모든 것엔 순서가 있다, 인간은 도구를 이용하는 동물이다 등등 말이다.

그렇게 대들 듯이 소리치면 아버지는 결국 고개를 좌우로 저으며 포기를 하는가 하면은 세탁소 문을 닫는 밤이 되면 억지로라도 내게 재봉틀 하는 법을 가르쳐 주었다. 이 세탁소를 나에게 물려주기로 작정을 하신 것이다. 처음엔 거부했다. 이런 드르륵거리며 요란한 소음을 내는 재봉틀은 내 적성도 아니었으며 흥미라곤 눈곱만큼도 없었기 때문이었다. 그러나 저번에 언성이 높아지다 억지로 시키려는 아버지를 밀어냈는데 누구보다도 든든하고 단단했던 아버지가 휘청거리고, 앙상한 팔목과 손으로 탁자를 잡아 몸을 지탱하는 모습을 보고 가슴 한쪽이 따끔거림을 느꼈다. 그 후 아무 말 없이 미싱을 배웠다. 지금이 아니면 배울 수 없을 것만 같았다.

아버지가 쓰는 재봉틀은 오래된 손미싱이기 때문에 배우려면 꽤나 오래 걸렸다. 요즘엔 쓰지 않는 재봉틀이기에 그렇게 자동으로 하나 사자는 엄마의 말을 무시한 채 기어코 지금까지 20년 이상을 쓰고 있는 아버지. 결국 엄마는 본인 전용의 최신식 재봉틀을 사들고 왔다.

더 쉬운 방법이 있음에도 아버지는 나에게까지 손미싱을 전수하려고 하는 것 같다. 아버지는 기초를 먼저 가르쳐 주었는데 마무리는 실이 풀리지 않기 위해 되박음질을 해야 하는데 그 방법은 3, 4땀 박음질을 했다가 후진으로 박음질 한 후 다시 앞으로 박음질을 하는 방식이며 윗실 장력조절 다이얼에 실을 끼우기 전 노루발의 누름대가 올려져 있는지 확인하는 그런 기본적인 것을 일러두곤 했다. 기본적인 것만 해도 이마에 송골송골 땀이 맺혔다. 아무래도 내 적성이 아닌가보다 생각하면 아버지는 억지인지 진심인지 모를 칭찬을 늘어놓곤 했다. 가르치는 내내 아버지의 기침소리가 거세짐을 알았다. 그리고 이렇게 배우기 시작한 이상 그만 둘 수도 없는 노릇이었기에 더 배워보기로 했다.

2.

침대 구석에서 손잡이 부분이 빨간 플라스틱으로 된 십자드라이버가 나왔다. 그것을 든 나는 오른쪽 벽 옆에 붙어 있는 철로 된 회색 전기 차단기케이스의 나사를 풀어 차단기를 내렸다. 모든 전기가 멈춰 고고한 공기가 흐르자 고인 물에 머리를 박고 있던 끊어진 전기선 근처로 갔다. 이젠 전기 따윈 흐르지 않으므로 물 안에 잠잠히 잠겨 있는 열쇠를 집기만 하면 되었다. 금빛으로 빛나는 열쇠였다. 이것이 바로 이 사각형의 방을 나갈 수 있는 유일한 도구였다. 이제 모든 도구와 단서를 활용하였다. 나는 이 열쇠로 문을 열고 빛이 존재하는 밖으로 나가기만 하면 된다. 그러나 나는 모든 임무를 완수했음에도 마지막 관문을 넘지 않고 있다. 내가 나가고 싶은 문은 바로 이 문이 맞을까. 나는 컴퓨터 키보드의 Alt와 F4키를 동시에 눌렀다.

모든 창이 닫히고 야자수와 바다가 조화를 이루고 있는 눈부신 바탕화면이 나타났다. 나는 열쇠를 쥐고 문 앞에 서서 무슨 생각을 했던 것일까.

간만에 아버지의 잔소리 없이 컴퓨터 전원을 껐다. 이젠 1번부터 순서대로 탈출하는 과정이 적힌 댓글에 의존하지 않고도 모든 방을 탈출할 수 있게 되었다. 요령이 생긴 것이다. 요령이 생긴 만큼 그것에 대해 흥미를 잃어간다. 이제 그와 관련된 모든 것은 눈에 차지도 않을 만큼 쉬운 것이 되어버렸기 때문이다. 오늘만 해도 스무 번째 방이었다. 스무 개의 방 모두 나갈 수 있는 열쇠를 찾았지만 문을 열지 않았다. 문을 열고 나갈 때의 그 희열이 이젠 무덤덤해졌나 보다. 이젠 이런 2차원적인 세계의 방문을 나가고 싶은 게 아니다.

갑자기 미싱소리가 듣고 싶어졌다. 아버지는 일찍 주무시고 엄마는 건조기에 나머지 옷을 넣고 있었다. 나는 손미싱의 전원을 켰다. 그리고 360도 돌아가는 의자에 다리를 벌리고 앉아 노루발에 발을 올렸다. 재봉틀 옆에는 엄마가 그려놓은 패턴이 그려진 검은색 천이 있었다. 엄마에게 허락을 받은 나는 이 옷을 완성해 보기로 했다. 그리고 패턴이 그려진 천을 바늘 아래로 들이밀었다. 노루발을 누르면 바늘이 천에 다소곳한 한 땀을 그렸다. 고난이도의 방을 탈출할 때보다 더욱 희열감이 넘쳤다. 엄마도 잘 만지지 못하는 손미싱으로 나는 열심히 그림을 그렸다. 내가 상상한 옷이 나오길 바라며 머릿속으로 그려나갔다. 그렇게 상상을 하다보면 한땀 한땀 실이 그림을 그리고 점차 옷으로 변해갔다. 엄마는 등 뒤에서 감탄을 하듯 쳐다보았고 나 또한 내가 이렇게까지 능숙하게 재봉틀을 만질 수 있다는 것에 놀랐다. 밤마다 아버지한테 배운 결과물이 이렇게 점차 하나씩 나오게 되는 것이다. 엄마가 그려 놓은 패턴은 다름 아닌 생활한복이었다. 천이 반질반질하고 매끈거리는게 한복의 빛이었던 것이다. 평소에도 입고 다닐 수 있는 원피스 형식의 생활한복이었다.

"어머, 잘도 났네. 안 그래도 네 옷이었는데 잘했어. 아버지한테 배운 보람이 있네."

나는 이제 내가 입을 옷을 스스로 만들 수 있는 단계까지 이른 것이다. 드르륵하는 그 경이로운 소리에 맞춰 그림을 그리던 순간 컴퓨터를 켰을 때와 사뭇 다른 두근거림을 느꼈다.

3.

아버지가 쓰러졌다. 드라이클리닝을 하던 도중 거친 기침을 뱉어 내었고 그 가냘픈 몸이 휘청거리더니 실더미 속으로 쓰러지는 뒷모습을 보았다. 세탁소로 나오기 위해 신발장에서 신발을 신고 있다가 너무 놀라 몸이 움직이지 않았다. 아버지가 넘어질 때 나던 우당탕거리는 소리에 엄마가 집에서 세탁소로 뛰쳐나갔고 아버지가 쓰러진 모습을 발견하였다.

구급차 사이렌소리가 동네에 울려 퍼졌다. 그 빨간 빛을 내던 사이렌과 함께 시끄럽게 울어대던 소리가 나의 가슴을 더욱 요동치게 했고 다리와 손이 부들부들 떨림을 느꼈다. 쓰러지던 아버지의 모습을 보고도 아무것도 못한 나한테 증오감이 들었다. 탈출게임을 할 때와는 달리 머릿속이 하얘진 채 무엇을 해야 하는지 어떠한 과정도 생각나지 않았다. 게임 속에선 그렇게 잘 돌아가던 머리가 현실에선 아무런 능력발휘를 못했다.

정신을 차리니 내 머릿속처럼 모든 것이 하얀 병원 벽이 보였다. 의사는 아버지가 기관지염을 앓고 있었다고 했다. 그러다 만성기관지염과 폐기종이 복합적으로 동반되어 만성폐쇄성폐질환의 지경까지 이르게 되었다고 했다. 이미 빠르게 진행되어 기도가 얇아질 대로 얇아져 되돌아올 수 없다고 했다. 그리고 뒤에 마음의 준비를 하라는 말을 덧붙였다.

집으로 도망가듯 뛰어갔다. 그리고 어두운 날 밤 아버지가 늘 일하던 작업장 의자에 앉았다. 아버지는 이곳에 20년 동안 앉아 지나가는 동네사람들에게 인심 좋은 인사를 건넸고 하루에 50벌이 넘는 옷들을 만져왔다. 그리고 이곳에 앉아 미친 사람처럼 컴퓨터만 바라보는 수험생 딸내미를 눈물 섞인 눈으로 보았을 것이다. 이제 나는 2차원의 문을 열 필요가 없었다. 너무도 늦게 열어버린 차원의 문을 이제야 찾게 되었다. 어떠한 단서도, 열쇠도 필요 없이 사랑만 있다면 열리는 그런 간단하면서도 어려운 문을 드디어 찾아내었다.

고급으로 보이는 천을 손으로 만졌다. 평소 여기저기 잘라진 흰색 검정색 실을 붙이고 다니던 얇은 아버지의 회색 반팔이 아른거렸다. 천성이 소박하던 아버지는 이런 고급으로 된 천으로 만들어진 옷을 입어보지도 못하셨을 거다. 남의 옷은 그렇게 애지중지 갖은 노력을 부어대던 아버지가 정작 본인의 옷엔 신경 쓰지 않았다. 그런 아버지가 마지막만큼은 이런 호사를 누려도 마땅한 사람이라 생각했다. 천에 패턴을 그렸다. 조금은 서툴렀지만 미싱만큼은 잘 다룰 자신이 있었다. 누구보다 능력 있는 스승에게 배운 실력이었기에 자신 할 수 있었다.

실패 꽂이에 실을 꽂아 실을 왼쪽으로 당겨 윗실 안내에 걸었다. 윗실 장력조절 다이얼 틈으로 실을 통과하여 끼웠고 실채기에 실을 통과시켰다. 실 고리 부분에 실을 위에서 아래로 통과시켜 바늘대 위쪽 고리에 실을 걸어 왼쪽에서 오른쪽으로 바늘구멍에 실을 끼웠다. 왼손으로 실을 잡고 오른손으로 돌림바퀴를 돌려 밑실을 침판 구멍 사이로 올라오게끔 실을 끌어 올리면 이제 땀을 놓을 수 있다. 그리고 어느 때보다도 조심히 천을 밀어 넣었다.

옷이 완성되어 갈수록 눈에 더 많은 눈물이 고여 갔다. 더 이상 이 손미싱을 하던 아버지의 뒷모습과 아버지의 미소를 볼 수 없다는 것이 새삼 느껴졌다. 이것이 현실이었다. 아버지가 그렇게 집착하듯 내게 손미싱을 가르친 이유는 바로 이것이었다. 거친 기침까지 내뱉어 가면서 나에게 모든 기술을 전수한 아버지는 더 이상 이 손미싱을 사용할 사람이 없을 거라 생각했던 것이다. 아버지의 미싱소리가 벌써 그리워졌다.

양복이 거의 완성되어 갈쯤 느닷없이 드르륵거리는 미싱소리가 귓속을 자극했다. 지금까지 내가 하던 미싱소리는 아버지와 차원이 다르다 여겼건만 지금의 소리는 조금 비슷한 것처럼 들려왔다. 이옷 입고 좋은 곳으로 여행을 떠날 아버지를 생각하니 눈물이 앞을 가려 마지막 되박음질을 하지 못하겠다. 아니, 하고 싶지 않았다. 정말 이 되박음질이 끝나면 아버지의 미싱소리가 끝날 것만 같았다.

거룩한 '인간사랑' 정신의 소유자
-전태일 평전을 읽고

> 자기를 벗어날 때처럼 사람이 아름다운 때는 없다
> ─정현종, 「사람은 언제 아름다운가」 중

개인적인 견해를 밝히건대 나는 사람들이 흔히 말하는 필독서라는 것을 좋아하지 않는다. 어쩌면 이런 생각은 청소년 시기에 가질 수 있는 특유의 반골 기질로 보일 수 있겠으나 책이란 본디 읽고 싶은 것을 자유롭게 선택하여 읽되 양서냐 아니냐를 독자 스스로 판단할 일이지 누군가의(물론 여기에는 학식이 풍부하고 사회적으로 명망이 높은 분들이 해당된다) 일반적인 판단과 기준으로 선정되어진 책을 강제성을 가지고 읽어야 하는 것은 뭔가 개운하지 않은, 불합리한 일이라는 나름의 소신을 갖고 있었기 때문이다.

기억해보면 아주 오래 전, 모 주간지에서 '새내기 대학생이 읽어야 할 필독서'로 『전태일평전』이 목록에 담긴 것을 보았을 때만 해도 나는 그저 무심한 발견쯤으로 넘기고 있었다. 그리고 몇 년 뒤, 나는 우연히(우연인지 운명인지 그건 나도 알 수 없다)『전태일평전』을 읽게 되었다. 그런 느낌을 뭐라 설명하면 좋을지 정말 모르겠다. 불가항력적인 선택도 아니었고 가벼운 이끌림도 아니었다. 무엇으로도 설명하기 힘든 이유이지만 어쨌든 학교 도서관에서 무심코 집어든 이 한 권의 책은 어느덧 묵직한 울림으로 다가와 나에게 인문학적 화두를 던지고 있었다.

이제는 고인 되신 나의 외할아버지는 어린 시절 집안 형편이 너무 어려워 중학교를 채 마치지 못하고 전라도 장흥의 작은 시골 마을에서 도망치듯 빠져나와 광주로 오셨다. 학업에 대한 미련 같은 건 생각 할 겨를도 없이 오직 돈을 벌어야겠다는 생각으로 이것저것 닥치는 대로 일을 하셨고 세탁기술을 배워 그럭저럭 먹고 살게 되셨다고 말씀하셨다.

  국가경제가 위기에 빠져 있던 그 해, 대기업은 도산하기 시작했고 대량의 실업자가 발생했으며 그로 인해 갑자기 삶의 터전을 잃은 그들은 노숙자 신세로 전락했다. 국민 모두가 힘들었고 국가의 경제가 전체적으로 흔들리던 1997년 그 해 가을에 나는 태어났다.

  지독히도 가난한 집안의 생계를 책임져야 했던 전태일은 어린 시절부터 삼발이 장사, 구두닦이, 신문팔이를 하지만 하루하루 살기가 고단하고 가난을 벗어날 수 없었다. 가난이라는 환경적 배경이 인간에게 어떤 영향을 주는가를 곰곰 생각해본다. 가난이라는 것은 확실히 상대적인 단어이다. 나의 외할아버지가, 전태일이, 내가 생각하는 가난이라는 의미에는 차이가 있다. 시대와 사람마다 가난의 피부체감지수는 다를 것이다.

  책 속의 표현 그대로를 적어보면 "주린 창자를 채우"거나 팥죽, 밀가루빵, 풀빵으로 끼니를 해결해야 하는 때가 전태일 시절의 가난이라면 지금 우리 세대에게는 끼니를 걱정해야 하는 실질적 가난보다 심리적 가난으로 인한 괴로움이 훨씬 큰 비중을 차지하리라 생각한다. 앞으로 결정할 진로와 직업, 그에 따른 연봉, 사회적 지위에서 오는 상대적 박탈감으로 생기는 심리적 가난이 우리세대에게 좀 더 현실적이다. 나 역시 그런 심리적 허기로 인해 지쳐 있고 괴롭고 힘든 게 사실이다. 타인보다 열등한 모습에서 느껴지는 심리적 가난이 지배하는 시대를 살고 있는 나란 인간은 쉽게 좌절하고 무너지는 타입의 인간이다. 남보다 못한 작은 집, 남들과 비교되는 부모님의 직업에 주눅 들고 위축된다. 그런데 형벌 같은 가난한 생활이 전태일에게는 삶의 패배로 이어지지 않았다는 점이다. 늘 고단하고 힘든 상황에서도 좌절하기보다 스스로를 성찰하며 현실을 단단하게 견디고 있었다. 게다가 마음 한편에 늘 배움에 대한 열의와 열정을 갖고 살아가는 인간이었다.

가난은 인간을 좌절시키고 의지를 꺾이게 만드는가? 전태일의 경우는 결코 아니다. 어린 나이에도 가난이라는 현실적 배경 때문에 生의 깊은 의지를 포기하지 않았다는 점에서 그가 어린 시절부터 초인적인 풍모를 가졌음을 엿볼 수 있다.

그렇다 하더라도 돈이 없어도 너무 없는 궁핍한 삶은 정녕 괴로움일까. 어느 날 빚쟁이가 찾아와 전태일에게 남의 빚 내다쓰고 안 갚는 놈은 쥐약 먹고 자살하는 게 낫다, 고 저주를 퍼부었던 일을 어머니 이소선 여사는 잊지 못한다는 부분에서 전태일이라는 의인으로서의 어머니가 아닌 그저 평범한 생활인으로서 진심어린 고백이 느껴져서 안타깝다.

가난한 전태일은 일찌감치 생계의 현장으로 뛰어들었다. 그가 할 수 있는 일이란 구두닦이, 신문팔이였는데 이것만으로는 힘든 밑바닥 생활을 벗어날 수 없기는 마찬가지였고 그의 본격적인 노동자로서의 모습은 평화시장으로 발걸음을 옮긴 뒤부터라고 할 수 있겠다. 여공들이 열악한 작업환경 속에서 각종 질병과 재해를 겪고 있으면서도 돈을 벌기는커녕 노예처럼 살아야 하는, 지옥의 노동자생활을 하는 것을 보며 약자들의 고통에 함께 괴로워했다.

나는 인간이 노동을 한다는 것이 무엇인가를 스스로에게 묻는다. 학생신분인 나는 아직까지 생계를 위해 뼈를 깎는 노력으로 일을 하거나 돈을 벌어본 적이 없다. 그저 언젠가는 난 자신과 가족을 위해 일을 하고 돈을 벌어야 하는 예비노동자가 되는 날이 오리라는 사실을 인지하고 있을 뿐이다. 흔히 노동자를 육체노동자와 정신노동자로 나누는 데서 한 발 나아가 요즘은 '감정노동자'라는 말이 새로 생겨나 그들의 고충을 빈번하게 들을 수 있다. 또한 매년 인상이 되고 있기는 하나 커피 한 잔 값도 안 되는 '최저시급'으로는 살기가 벅차다는 얘기도 종종 듣는다. 또 일에 대한 순수한 마음만 갖고 도전했다가 몸과 마음의 상처를 받는다는 '열정페이'의 사회적 문제, 게다가 끊임없이 뉴스에서 나오는 비정규직, 갑질논란, 정년연장, 탄력근무제 등 현재 노동 현장은 이런 문제들로 몸살을 앓고 있다. 사실 나에게는 이런 용어들이 선뜻 피부에 와 닿지 않고 아직까지 관심 밖의 일처럼 여겨진다. 하지만 앞으로 몸담게 될 그 곳에서 나는 어떤 시각과 시선을 가지고 노동하는 인간으로 살아갈 것인가 한번쯤 고민해 보게 된다. 삼십 년 전이나 지금이나 또 삼십 년 뒤에도 인간이 일을 한다는 것은 (먹고 살아야 하는 문제이므로) 불변의 진리이겠으나 세상이 어떤 식으로 바뀌어도 인류가 지구에 존재하는 한 노동의 진실한 가치는 숭고한 형태로 남아 주었으면 하는 것이 나의 소망이다.

전태일은 자신이 일했던 근로현장이 불합리한 행태임을 근로기준법을 통해 알았지만 법은 그들에게 별 도움이 되지 못했다. 모든 이에게 평등한 것이 법이라는 게 진실일까. 때로는 아니, 오히려 약자에게 법이 더 가혹할 때가 있다. 사회적 약자를 위한 최소한의 배려가 법이라 생각할 수도 있지만 오히려 어이없게도 불리할 때가 있으며 더 이상 그들의 사회적 안전망도 아닐 때가 있다는 것을 때때로 느낀다.

사회적 약자, 가난한 자, 밑바닥 인생을 사는 사람들은 안다. 법에 기댈 수도 없고 자신들이 힘이 없기에 소리를 질러도 누구 하나 들어주는 이가 없다는 것을. 말로 떠들어대는 일은 부질없는 짓이라는 것을. 그럴 때 그들이 선택하는 것은 '몸으로 변혁을 일으키는 것'뿐이다. 몸으로 하는 일은 과감하고 눈에 띈다. 전태일이 고생하는 여공들의 참상을 견딜 수 없어 이 같은 진실을 세상에 알리는 가장 확실한 방법으로 분신을 선택한 것은 충격적이다. 그렇게 해서라도 자신들의 처지를 호소해야 했고 그만큼 사정이 절박했기 때문이리라.

인터넷이나 뉴스를 통해 현재도 종종 전해 듣는다. 자신들의 의중이 전달되기를 바랄 때 사람들은 삭발식을 감행하거나 단식농성을 하거나 높은 굴뚝으로 올라간다. 나는 그들이 저마다 어떤 억울한 사연을 품고 있는지 잘 모르겠다. 다만 그들의 행동을 보며 나의 사회와 타인에 대한 무관심이 얼마나 극에 달해 있었나를 따지고 성찰해 보게 된다.

전태일은 자신에게 닥친 현실적인 문제들 즉, 먹고 입고 가족을 부양하는 문제만 생각하는 사람이 아니었다. 평화시장 대다수의 노동자인 여공들이 궁핍한 생활과 열악한 노동환경에서 괴로워하는 것을 보며 자신도 괴로워한다. 이러한 그의 인간사랑 정신은 가히 범접할 수 없는 것이다. 나의 괴로움이 아닌 타인의 괴로움 때문에 괴로움을 갖는다는 것. 나는 그가 사람이 아닌, 사람을 초월한 영혼을 가졌을 거라고 생각한다. 이제야 나는 스스로에게 채찍질을 한다. 나는 타인의 아픔을 생각해 본 적이 있는가. 타인의 고통을 모른 체 하며 살지 않았는가.

책장을 덮고 나니 새삼 사회와 인간에 대한 근원적인 질문을 하고 싶어졌다. 대체 인간이란 무엇인가, 인간은 어떻게 살아야 하는가, 나는 앞으로 어떻게 살아갈 것인가, 라는 물음이 나를 괴롭힌다. 전태일이 현재까지 추앙받는 이유는 타인의 아픔을 자신의 아픔처럼 느끼는, 감히 측량할 수 없는 영혼의 고뇌와 깊이를 가진 사람이었기 때문일 것이다. 게다가 숱한 괴로움의 나날 속에서 그가 끊임없이 일기와 수기 그리고 소설을 쓰고 있었다는 점 또한 참으로 놀랍다. 여기에는 자신의 참담한 밑바닥 생활과 사회를 향한 절절한 외침이 담겨 있다. 개인적 체험을 넘어서서 삶에서 우러나는 진실한 목소리를 담아내고 있었다는 점에서 나에게 여러 가지 감흥을 불러일으킨다. 억지가 아닌 경험을 차곡차곡 써내려간 그의 흔적은, 예술이란 우아한 지식인들의 전유물이 아닌 생활을 기반으로 하여 진정성을 보여줄 때 비로소 가치가 드러난다는 점을 말해 주고 있는 것이다. 그의 일기와 수기가 보여 주듯, 사람과 세상을 함께 아우르며 살아간 전태일이야말로 진정한 예술가이며 철학자이고 사상가이며 올곧은 성품의 종교인의 면모를 지니고 있음을 보여 주는 증거이다.

내년이면 나는 스무 살이 되고 비로소 성인이 된다. 아직 세상은 어렵기만 하고 모든 게 의문투성이다. 그런 나에게 십대 마지막 시절에 다가온 한 권의 책 『전태일평전』을 꺼내든 것은 작은 몸짓에 불과했지만 전태일의 세상을 향한 거대한 몸부림은 나를 고민에 빠져들게 한다. 진정한 성인으로 산다는 일이 무엇일까.

작년, 세월호와 같은 너무나 슬픈 사건을 떠올릴 때마다 우리 사회에 진짜 어른다운 어른이 있는지를 생각해보게 된다. 세상과 적당히 타협하고 잘못을 묵인하며 좋은 게 좋다는 식의 적당주의, 타인에게 책임을 떠넘기는 부적절한 행동이 그와 같은 끔찍한 결과를 낳았다고 생각한다. 진짜 어른다운 어른이 되는 일이 그렇게 어려울까. 이런 고민을 하는 나 역시도 어쩌면 타성에 젖은 비겁한 기성세대가 되어 살게 될지도 모르겠다.

전태일은 시대의 진정한 성인(成人)이자 성인(聖人)이었다. 타인의 고통을 그저 바라보지 않고 함께 고통을 끌어안은, 사람을 뛰어넘은 사람이었다. 나 또한 그 같은 의인이 될 자신은 없다. 그렇지만 작은 소망이 있다면 타인과 사회를 바라보는 시야를 넓혀 세상을 바라보는 스펙트럼이 넓은 인간으로 성장하는 것이다.

사공이 탄 구두

빗줄기가 성근 턱수염처럼 성의 없이 떨어지고
휴대폰 진동벨이 바쁘게 울리는 날이면
아버지 낡은 구두 속에서
열 명의 사공이 노를 젓는다
젖은 사공이 탄 배는
아버지를 등에 지고 물살을 가른다
사공의 입술사이로 흐르는 노랫소리
스타카토로 떨어지는 땀방울 박자에 맞춰
아버지는 걸음을 재촉한다
바퀴들 빼곡한 주차장 주머니를 훔쳐보다
신호등만큼 작은 경적소리에 멈춘 걸음
여전히 울리는 진동에 배의 바닥은 썩어간다

무거워진 구두가 돌아왔다
발자국은 침대에 누워 잠을 잔다
구두 발등 위에 매듭지어진 구두끈
구두끈을 풀고 하루를 벗겨낸다
아버지가 소리 없이 잠든 사이
비명을 지르는 열 명의 사공을
이불 속에 가둬버린다
나는 아버지 돌아온 걸음마다
떨어진 살점들을 주워 주머니에 넣고
바지 주머니 지퍼를 잠궈 버린다

아버지의 코고는 소리가 깊어지는 동안
나는 베란다 너머로 구두를 던진다

식탁 3교대

식탁은 4인용을 잊었다
그렇다고, 빈 의자 하나 뺄 수 없다
하루의 시작은 여전히 어제와 같다
뻗친 머리에 다 못 꾼 꿈이 엉겨있듯
아무리 잠을 자더라도
눈을 감고 싶어질 때가 있다

발음이 어눌한 여자는 어젯밤
식당에서 가져온 반쯤 쉰 두부조림을
잔돈처럼 식탁에 털어 놓는다
여백이 늘어나는 식탁의 지분은 누가 가져갔을까
줄어드는 반찬 가짓수만큼 고지서가 구석에 쌓여간다
아침을 미룬 여자는 다시 안방으로 들어가 잠을 잔다

늙은 남자와 아들은
밥알과 함께 서로의 안부를 물에 말아 삼킨다
국그릇 바닥에 뭉친 미역 건더기들을
안마하듯 수저로 툭툭 주물러본다
조미료 맛이 혀끝을 안간힘으로 붙잡는다

기울어 가는 시계 초침이
두 의자의 엉덩이를 찌르자
수저를 내려놓는 사내들
식탁에도 3교대가 있듯 조금 지나지 않아

아침에서야 퇴근한 어린 소녀가
이른 저녁을 먹는다

공중전화

공중전화기 맨 앞줄에 서서 순서를 기다리는 남자
까만 공장 잿가루를 뒤집어 쓴 것 같은 피부
유난히 하얀 손바닥에 검은 손가락으로
하고 싶은 말들을 써내려간다
문장이 하염없이 길어지는 동안
남자의 차례가 왔다
남자는 낯선 촉감의 동전을 구멍으로 밀어 넣고
그리운 얼굴들 담긴 번호를 꾹꾹 누른다
따르릉, 따르릉 연결음이 길어질 때마다
남겨두고 온 가족들 걱정이 늘어난다
남자는 잘근잘근 때 묻은 손톱을 씹는다
수화기 너머로 들리는 익숙한 목소리
남자는 시시콜콜한 얘기들을 쏟아낸다
통화가 길어질수록 선명해지는 얼굴들
낯선 동전에 의지해 가족들을 만나는 동안
계속해서 주머니가 가벼워지고 있다
손가락으로 전화선을 배배 꼬아 봐도
국경을 넘어온 목소리는 가까워지지 못하는 걸까
남자는 마지막 동전을 구멍으로 떨어뜨린다
다급해진 남자는 손바닥에 썼던 문장을 삼키고
울음을 터뜨린다 수화기 사이로 울음이 뒤엉킨다
통화 끝난 수화기가 무겁다
무게를 견디지 못한 팔이 수화기를 놓치고
공중전화기가 떨어지는 수화기를 간신히 붙들고 있다

겨울을 다듬다

은마사거리 건널목 전봇대 밑
바람이 널브러진 파단처럼 낮게 쌓인다
빈곤의 촉은 노인을 거리로 내세웠다
얇은 스티로폼 위로
추위에 감각이 무뎌진 노인이 웅크린다
노인은 아스팔트에 맴도는 겨울을 피하려
오늘 내놓을 마늘과 파를 손질한다
장갑 위에 장갑, 장갑, 장갑을 누벼 끼고
마저 다듬어지지 않은 노인의 생계를 다듬는다
갈증을 느끼는 손끝이 계속해서 갈라진다
바닥에 웅크린 노인을 지나치는 발자국들
사람들 표정이 보이지 않는다
스티로폼 좌판 위로 벗겨진 마늘이 쌓여간다
노인은 주머니 속 동전을 만지작거리며
기다림마저 다듬고 있다
흘겨 지나가는 사람들의 시선 속에서
멈춰선 손님 쭈그리고 앉아 노인의 정을 담고 있다
노인은 자신만의 경영철학에 따라
검은 비닐봉지에 마늘을 가득 담고도
온기를 한 움큼 더 얹어준다
저울에 재지 않아도 느껴지는 덤의 무게
찬바람 가운데 노인은 부드러운 칼날로
팔려간 마늘의 빈자리를 다시 다듬는다

올빼미

1. 꽃 좀 팔아 보실라오?

해가 지면 그녀는 해진 신발을 벗고 빨간 구두를 신었다. 세월의 여파로 두툼해진 그녀의 발은 젊을 적 신던 구두를 버거워했다. 잘록한 발목을 돋보이게 해주는 빨간 구두를 신은 그녀는 공원으로 걸음을 옮겼다. 그녀에게 밤은 낮에는 만질 수 없는 동화 속 주인공의 구두를 신을 수 있는 유일한 시간이었다.

온몸을 부딪치며 고성을 지르던 바람이 아카시아나무 아래 벤치에 앉아 다리를 꼬고 있는 그녀의 머리칼을 흔들었다. 그녀는 얼굴을 스치는 머리카락을 귀 뒤로 넘겼다. 머리를 넘기는 그녀의 모습이 아름답다고 그가 말해줬기 때문이다. 평소보다 강한 바람에 짧은 파마를 한 그녀의 머리도 흐트러졌다.

비가 오려나 보네. 그녀는 작게 중얼거리며 머리를 정돈하기 위해 손가락을 머릿속으로 넣었다. 얼마 없는 숱 위로 스친 바람이 정수리의 빈 부분을 드러냈기 때문이다. 아무리 속이려 해도 나이 드는 것은 속일 수가 없었다.

가방에서 거울이며 머리핀 같은 것들이 부딪치며 요란한 소리를 냈다. 가방 속 물건은 그동안 선물 받은 것들이었다. 새벽의 짧은 만남이 끝나면 덤으로 얻게 되는 장신구들. 비록 얼마 전부터 공원 일대에서 판매를 시작한 값싼 장신구들이었지만 그녀는 그것을 항상 지니고 다녔다. 선물이 딱히 마음에 들어서라기보다는 오늘 밤에는 어떤 손님을 만나게 될지 예측할 수 없어서였다. 손님이 선물한 장신구를 하고 나타나는 게 그녀가 이곳에서의 삶을 유지할 수 있는 비법이었다.

또 다른 비법은 눈앞에 있는 사람에게만 집중하는 것이었다. 중요한 건 자연스러운 연기였다. 나는 당신에게만 집중하고 있다는 눈빛을 보내며 진심이 아니더라도 그녀는 사랑스러운 '척'을 했다. 그녀의 손님들은 자신에게만 집중하고 있다고 착각하며 만족해했고, 단골손님이 되었다.

그녀는 몇 십 년 동안 척하는 인생을 살아왔다. 평생 손에 물 묻히지 않게 해주겠다던 남편이 아들만 남기고 떠났다. 목숨으로 바꾼 보험금은 남편 가족들이 아들을 주는 조건으로 다 털어갔다. 그녀는 아들을 위해 괜찮은 척 담담하게 살아가기로 마음먹었지만 가끔씩 세상이 자신을 밀어내고 있다는 위기감에 몸서리쳤다. 버티려 해도 점점 밀려나는 몸이 원망스러워 스스로 세상 밖으로 자신을 내던지고 싶은 적도 있었다. 그럴 때마다 그녀의 품에 안전벨트를 채워준 건 하나뿐인 아들이었다.

그녀의 젊음을 바친 아들은 커서 어엿한 남편이 되어 해외로 나가 신혼살림을 차렸다. 그 후로는 점점 연락이 줄어들었다. 폐차 위기에 처해 아무도 찾지 않는 자동차의 때 묻은 안전벨트. 더 이상 자신을 지켜줄 것이 남아 있지 않음을 깨달았다. 그녀는 이제 젊음을 논할 수 있는 나이가 되었다. 젊음을 잃고 혼자가 되어서야 자신을 돌아보게 된 것이다. 그녀는 모르는 사람을 붙잡고라도 지난 세월을 보상 받고 싶었다.

"배가 불렀군."

공원에서 만난 낯선 여자는 그녀의 말을 냉정하게 잘라 버렸다.

"내가 어떻게 키웠는데. 외국물 먹더니 정신까지 바뀐 거 같다니까요. 내가 부담스럽대요. 그런 말하면 안 되는 거잖아요. 명색이 내가 엄만데."

여자는 연거푸 말을 쏟아내는 그녀를 보고도 태연하게 손거울을 꺼내 화장을 고치기 시작했다.

"그래서 먹고 살 방도는 있고?"

낯선 이의 이름은 숙자였다. 정확한 나이를 알려주지 않았지만 두꺼운 화장 속에 감춘 흔적을 보아 자신보다 나이가 많을 거라고 그녀는 짐작했다.

"나는 꽃 파는 일을 하오."

숙자는 공원에서 꽃을 파는 일을 한다고 했다.

"공원에서 꽃을 사는 사람들이 있나요?"

그녀의 말에 숙자가 립스틱을 바르다 말고 웃었다. 숙자는 립스틱을 든 손으로 공원 앞에서 기웃대는 노인 몇몇을 가리켰다. 그러곤 새끼손가락으로 입술 주변에 번진 립스틱을 섬세하게 닦아냈다.

"저이들이 사러 오지."

"아이고, 남세스러워라."

순간 그녀의 얼굴이 화끈거렸다. 부끄러운 그 말을 당당하게 쏟아내는 숙자 때문만은 아니었다. 숙자 곁으로 슬금슬금 다가온 노인이 숙자의 눈짓 한번 손짓 한 번에 세상을 다 가진 듯한 웃음을 짓는 것을 본 터였다. 젊음이 지나가 죽음만을 앞둔 인생이라 여겼는데 여전히 선택받을 수 있는 숙자가 한편 부럽기까지 했다.

"꽃 좀 팔아 보실라오?"

"말도 마세요, 어찌 그런 볼썽사나운 일을."

"꽃 파는 게 어때서 그러오?"

"나는 그런 일 못해요."

"그러면 다음부터 볼 일 없겠고만. 나는 꽃이나 팔러 가오."

숙자의 뒤를 노인네가 따라갔다. 양산을 쓰고 꽃무늬 치마를 살랑거리며 걷는 숙자의 모습이 아지랑이처럼 그녀의 머릿속을 어지럽

혔다. 그녀는 두 번 다시 이런 데 오지 않겠다고 다짐했다. 그러나 다음 날 저녁 그녀는 숙자가 앉아 있던 그 자리에서 양산을 쓰고 있었다.

2. 일종의 동맹

"시간은 오후 열 시부터 새벽 네다섯 시 무렵까지. 기본은 5장. 대화를 길게 끌고 가려면 가장 좋은 곳은 포장마차요. 술이 한 잔씩 들어가면 아랫도리 찬 놈들은 허풍이 날을 새요."

숙자가 음료수를 마시며 이야기를 시작했다. 숙자는 처음 본 사람을 단숨에 자기편으로 만드는 재주가 있었다. 그런 흡입력은 눈에서 나오는 것 같았다. 올빼미처럼 큰 눈에는 사람을 매혹시키는 무언가가 있었기 때문이다.

"공원에는 처음이라고 했소?"

부채로 가랑이 사이를 부채질하던 숙자는 흐르는 땀을 연거푸 닦아냈다. 그러다가 멀리서 누군가라도 볼 양이면 얼른 다리를 오므리고 품위 있는 척했다.

"원래 여기가 박카스 아줌마들이 그득했던 곳이었지."

"박카스요?"

"왜 모르오?"

"본 적은 있지만……."

"그네들이야 돈 받고 몸 대주는 일을 하지만 나는 아니외다. 끝까지 지킬 건 지킨다오. 저들도 외롭고 우리도 외롭지 않소. 우리는 저들과 인간적이고 이성적인 대화 상대가 되어주는 것 이상은 하지 않는다는 선을 지켜야 하오. 그래야만 최소한의 자긍심은 지킬 수가 있는 것이고."

"자긍심이오?"

"나는 집에 먹여 살려야 할 자식이 있소이다. 다 큰 어른이오만 애가 덜 떨어져서 혼자선 버스도 못 탄다오. 세상 사람들 다 우리 애를 무시하오만 나에게는 금보다 귀한 자식이오. 내가 못할 일이 뭐겠소. 그래도 절대 품위는 잃지 말아야 한다는 거지. 그래야 내 자식 먹이면서도 최소한 떳떳할 수 있는 거요. 다 줘도 자신을 잃어선 안 된다는 것이지."

숙자는 다시 말을 덧붙였다.

"쉽게 꺾이는 꽃을 좋아하는 사람은 없소이다."

그녀는 열렬한 애청자가 되어 고개를 끄덕였다.

"아무렴요. 자신을 지켜야지요."

숙자는 그녀에게 시집을 한 권 건네주었다. 그러고는 앞으로 그것이 그녀를 먹여살릴 것이라고 말해 주었다.

"누구든 다 똑같소. 값나가는 것을 좋아하는 법이라오. 사람이 귀해 보일수록 사람을 더 끄는 것이오. 왜 박카스를 사 먹은 그이들이 더는 박카스를 찾으려 하지 않는지 아시오? 최소한의 것을 지키지 않아서이지. 다 잃은 기분이 들어서인 것이오. 바닥을 느껴서이지. 그런데 우리는 다르다오. 꽃들은 그들에게 향기를 준다오. 향기 말이오. 살아 있는 기분을 들게 해준다는 거요. 꽃은 사람을 고귀하게 느껴지게 하는 힘이 있소이다. 꽃을 받은 사람이나 산 사람이나 매한가지지. 그러니 일단 귀한 꽃이 되시오. 그러면 벌이 따라오기 마련이니."

그녀는 시집을 훑어보며 걱정스러운 얼굴로 숙자를 바라보았지만 딱히 어떤 말도 할 수가 없어 침묵했다. 숙자는 그런 그녀의 마음을 알아챈 듯 먼저 물었다.

"내가 왜 이런 것을 돈도 안 받고 알려주는지 아오?"

"그러게 왜 그러셔요."

"아들이 있다 하지 않았소. 외국물 먹었다는 아들이."

"제 아들은 떠났어요."

"것 보시오. 아직도 그 그늘 아래서 벗어나질 못하고 있고만."

"네?"

"아들이 없으니 얼마나 자유롭소. 당신은 이제 진짜 꽃이 되어 보는 거요. 그리고 꽃 판 돈 중 일부는 내 몫으로 줘야 하오. 일종의 동맹이랄까. 더러운 노인네들 수작을 적당히 걷어주는 사람도 필요할 테고. 박카스들이 와서 시비를 걸면 힘을 모아줄 사람도 필요하지. 왜? 싫소? 혼자보다는 둘이 낫지 않겠소. 나야 이 바닥이 빤하니 믿을 사람도 필요할 것이오. 우리의 동맹을 위해 대신 내 단골부터 좀 떼어드리지."

숙자는 잠시 쉬다가 말했다.

"아무리 맘이 급해도 단골은 하루에 셋 이상은 만들지 마오. 그래야 그치들도 자존심이 안 상하오. 지천에 핀 꽃이 되면 안 된다는 것이오. 왜 들꽃을 안 꺾으려 하는지 아오? 많아서지. 굳이 꺾지 않아도 보기 쉽고 가지기 쉽고. 그런 건 줘도 안 갖는 거요. 그런 꽃이 되면 단골은 다른 꽃을 찾기 마련이지."

숙자는 수첩을 꺼내 오늘 만날 단골들과의 스케줄을 확인했다. 아카시아 향기가 지천에서 흘러 들어오고 있었다.

"거 참 이상하오."

"뭐가요?"

"어째서 향기는 나이가 들어도 변하지 않나 몰라."

숙자의 한 마디에 긴장하고 있던 그녀는 안도감이 드는 동시에 묘한 슬픔이 느껴져 쓸쓸하게 웃었다.

3. 세 가지 규칙

"윤동주를 좋아하나요?"

지팡이를 든 남자는 그녀에게 중후한 목소리로 물었다. 그녀는 벤치에 앉기 전부터 자신을 보는 인기척을 느끼고 있었다. 남자의 몸에 걸쳐진 양복의 브랜드와 와이셔츠 소매에 가려져 언뜻 보이는 고가의 시계가 눈에 띄었다. 하룻밤 이야기를 나눌 상대로는 꽤나 괜찮은 상대인 것이다. 하지만 그녀는 남자의 다음 말을 듣자마자 펼쳐진 시집을 탁, 소리 나게 접어 읽던 곳에 꽃을 꽂아 가방에 넣었다.

"박카스는 안 팔아요."

보이는 것과 다르게 바닥이 드러나 보이는 남자에게 적잖은 실망을 했다. 이 바닥에서 생활하면서 감정이 아닌 다른 걸 요구하는 사람을 처음 본 것은 아니었다. 하지만 저급한 여자들과 자신이 비교당했다는 모멸감이 들면 뒤통수가 후끈거렸다. 남몰래 울상을 짓기도 했다. 여자는 남자를 지나쳐 멀리 떨어진 벤치로 걸음을 옮겼다. 빨간 구두와 어깨에서 작은 포물선을 이루며 흔들리는 빨간 핸드백이 그녀의 걸음을 뒤따랐다. 숙자에게 배운 대로 천천히 품위 있게 한 걸음 한 걸음.

"기본적인 것만 숙지해 두오. 첫째, 공원에 오는 노인네들이 모두 만남을 위해서 오는 것은 아니외다. 우리가 주로 공략해야 할 사람은 차려입고 나온 부류요. 동네 산책하러 나오는데 양복을 입는 사람들이 있겠소? 그들은 대부분 뭔가 찾는 것이오. 그이들이 그나마 기본은 아는 경우 많소. 손님도 잘 받아야 한다 이 말이외다. 둘째, 그이들은 낭만을 찾으러 온다오. 그러니 우리는 환상이 되어줘야 하오. 살짝 기대거나 손을 잡는 것까지는 좋소. 팔짱을 끼는 것도 어느 정도는 되오. 그 이상을 원한다면 자르시오. 그러면 그이들은 우리가 자신에게 진심이었다고 믿게 되는 것이오. 인생의 불꽃이 사라지는 이 시점에 그이들에게 진심만큼의 위로는 없다오. 그러니 값싸보이는 접촉은 피해야 하오. 우리에게 다른 것을 원했다면 박카스를 사러 왔겠지."

숙자의 말을 되새기며 주름진 목을 가린 스카프를 품위 있게 고쳐 맸다.

이곳에서 그녀는 올빼미로 불렸다. 밤에 활동하는 올빼미의 성향과 그녀가 닮은 탓도 있었지만 자신의 빨간 구두 때문이라 생각했다. 올빼미 발톱처럼 한번 낚아채면 놓아주지 않는 악력이 구두의 굽에도 존재한다고 믿었기 때문이다. 그녀는 자신이 듣고 싶은 말을 그이들에게 해주었고, 아는 것이 있어도 그이들이 말하기 전에는 절대 먼저 아는 척을 하지 않으며 자존심을 세워주었다. 모든 것이 숙자가 가르쳐준 그대로였다.

완벽한 올빼미가 되어 가는 것이다. 그녀를 아예 만나보지 못한 사람은 있어도 한 번만 만나는 사람은 없을 정도였다. 노년의 남성들은 자석에라도 이끌린 듯 일정한 시간이 되면 그녀가 출근하는 공원으로 찾아왔다.

그녀는 혼자 서 있는 말쑥한 양복 차림의 신사들을 빠르게 훑었다. 그녀는 한 중절모 신사에게 발끝에 힘을 주어 걸어갔다.

"꽃 사시겠어요?"

신사에게 줄 꽃을 고르는 방법은 간단했다. 어느 샌가 꺼낸 시집이 그녀의 한 손에 들려 있었다. 신문을 뚫어져라 바라보던 신사는 그녀의 손에 들린 시집을 보며 무언가를 떠올리는 표정을 지었다.

"내 소학시절에 은사님이 윤동주를 꽤 좋아하셨지요."

"하늘을 우러러 한 점 부끄러움이 없기를."

그녀가 한 소절 읊자 신사가 자리에서 일어서며 말했다.

"잎새에 이는 바람에는 나는 괴로워했다."

신사는 그녀에게 손을 내밀었다.

"참 박식하세요."

그녀의 칭찬에 신사는 십 년은 젊어진 표정을 지었다.

"다정하시기도 하고요. 오라버니."

그녀는 슬쩍 신사의 팔짱을 꼈다. 숙자의 말을 기억하는 그녀는 최대한 온화하고 품위 있는 웃음을 지었다.

"마지막으로 꼭 기억하시오. 꽃은 절대 찡그리지 않는다오."

4. 잊는다는 것

개인적인 말을 하는 걸 아꼈던 숙자가 스스로 자신의 얘기를 꺼냈던 적이 있었다.

"여기를 떠날 거요."

숙자는 얼마 전부터 공원에서 지속적으로 만남을 가져오던 남자로부터 같이 살자는 청혼을 받았다고 했다. 그녀는 숙자가 자신의 짝을 만나 이곳을 떠난다는 사실이 무척이나 부러웠다. 그녀는 이곳에서 자신을 잡아줄 남자가 나타나주기를 기다렸기 때문이다. 돈을 받는 대가가 아니라 진심을 알아주는 인생의 반려자를 만나길 기대하고 있었다.

"우리 아들을 위해 요양사도 대 주겠다 하지 않겠소."

"잘되었네요, 언니."

"그리만 해준다면 그를 위해 남은 생의 꽃이 되어주지 못할 것이 없지."

몇 달 전부터 그녀에게도 숙자처럼 같이 살자는 사람이 나타났다. 그는 젊은이처럼 검정 하이웨스트 바지에 흰 티를 걸친 멋쟁이 신사였다. 그를 만난 건 초저녁이었는데 올빼미를 찾아왔다기보다는 산

책을 나온 것 같았다. 그의 손에 목줄로 연결된 반려견이 분홍 헛바닥을 내두르며 침을 흘리고 있었는데 그를 따르는 모습이 꽤나 정다워 보였다.

그가 목줄을 놓아주자 반려견은 풀밭으로 들어가 배를 깔고 누워 눈을 감았다. 그녀는 줄을 놓아줘도 그의 곁에서 멀어지지 않으려는 반려견이 있는 그에게 내심 관심이 갔다. 동물을 좋아하는 사람치고 나쁜 사람이 없다는 말도 덩달아 떠올랐다. 그의 머리와 같이 순백의 털을 가진 반려견은 같이 나이를 먹어가는 가족 같았다. 순박한 눈동자마저 닮아 있었기 때문이다.

"여기서 뭐 하세요?"

그녀에게 말을 건 건 뜻밖에도 그 남자였다. 그녀는 누군가를 기다리고 있는 중이라고 대답했다. 남자에게 할 일 없는 노인으로 보이기 싫었고 더욱이 꽃 파는 여자로 보여지는 것이 이상하게 부끄럽게 여겨진 까닭이었다.

남자는 그녀에게 나이가 어떻게 되냐고 물었다. 그녀는 망설이다가 다섯 살을 속여 대답을 했다. 남자는 그녀의 얼굴을 다시 보고는 자신과 동년배인데 동생인 줄 알았다며 그녀가 나이보다 어려 보인다고 했다. 그녀는 작게 실소를 터뜨리며 그의 눈을 바라봤다. 그와 그녀의 첫 눈맞춤이었다.

둘은 초저녁이 되면 공원 벤치에 앉아 이야기하다 아홉 시가 되면 헤어졌다. 그는 그녀에게 주로 과거 무용담이나 그리운 시절의 이야기를 했다. 우리 어릴 때는. 군대에 갔을 때는. 직장생활을 시작하고는. 사별을 하고는. 그에 대해 알아가는 순간을 그녀는 기다렸다. 그 시절의 이야기를 나누고 웃어줄 사람이 그녀에게도 필요했기 때문이다.

그와 웃으며 나누는 소소한 담소를 시작한 후부터 용돈벌이가 줄어들고 있었다. 그와 추억을 공유하다 보면 힘이 빠져 꽃을 팔 기력이 나지 않아서였다. 이제 그녀는 돈을 벌기 위해 꽃을 팔기 시작했는지, 다른 사람의 외로움을 달래주고 안식처가 되어주기 위해 일을 시작했는지, 자신의 외로움 때문에 그만두지 못하는 것인지 헷갈렸다. 그는 그녀에게 왜 빨간 구두와 빨간 핸드백만을 사용하냐고 물었다. 그것은 올빼미의 상징이었지만 솔직해질 수는 없는 노릇이었다. 그녀는 숨을 몰아내며 빨간색을 가장 좋아한다고 에둘렀다. 다음날 그녀는 파란색으로 자신을 코디한 그를 보고 웃을 수밖에 없었다. 그는 머리를 긁적이며 당신이 빨간색을 좋아하니까 나는 파란색을 코디해서 우리 태극문양을 만들어보자고 했다.

"오늘은 현충일이지 않습니까."

그녀는 웃음을 멈추고 그를 쳐다봤다. 그녀는 그의 말을 이해하기까지 꽤 오랜 시간이 걸렸다.

"앞으로 우리 평생을 같이 이렇게 하나가 되어 보는 것은 어떻습니까."

"우리는 안 지 얼마 되지도 않았는데."

"그러니 더 급하지 않습니까. 얼마 남지 않은 날들을 흘려보내고 싶지 않습니다."

그는 그녀에게 청혼을 한 것이었다. 중요한 건 서로의 마음이라고. 그녀는 몸이 떨려왔다. 떠는 그녀를 보며 그는 자신의 파란 윗옷을 벗어 그녀의 어깨에 걸쳐 주었다. 그녀는 남자에게 생각할 시간을 달라고 한 후 뒤를 돌아 공원을 빠져 나왔다. 멀어져가는 그녀의 등 뒤로 남자는 부담 갖지 말고 편하게 생각해 달라고 외쳤다. 길가에 나뒹구는 깨진 거울에 비친 그녀는 자신의 모습을 유심히 들여다봤다. 그러곤 고개를 저으며 공원 밖으로 걸어 나갔다. 진심으로 원했던 순간이었지만 막상 자신이 그런 자격이 있나 싶은 죄책감이 들었다. 한편으로는 지나치게 행복한 감정이 그녀를 두렵게 했다.

"어디로 떠나는 거예요? 집은 정했어요?"

앞으로 자신과 살게 될 남자와 있었던 일들을 늘어놓던 숙자의 말이 끝나자 그녀가 물었다. 그녀의 말에 숙자는 자신의 긴 손가락을 입에 가져다 댔다.

"비밀이라오."

숙자는 소녀처럼 수줍어하며 말을 이어갔다.

"내 떠나기 전에 한 가지만 더 알려드리지."

그녀는 자신의 말이 잘못됐다는 것을 깨닫고 고개를 끄덕였다. 핸드백에 사연 하나쯤은 숨기고 다닌다는 숙자의 예전 말처럼 그녀는 숙자에게 더 이상의 질문은 하지 않았다.

"떠날 때는 다 잊어야 하오."

5. 꽃이 될 거예요

박카스들은 꽃을 파는 올빼미들을 달갑게 여기지 않았다. 원인은 박카스 주 수입원이었던 노년의 남자들이 편안한 말동무가 되어주는 여자를 찾았기 때문이다. 상대의 팔짱을 끼다가 돌아보면 전대를 찬 박카스들이 그녀를 노려보고 있었다.

"남의 것을 빼앗아가는 나쁜 년들."

"말씀이 지나치시네요."

"지나치긴 도둑년들이 어디서 입을 놀려."

숙자는 상대하지 말라고 그녀에게 일러두었지만 가끔은 먼저 나서서 박카스들에게 쐐기를 박아버리곤 했다.

"보따리 잃어 버리고 내놔라는 심보시네."

"뭐야, 이 년아."

"살려고 하는 짓이니 죽일려고들 하지 마시오. 박카스들한테 옴이라도 옮는다고 단골들에게 풀어 주길 바라오? 내 입이 천 길 만 길가는 개선마차요. 어디 붙어보시려오?"

박카스들은 올빼미의 입을 무서워했고 올빼미는 박카스의 눈을 무서워했다. 하지만 남자의 청혼을 받은 후부터 그녀는 어떤 시선도 두려워하지 않게 되었다. 숙자가 가르쳐 준 대로 다 잊고 떠날 일만 남았다고 생각하니 깊게 느껴진 죄책감도 한결 가벼워졌다. 그녀는 여전히 이 바닥을 떠나지 못하는 수많은 박카스들과 꽃들을 생각했다. 결국에는 모두들 외로운 인생들이었다.

그녀는 숙자를 만나기 위해서 약속한 벤치로 갔다. 아카시아는 다 떨어진 후였다. 자잘하게 바닥을 뒤덮고 있는 아카시아들. 그녀와 남자의 웃음 같은 순간들을 간직하고 있는 아카시아들. 내일이면 이곳을 떠나는 숙자에게 감사의 마음을 담은 선물도 준비해 온 그녀였다. 빨간 구두와 빨간 핸드백 대신 숙자가 원래 좋아한다던 감청색 스카프가 그것이었다. 따지고 보면 숙자로 인해 인생의 반쪽을 만났으니 스카프 정도로는 약소한 선물이란 생각이 들었다.

숙자는 약속한 시간에 언제나처럼 정확히 도착했다. 꽃처럼 화사한 얼굴이었다. 그녀는 자리에서 일어섰다. 숙자 뒤에 있는 누군가를 알아본 터였다.

"그래도 내 유일한 동무였는데 인사는 하고 떠나야할 듯해서 같이 왔소."

컹컹. 숙자 말끝에 따라온 개의 짖음. 그녀는 눈을 동그랗게 떴다가 이내 망연자실한 표정으로 고개를 숙였다.

"안녕하세요. 처음 뵙겠습니다."

그녀는 떨리는 목소리를 애써 침착하게 억누르며 개의 목줄을 쥔 남자에게 인사했다. 남자는 벌겋게 달아오른 얼굴로 잠시 멈칫하더니 말없이 고개를 숙여 인사했다.

"멀리 가신다고요."

그녀는 숙자에게 말하지 않았지만, 숙자가 대신 대답했다.

"멀리 가오."

"얼마나 멀리 가신다고요."

"멀리."

"다시 돌아오지 않으신다고요."

숙자는 그녀의 눈이 올빼미처럼 붉어지는 것을 보고는 그간의 정이 생각보다 깊었다고 느끼는지 그녀를 품에 안아 주었다.

"이제 어찌 살 것이오."

숙자의 어깨에 턱을 기댄 채로 그녀는 남자를 보며 말했다.

"꽃이 될 거예요, 언니."

빨간 구두는 더욱 그녀의 발을 옥죄어 왔다.

"여기 일은 이제 다 잊으세요."

당신이 바보인 이유

"엄마~ 제발! 내가 저것만 먹으면 정말 전태일의 넋을 기릴 수 있을 것 같다니까요."

"엄마! 엄마! 나도, 불속에서 죽은 전태일 오빠 알아!"

"아니 요것들 좀 봐라아~ 전태일이 누군 줄은 알고 입에 올리는 거야? 감히 노동자의 불꽃을 붕어빵이랑 바꿔 먹으려고 드네! 아나, 이 꿀밤이나 먹어 봐라."

"저도 알거든요? 평화시장의 재단사, 굶주린 공장 동생들에게 풀빵 사준 사람이잖아요."

"그래! 잘났다! 요것들아! 내 오늘은 전태일 열사 흉내 한 번 내보지."

찬바람이 불어오면 보기만 해도 추위가 싸악 달아나는 작은 포장마차들이 하나둘 자리를 잡는 도서관 주변. 5학년 겨울 어느 날, 동생과 나는 붕어빵 냄새에 사로잡혀 엄마를 졸랐다.

내가 살고 있는 동네는 매우 조용한 편이다. 그 조용한 마을을 조금 벗으나면 은행과 우체국 등을 비롯해 작은 상가들이 모여 있는 곳에 자주 가는 도서관이 있다. 늦게 퇴근하시는 부모님, 함께 놀 친구들이 모두 학원에 가고 없을 때 거의 매일 동생 손을 잡고 도서관을 찾았다. 40분 정도면 충분히 오갈 수 있는 거리지만 겨울엔 언제 도착할지 걱정이 먼저 앞서고 귀찮은 마음에 버스를 타고 만 적이 많다. 그러나 단돈(?) 천원이면 동생 하나 나 하나 붕어빵을 입에 물고 손에는 어묵 국물을 들고 우물거리면 어느새 집에 도착한다. 작은 포장마차 할머니의 붕어빵은 추위를 잊게 하는 소소한 '한입음식'이다.

전태일 열사가 어린 동생들에게 풀빵을 사 준 것처럼 엄마도 나와 동생에게 붕어빵을 사달라고 장난을 쳤던 일, 지금 생각하면 참으로 부끄럽다. 아빠 따라 동생과 함께 전태일 열사 어머니이신 이소선 할머니 장례식에 갔을 때도 별다른 울림으로 다가오지 않았던 전태일 열사 이야기들. 그 날, 아빠는 물품내리는 일을 돕고 계셨고 한 아주머니가 포도 한 송이를 주셔서 한 알 두 알 입 안에 넣으며 동생보다 많이 먹으려고만 했는데….

5학년 겨울, 붕어방을 사 주시고 난 이삼일 뒤 엄마가 전태일 열사를 제대로 알고 아는 척 하라며 내게 건네주신 다섯 권의 만화『태일이』. 사실 내가 '전태일'이라는 이름을 바로 새기기 시작한 것은 그 때부터다. 전태일 열사의 일생을 한눈에 살펴볼 수 있었지만 그의 일기나 편지 등 전태일 열사의 삶의 흔적이 생략되어 있었다. 읽는 내내 '무엇 때문이지?' '왜 그랬지?' 궁금한 부분이 한두 가지가 아니었다. 꼭 죽어야 했을까? 죽지 않고 해결할 수는 없었을까? 답답했다. 부모가 주신 생명을 그렇게 함부로 내던져도 되는 걸까? 자신의 몸에 기름을 부어 죽어간다고 해서 누가 얼마나 관심 있게 바라봐 줄까? 그토록 깊게 고민했던 노동의 문제가 해결될까? 내 작은 머리로는 이해하기 힘든 행위로밖에 보이지 않았다.

그런데 작년 여름 마을 도서관 신착 코너에서『전태일 평전』을 발견했다. 뽑아 들고서 대략 목차에서부터 전체 내용을 훑어보았다. 한참 추리소설에 빠져 있던 내가 끈기 있게 읽을 수 있을까 잠시 망설였다. 그리고 너무 길고 어려울 것 같았다. 그런데 나의 예상과는 달리 만화만큼이나 술술 읽혔다. 전태일, 그의 일생을 함께 살아왔던 친구가 된 기분이 들 만큼 내 몸은 서서히 그의 이야기로 꿈틀거렸다. 그렇게 내 마음 속에 자리해간 전태일 열사의 짧지만 강렬한 삶. 우리나라 노동자들의 고통이 없어지지 않고 전태일 열사가 그렇게 죽어갈 수밖에 없었던 이유들을 조금은 알 것 같았다. 내 맘 곳곳에는 알 수 없는 분노들이 솟아났고, 한 문장 한 문장이 불꽃에 달궈진 듯 뜨거웠다. 그리고 깊었다. 전태일, 그는 다정하고 뜨거운 사람이었다. 이렇게 『전태일 평전』을 손에 쥐던 그 날, 난 전태일 열사를 다시 만나게 된 것이다. 지금 살아계신다면 칠순 가까운 할아버지일 테지만 난 살아 생전의 전태일 오빠로 부르고 싶다.

태일이 오빠는 부모님이 아무리 힘들게 일해도 가난을 탓하지 않았고 세 명의 동생들을 돌보며 시련을 꿋꿋하게 이겨냈다. 평화시장에서 시다, 미싱사, 재단보조 및 재단 일을 할 때조차고 해야 할 일의 두세 배의 노동을 해냈다. 공장의 사장들은 한 달에 두 번 쉴까 말까 한 공장에서 하루에 14시간 이상 일하는 어린 시다들에게 잠 안 오는 약을 먹이고 주사를 놓았다. 사장들은 그런 비인간적인 행위들을 해가면서 자신들의 잇속만 챙기며 자산을 늘려 나갔다. 사장들의 행위들과 달리 전태일 오빠는 자신의 차비를 털어 어린 시다들의 점심으로 풀빵을 사 주고 두 세 시간 거리의 집을 걸어 다니곤 하였다. 풀빵 점심이 뭐 대수로운 일이라고 할 수도 있겠지만 그 때 그 가난하고 배고픈 어린 시다들에겐 '먹는 것'이 곧 삶의 기쁨이었다.

1967년 2월 22일 전태일 오빠의 일기에서 "인격과 경제는 반비례한다"는 말이 기억난다. 한쪽이 증가하면 다른 한쪽이 일정하게 감소하는 현상을 반비례임을 나도 모르지는 않다. 그런데 태일이 오빠는 놀랍게도 이 반비례를 자신이 처한 상황에 적절하게 비유해내고 있었다. 다시 말하면 태일이 오빠가 베풀면 베풀수록 그의 주머니는 텅텅 비었고 배고픔에 시달려야 했다. 이와 달리 사장들은 돈을 가지면 가질수록 노동자들에게 베풀기는커녕 인정 없는 속물이 되어 갔다. 이러한 생각을 스무 살 청년이 했다는 게 놀랍다. 또 먹고 살아야 하는 생계 걱정을 먼저 해야 했기에 자신의 꿈을 지키지도 못했고, 노동현실의 변화를 꿈꾸는 일은 더더욱 어려웠다. '바보회'는 이러한 한계를 극복하고 싶어 만들었던 건 아닐까?

'인간답게 살 권리' 없이 먼지투성이의 컴컴한 방에서 일하던 노동자, 전태일 오빠에게 '근로기준법'은 그를 한 순간에 '바보'로 만들었다. 근로기준법에 어긋나는 노동시간과 노동 환경을 개선하기 위해 노력했던 바보회. 근로 조건 개선을 위해 열정을 쏟았던 삼동회. 그러나 그가 소망하던 뜻은 이루어지지 않고 그에게 부메랑처럼 되돌아온 것은 일자리 상실이었다. 부당한 노동시간과 열악한 노동 환경 속에 놓여 있는 노동자들에게 근로기준법은 있으나마나 한 법, 지켜지지 않을 무용한 법이었다. 이러한 잘못된 '진실'은 노동자인 태일이 오빠의 삶에 커다란 걸림돌이었다. 그래서 그의 분노는 서서히 불꽃으로 바뀌었고, 그 분노의 불꽃 속에 자신의 귀한 생명을 내놓을 수밖에 없었던 것이다.

11월 13일, 이 역사에서 잊어서도 잊을 수도 없는 일이 일어났다. 태일이 오빠는 그의 일터, 평화시장에서 근로기준법과 함께 '노동의 불꽃'으로 서서히 타올랐다. 아니 타들어갔다. 분노와 안타까움으로 가득했을 그 현장의 수많은 사람들의 울부짖음이 아직도 생생하게 전해지는 듯하다. 온몸을 태워서라도 노동의 부당한 현실을 바꾸고자 했던 태일이 오빠! 스물두 해를 살면서 이루고자 했던 뜻을 이루지 못하고 근로기준법이 준수되는 순간을 보지 못한 채 '노동자의 불꽃'이 되어갔던 것이다.

정의롭지 않은 것들이 정의로 '당연하게' 여겨질 때, 진실하지 않은 것들이 진실로 '당연하게' 오해될 때 사람들은 더 어리석어진다. 그렇다. 전태일, 그는 근로기준법이 지켜지지 않는 평화시장에 대한 관심 없는 사회 때문에 '바보'가 되었다. 또 당연한 것이 당연하게 여겨지지 않을 때 분노해야 한다는 것을 태일이 오빠는 깨달았던 것이다. 근로기준법을 보며 희망에 가득했던 태일이 오빠. 하루 16시간 노동, 열악한 환경이 너무 '당연하게' 받아들여지는 현장을 그는 차마 눈뜨고 볼 수 없었다.

지금도 여전히 해결되지 않고 있는 노동 현장의 문제들은 많을 것이다. 답답하다. 죽음으로써 노동 현실의 부당함에 맞선 태일이 오빠의 마음을 온전히 수용할 수 있을 만큼 내 깜냥은 그리 크지 않다. 그러나 작가 조영래 변호사도 말하고 있듯이 "억압이 가장 가열한 사회에서는 그 억압을 뚫는 가장 유력한 전술의 하나"였다는 것, "얼음처럼 굳고 굳은 착취와 억압과 무관심의 질서를 깰 수 있는 것은 오직 죽어가는 노동자의 참혹한 모습을 적나라하게 고발하는 불꽃뿐"이었다는 점에 크게 고개를 끄덕이게 하였다. 태일이 오빠의 죽음이 '인간답게 살기 위한 삶의 의지의 폭발'이었다는 것은 너무나 분명하기 때문이다. 또 지켜져야 할 법, 희망을 갖게 했던 법조차 노동자들의 편에 있지 않았고, 부당한 것이 당연하게 받아들여지는 현실에 저항하지 않을 수 없었던 것이다.

왜 나는 그의 이름을 풀빵과 바꿔먹으려 했을까? 그의 이름을 함부로 불러서는 안 되었다. 눈에 보이는 것은 갖고 싶어 안달하고 타인들이 갖지 못한 것을 많이 소유하고 있음에도 주어진 것에 감사할 줄 몰랐던 나. 이소선 할머니의 장례식에서조차 포도 한 알 더 먹고 싶어 동생과 실랑이를 벌인 일은 지금 생각해도 부끄럽고 또 부끄럽다. 자신의 차비를 털어 굶주리고 있던 일터 어린 동생들에게 풀빵을 사주던 태일 오빠가 봤다면….

아직도 풀빵 포장마차 근처를 지날 때마다 그의 이름이 생각난다. 그것은 아마도 그가 베푼 사랑, '노동자의 불꽃'으로 구워졌기 때문일지도 모른다. 늦은 시간까지 추위에 떨며 행정기관의 허가를 받지 않아 피해 다니는 풀빵 장사들이 광주리 행상을 하던 자신의 엄마 같았을까? 뜨거운 사람! 전태일 오빠는 자신을 불태워 풀빵을 달궈낸다. 따끈따끈한 열기로 장사꾼들의 몸과 마음까지도 데운다. 부싯돌 두 개를 찾아 불꽃을 만들었고, 마른가지가 없으면 젖은 가지를 쌓아 올리고 꺼지면 다시 켜고, 젖은 가지들이 말라갈 정도의 불꽃 속에 그는 온몸을 내던졌던 것이다.

"배가 고프다."

이번 겨울엔 풀빵을 먹으며 그의 이름을 당당히 불러볼 수 있을 것 같다. 그리고 정의롭지 않은 어두운 현실에 맞설 용기가 내 몸 어딘가에서도 민들레꽃처럼 피어오를 것 같다. 풀빵 한쪽은 남겨 둔다. 이제부터는 그럴 것이다. 노동자들의 '허기'를 채워줄 풀빵 한 쪽을 배가 고프다던 태일이 오빠의 입 속에, 아니 그에게 조심스럽게 바친다. '당연하지 않은' 평화시장의 모든 이야기가 너무 뻔뻔스럽게도 '당연해졌기' 때문에 전태일 그는 이제, 진짜 '바보'다.

발화

해 저물 때면 낡은 제철공장 너머로 보이던
빽빽한 발자국들의 집합 집으로 돌아가는 퇴근길에는
길가에 난 꽃들도 노을에 비쳐 붉게 보였다
꽃잎에 실타래처럼 난 핏줄들을 들여다보면
벌어진 꽃잎 장마다 통증이 그려져 있다던 이야기
들꽃처럼 붉게 피어나던 오후

제철공장에 다니는 노동자들은 이마에
붉은 꽃잎을 두르고 다녔다
넝쿨처럼 얽힌 철광석 속으로 보이는
잿빛 금속이 용광로 안으로 쏟아지는 동안
노동자들은 공장 정문 앞에 서 노래를 불렀다
우리에겐 빵 그리고 장미가 필요하다는 문구가
철문 앞을 지나다니는 자동차 사이로 보였다

가끔 아버지는 노동자와 들꽃의 닮은 점을 이야기했다
들꽃이 바람을 맞으며 힘줄을 키워가는 것처럼
이마에 두건을 두른 이들은 날이 선 눈빛을 받으며
제철소만큼 뜨거운 시간을 견뎌내야 했다
혹시 노동자들의 붉은 꽃잎을 벗겨내면
들꽃들만큼이나 엉킨 그들의 통증 엿볼 수 있지 않을까

낡은 공장의 용광로가 입을 다물고
길가의 자동차 소리가 조금 더 시끄러워지는 시간
벗겨지지 않은 노을 위로 저녁이 찾아오고 있었다

혜화동 연극배우

벗겨지지 않은 얼굴 분장 위로 혜화동의 저녁이 찾아온다
소극장으로 향하는 그에게 누군가가 속삭인다
연극배우가 가련한 이유는 네 안에 술롱고가 있어서야
불규칙적으로 덜컹거리는 버스 너머로
거리를 따라 줄지어 선 소극장들이 보인다

소리가 모여들었다 이내 흩어졌다 막이 내리면
연극배우의 귀 가까이로 다가오는 발걸음소리
남자의 자잘한 손금까지 보일 조명 옆으로
단역배우의 배역처럼 가느다란 땀방울이 흐르고
바닥 위에는 두 시간의 동선으로 깊은 흠집이 파였다
저물어 가는 혜화동의 하루 속
연극배우와 밤은 떨어질 수 없는 관계 속에 있다

성대결절이 와 그만두었다는 뮤지컬배우로서의 꿈
그가 무대 위에서 내뱉는 독백 그 사이에는
무대로 데리고 오지 못한 노래들이 있다
박수처럼 단조로운 음조를 들여다보면
단역의 동선 아래로 짓밟힌 기억이 있다

세탁기 버튼을 누르며 대본을 읽는 그는
그 어떤 문명의 이기도 누리지 못하는 남자를 연기한다
충혈된 홍채 위로 불법체류자의 활자가 맺히고
돌아가는 연극의상 위로 박수소리가 묻힌다

불법체류자 신분의 외국인노동자는 가련해
집에 와서도 남자는 주연이 되지 못한다

혜화동의 하루가 저물어 가는 시간
무대 위로 내려온 막 뒤로 술롱고의 하루도 접히고 있다
그의 책장의 대본들만큼 쌓여가는
노숙인과 알코올중독자와 불법체류자의 가면들
연극배우의 삶이 가련한 이유는 네 안에 사람들이 살아서야

썰물처럼 쓸려가는 사람들 혜화역 2번 출구 앞
술롱고의 가면이 서 있었다

증시, 리츠, 부동산펀드

몇 채의 집을 받치던 땅이 바스러졌다 TNT 터지는 소리
과거를 땅에 묻고 온 사람
비가 곧 내린다는 듯 손목이 아파왔다

손금이 너무 자잘하면 무너져 버린다 했다
시멘트 가루가 군데군데 들러붙은 손바닥
홍채 앞에서 맺히지 못한 손금들이 그를 바라보고 있다

어제 그의 작은 방 안으로 자녀들이 다녀갔다
방 안에 들어찬 성인 세 명 만큼의 온기와
어느새 아저씨가 돼버린 아들의 절을 받는 아버지
부양할 자식이 생긴 아들을 그냥 보낼 수 없어,
닳아가는 관절은 새로운 아버지에게 봉투를 건넨다
밤이 깊어지고 다시 차가워질 남자의 방바닥

남자에게 얽힌 사람들이 너무 많았다
공사판 일용직 노동자에게는 과분해져 버린
그의 아내와 아들과 딸과의 관계
땅을 부수고 시멘트를 들이부을 때마다
그는 손금에 붙은 이름들을 하나씩 떼어냈다

자식들이 떠나고 남은 남자의 반쪽자리 방에선
그의 작업현장이 훤하게 보인다 타워크레인에 매달고 온
때탄 손금들 거미줄처럼 눌어붙은 모습이

날이 갈수록 높아지는 철골을 뒤덮고 있다
공사가 끝나면 그간 쌓인 시멘트 위로 모여들 사람들
남자는, 그가 버린 손금 무덤을 바라보며
잡을 수 없어 미끄러지는 기억을 쫓고 있다

바다의 바코드

해 저물 때면 파도 끄트머리로 보이는
수백년 바다의 바코드
빽빽한 밀물과 썰물의 울음이
고요해지는 한반도를 등지고 서 있다

저 멀리 하늘과 바다 사이를 출렁이는
흉터를 닮아 검게 물든 수평선
손가락질이 만들어낸 오래된 직선에는
어둠을 외워 버린 어부의 발자국과
석양의 날갯짓을 바라보던 일병의 시선이 있다
바다 위를 내리 긋는 하루의 모든 기록
파도는 모래사장으로 흔적들을 나르고 있다

한반도 사람의 손길이 닿았던 오래전
바다는 그때부터 어민들의 무대였다
어부가 사냥을 하기 위해 걸어가는 바닷길 위에는
그들 선조부터 쌓아온 발자국들이 있다
바닷바람보다 더 짠 냄새가 배인 그들의 발은
어느 그림자보다도 짙은 흔적을 남긴다
소금처럼 굳어진 그들의 화석은
가벼운 손가락질로는 결코 쓰러지지 않는다

밤이 되면 더 출렁거리는
수평선의 파도

어둠 속에서도 더 짙은 직선 위에는
쉽사리 녹아지지 않는 발자국의 역사가 있다

송전탑의 봄

송전탑 아래에 세워놓은 검은 천막 안에서 동네 사람들이 모두 절을 올렸다. 나는 고개를 들어 위를 올려다보았다. 쉰이 넘은 나이가 무색하게 마치 열아홉 소년처럼 웃고 있는 사진 속의 한씨 아저씨는 이제 이 세상 사람이 아니라는 증거로 액자에 검은 띠를 두르고 있었다. 검은 한복을 차려 입은 숙희 아줌마가 앞으로 나와 향로에 불을 붙인 향을 꽂았다. 너무나 담담하게 이어진 그 행동에 이제 조금 잦아들었다고 생각한 곡소리가 다시금 새어 나왔다. 천막 안의 사람들은 모두 고개를 숙인 채 자신들의 얼굴을 보이지 않았다. 나는 다시 고개를 들어 이번에는 하늘을 올려다보았다. 구름 하나 없이 시리도록 맑은 하늘은 이 상황을 아는지 모르는지 따듯한 햇볕만을 땅으로 내리고 있을 뿐이었다.

그라목손 한 통을 깨끗하게 비워낸 한씨 아저씨는 새파래진 피부로 응급실에 실려가 사흘 후 숨이 끊어졌다고 했다. 구급차에 실려 병원에 도착했을 때, 의사는 한씨 아저씨의 피부를 보고 고개를 가로젓고는 다른 환자의 진료를 보러 돌아섰고 한 번만이라도 진료를 해달라고 우는 숙희 아줌마에게 의사는 동정심이 가득하지만 확고한 어조로 말했다고 했다. 그라목손, 이건 이만큼 마셨으면 가망이 없어요. 우리나라에서 손에 꼽히는 의사들도 그라목손 마신 환자는 못 살려냅니다. 마음의 준비를 하셔야겠습니다. 그렇게 가혹한 말을 쏟아낸 의사의 입장도 이해가 안 되는 것은 아니었다. 병원에서 그들에게 해줄 수 있는 최선은 그저 응급실의 침대 하나를 내어주는 일 뿐이었을 것이다. 농약이 무서운 것은 한 번에 가지를 못하고 며칠을 괴로워 하다가 숨이 끊어진다는 것이었다. 고통에 몸부림치던 한씨 아저씨는 눈을 감기 전 곁을 지키던 숙희 아줌마에게 쥐어 짜 내는 목소리로 이렇게 말했다.

"이게 차라리 나아. 그 놈들 하는 짓을 내 눈 뜨고 지켜보는 것보 다는."

그 사람 좋고 성실하던 한씨 아저씨가 왜 스스로 목숨을 끊을 수 밖에 없었는지에 대한 대답을 마을 사람들은 모두 알고 있었다. 십 여 년 전부터 마을 사람들을 지긋지긋하게 괴롭혀온 것이라면 단 하 나밖에 없었다. 송전탑. 정부에서는 아무 문제가 없다는 그 송전탑. 하지만 그 말이 모두 듣기 좋은 사탕발림이라는 것을 사람들은 알고 있었다. 이 손바닥만 한 작은 마을에 틈도 없이 세워질 송전탑. 결국 그것이 모든 문제의 발원지였다. 한씨 아저씨 이전에도 마을의 가장 큰 어른 중 한 분이었던 조씨 할아버지 또한 송전탑 때문에 당신의 몸에 스스로 불을 붙였더랬다. 마을 사람들 모두 기억하고 있다. 기 름에 불이 붙어 무서울 정도로 빨갛게 타오르던 그 몸을, 하얗게 그 슬려버린 그 땅을.

분향소를 나오는 사람들은 하나같이 턱에 힘이 잔뜩 실려 있었다. 이를 악물고 있었기 때문이었다. 사람들은 많은 것을 바란 것이 아 니었다. 그저 이야기를 들어 주기를, 조금이라도 그들의 사정을 이 해해 주기를 바라는 마음뿐이었다. 그 결과가 이럴 줄은 아무도 몰 랐다. 대부분 오십 대가 넘어가는 마을 사람들은 정부에 대항한다는 것을 상상조차 하지 못하던 순진한 사람들이 대부분이었다. 처음 송 전탑이 세워진다고 했을 때, 정부에서 하는 일이니 그러려니 하는 사람들이 더 많았을 정도로 이 동네의 사람들은 의심이 없었다. 김 선생님이 사실을 알려주지 않았더라면 아마 철탑은 이미 이 작은 마 을에 그 무시무시한 다리를 뻗고 있었을 것이다.

김 선생님을 처음 만났던 날, 나는 그가 한 말을 아직도 똑똑히 기억한다.

"정부서 하는 말 다 믿으시면 안 되는 겁니다. 여기에 지으려고 하는 송전탑 말입니다. 그게 지어지면 이 마을은 그냥 끝나는 겁니다. 고압 전류가 사람 머리 위에서 흐르는데 어떻게 거기에서 터 잡고 농사 지으며 사냐 이 말입니다. 전기 흐르는 데서 사람이 살면 말입니다. 일단 몸이 이상해지기 시작해요. 암 환자가 늘어나고 백내장 환자들도 그만큼 늘어나요. 이건 어르신들에게 아주 치명적인 겁니다. 어린애들은 더 심합니다. 백혈병 아시죠? 그 머리카락 다 빠지는 병 있잖아요. 잘 고치지도 못하는 거요. 애들이 그 병에 걸릴 확률도 훨씬 늘어납니다. 개들도 기형으로 된 새끼들 낳고 전자파에 예민한 벌들은 날아다니지도 못하게 돼요. 짐승이 이런데 사람이라고 다르겠습니까? 더하면 더했지 절대 정부 사람들 말대로 안전한 게 아녜요. 가만히 있으시면 안 돼요. 가만히 있으면 저들 좋은 대로 하는 게 정부란 말입니다."

김 선생님의 말에 고개를 끄덕이며 동조하는 사람들도 많았지만 그렇지 않은 사람들도 있었다. 가만히 있지 않으면 어쩌겠냐는 것이 그 무리들의 말이었다.

"저들 말이 맞소. 가만히 있으면 저들 좋은 대로 하는 게 정부이긴 하지. 그런데 뭐? 내버려두지 않으면, 그들과 싸워서 우리가 이길 확률이라는 게 있나? 애초에 어떻게 싸울 건데? 그렇게 큰 벽을 상대로. 괜히 일 크게 만들지 말고 하자는 대로 합시다. 저쪽에서 보상금 안 주겠다는 것도 아니고."

동네에서 가장 큰 땅을 소유하고 있는 정화네 아저씨의 말이었다. 지극히 현실적인 말이었다. 김 선생님의 말에 동조되었던 사람들은 그 말에 올려놓았던 입 꼬리를 축 내렸다. 그 때 내 옆에 서 있던 할머니가 입을 열었다.

"여기서 평생을 살아오지 않았소."

고개를 숙이고 있던 사람들이 할머니를 쳐다보았다.

"우리 어머니 아버지, 조부모님까지 다 여기서 농사짓고 자식 낳으며 살아온 것 아니요. 그런 땅을 고작 쥐꼬리만 한 보상금 따위를 받고 넘기겠다고? 말도 안 되는 소리 마소. 가만히 있으면 다 잃어버릴 테니 다 같이 움직입시다. 김 선상 한 번 믿어 보자고요."

"분향소 갔다가 오시는 길입니까?"

모두의 고개를 들어 올린 것은 김 선생님의 목소리였다. 김 선생님. 그는 평생 배워본 것이라고는 한글뿐인 마을 사람들의 구세주 같은 존재였다. 본래 이름은 종현이었지만 그 이름으로 부르는 사람은 거의 없었고 어른들은 김 선상, 아이들은 김 선생님이라고 그를 불렀다. 왜 김 선생인가 하니 선생 일을 해 그런 것은 아니고 서울에서 대학을 나왔다는 것이 그의 호칭을 그렇게 만들어 버렸다. 이 마을 사람은 아니었지만 고향이 이 고장이었기에 그는 이곳으로 와 기꺼이 마을 사람들의 힘이 되어 주었다. 서울에서 법학을 공부하던 그는 본래 검사가 되려고 하였으나 이 사회의 어두운 면을 보고는 망설임 없이 고향으로 돌아왔노라고 말했다. 저는 약자의 편에 서기를 바랐어요. 그런데 사회는 그렇게 돌아가지를 않더군요. 그렇게 말하며 김 선생님은 쓸쓸한 웃음을 지었더랬다.

그는 오랜만에 한 번 둘러보러 온 이 마을이 과거와는 너무나도 많이 달라진 것에 충격을 받았다고 말했었다. 제가 어린 시절에 뛰어 놀던 동산이 다 깎여서 없어졌더라고요. 산 밀고 그 위에 송전탑 세운다고. 나는 그저 어린 시절 놀던 동산 하나지만 여기서 평생을 벼 키우고 밭 갈아 온 분들은 터전을 잃어버리는 거잖아요. 그는 그래도 나름대로 배웠다는 사람으로서 이런 일을 보고도 넘길 수가 없었다고 말했다. 이곳의 사람들은 좋게 말하면 순박하고 순수했고 안 좋게 말하면 배운 것이 없어 무식했다. 시골에서 평생을 나고 자란 사람들이 정부에 맞서는 방법을 알리도, 법이 어떻게 자신들을 지켜

줄 수 있는지를 알 리도 없었다. 그 때 나타난 것이 김 선생님이었다.

"어르신들. 쐐기풀이라고 아십니까?"

"쐐기풀?"

누군가의 물음에 김 선생님은 고개를 끄덕였다.

"그야 알긴 알지요. 저 숲 가장자리 같은 데에 자주 나는 풀 아닙니까."

"그게 뭐요?"

"아 왜 그 있지 않소. 가시에 찔리면 쐐기가 쏜 것 마냥 아픈 거. 요 전번에 성수가 삼 캐러 산에 갔다가 그거 가시에 찔려가지고 손이 퉁퉁 부어 온 거 아니요."

그제야 사람들은 아아 하는 소리를 내며 고개를 끄덕였다.

"그런데 그 풀은 왜 말씀을 하시는 거요?"

김 선생님은 잠시 목소리를 고르려는 헛기침을 한 번 하고는 말을 이었다.

"쐐기풀이 왜 그렇게 생겼을지 생각해 보세요, 어르신들. 왜 다른 풀처럼이 아니라 그렇게 가시를 품고 독을 가지고 있는 것일까요?"

맨 앞자리에 앉아 있던 할머니가 대답했다.

"아 그야 제 몸 지키려고 그러는 것 아니요. 동물이 됐건 사람이 됐건 자꾸 제 몸에 해 가하려고 하니 그렇게 변한게지."

할머니의 말에 김 선생님은 고개를 끄덕였다.

"할머님이 말씀해 주신 것이 맞습니다. 쐐기풀. 크지도 않고 눈에 띄게 예쁜 것도 아니에요. 그래서 더 약해 보이고 함부로 대할 수 있는 거죠. 쐐기풀은 그것에 대응하려고, 자기 자신을 지키기 위해 가시를 키우고 독을 품게 된 겁니다. 어르신들은 이 쐐기풀이 되셔야 해요. 정부 사람들, 못 배우고 착한 시골 사람들이라고 함부로 대하고 저들 마음대로 할 것이 뻔합니다. 여러분들은 거기에 대응하셔야 해요. 그렇게 해서라도 여러분이 평생 자라온 이 땅을 앞으로 자식들에게 손자, 손녀들에게 물려 주실 땅을 지키셔야 하는 겁니다.”

확실히 배운 사람이라 다른 것인지 몰라도 김 선생님의 말은 동네 사람들에게는 마치 종교 경전의 말씀과도 같은 파급 효과를 내었다. 아무것도 몰랐던 사람들에게 그 말은 앞으로 나아가야 할 이정표였으며 일종의 구원과도 같은 것이었다. 김 선생님을 필두로 단체가 꾸려졌다. 정부의 방침에 대해 투쟁하겠다는 슬로건을 내걸었고 공터의 컨테이너가 아지트가 되었다. 그곳에서 하는 일의 구할 이상은 김 선생님이 하는 것이었으나 동네 사람들도 그들 나름대로의 일을 하고 있었다. 김 선생님은 정말로 일에 열성적이었다. 일주일에 한두 번씩은 꼭 지역 신문사에 찾아가 인터뷰를 따내려 뛰어 다녔고 동네 사람들에게 일의 심각성을 상기시키는 일도 게을리 하지 않았다. 그랬던 김 선생님이 한 씨 아저씨의 죽음을 겪게 된 것은 이제껏 공들여 지어온 탑이 무너진 것과도 같은 일이었을 것이다.

어디서 오는 길이냐 묻는 숙희 아줌마에게 김 선생님은 지역 신문사를 한 번 돌고 왔다고 말했다.

“거기는 왜요?”

“아저씨가 그렇게 돌아가셨는데 이렇게라도 세상에 알리려고 해야죠. 조금만 기다려 주세요. 내일 한 번 더 가면 따낼 수 있을 것 같아요.”

김 선생님의 말에 숙희 아줌마는 이제껏 참아왔던 눈물을 터뜨렸다. 장례를 치르는 내내 곡은커녕 표정 하나 변하지 않았던 숙희 아줌마였다. 애써 유지하던 가면을 벗어낸 숙희 아줌마는 잔뜩 빨개진 얼굴로 김 선생님의 손을 붙잡았다.

“제발. 제발 알려주세요, 선생님. 우리 남편이 이렇게 가버렸다고. 그 놈들이 이렇게나 우리를 못살게 군다는 걸 꼭 알려 주세요. 부탁 드릴 게요.”

만약 사람의 말에 얼마만큼의 감정이 담겨 있는지 지표를 알려주는 기계가 있다면 방금 전 숙희 아줌마의 말에는 간절함과 절실함이 무한대로 표시되었을 것이다. 그 감정이 김 선생님에게도 전달이 되었는지 약간 물기 어린 눈을 하고 김 선생님은 고개를 끄덕였다.

어른들은 각자의 집으로 돌아가거나 밭에 나갔고 나는 김 선생님의 뒤를 따랐다. 평소보다 조금 굽은 듯한 김 선생님의 등을 보며 내가 말했다.

"벌써 두 번째네요."

김 선생님은 내 말에 대답을 하지는 않았으나 대답을 바라고 한 말은 아니었기에 별 신경을 쓰지는 않았다.

"숙희 아줌마 말이 동네 사람들 마음이라고 보시면 돼요. 세상에 알리는 일, 우리가 무슨 말을 하고 싶은지 아는 사람은 선생님뿐이니까요. 모두 선생님만 바라보고 있어요. 아시잖아요. 동네 사람들끼리만 정부에 맞서면 한 번 제대로 싸워보지도 못할 거."

"잘 알아."

고개를 끄덕이는 뒷모습을 보며 말했다.

"분향소 가기 전에 양복쟁이들 왔다 갔어요."

김 선생님은 눈에 띄게 몸을 떨었다. 나는 계속 말을 이었다.

"내일 아니면 모레에 인부들 올 거라고 했어요. 이번에도 막으면 자기들도 방법이 있다고. 그렇게 말하고 갔어요."

김 선생님은 자리에 멈춰 섰다. 나도 그 뒤에 섰다.

"아셔야 할 것 같아서 말했어요. 답을 아는 건 선생님뿐이니까요. 우리는 어떻게 해야 하는 거예요?"

무언가를 생각하는 듯 꽤 오랫동안 그 자리에 서 있던 선생님은 고개를 들고 나와 눈을 맞추었다.

"시위를 해야 해."

나는 작게 눈살을 찌푸렸다.

"데모를 하자고요? 할머니, 할아버지들 모시고요?"

내 말에 선생님이 대답했다.

"네가 생각하는 그런 과격 시위 아니야. 화염병 던지고 그러는 거 상상했지?"

나는 순순히 고개를 끄덕였다.

"폭력적인 것만이 시위가 아니야. 우리는 그저 우리의 뜻을 명확히 보여 주기만 하면 되는 거야."

사실 잘 이해가 되지 않았지만 일단 고개를 끄덕였다. 마을 방송에서 들리는 목소리의 팔 할은 김 선생님의 목소리였고 나머지는 이장님의 것이었다. 아침 식사를 마치고 얼마 지나지 않아 익숙한 소리가 들려왔다. 모두 마을회관으로 모여 달라는 김 선생님의 목소리였다. 할머니는 에구구 소리를 내며 자리에서 일어났다.

"할머니는 그냥 집에 있어요. 내가 가서 무슨 말 했는지 전해 줄게. 허리도 안 좋으면서 왜 자꾸 움직여요, 움직이긴."

나의 걱정 어린 말에도 할머니는 넉살좋게 웃으며 신을 신었다.

"니는 말을 잘 못해서 안 된다. 김 선상 목소리로 이렇게 들어야 더 이해도 잘 되고 좋다."

맞는 말이었기에 나는 반박할 말을 찾지 못했다. 지팡이를 꺼내려는 할머니에게 다가가 팔짱을 꼈다.

"나한테 기대요. 내가 더 크고 든든하잖아."

내 말에 할머니가 웃었다.

"맞다. 우리 손녀가 제일로 든든하지."

미리 마을회관에 와 있던 김 선생님은 어르신들이 다 모이자 어제 내게 했던 말을 그 특유의 언변으로 설명했다. 나와 똑같은 반응을 보이는 분들에게는 더없이 친절하게 설명을 해 주었다. 언제나 그래 왔듯 사람들은 김 선생님의 말을 따랐다.

"그러면 뭐 머리띠나 판때기라도 해야 하는 거 아닌가?"

하루 종일 집에 있느라 본 것이 신문과 뉴스뿐인 백수 동리 삼촌

이 말했다. 김 선생님은 고개를 내저었다.

"중요한 건 슬로건도 머리띠도 피켓도 아닙니다. 우리의 뜻이 전해지기만 한다면 다른 것은 다 필요 없어요."

'뜻이 전해진다'라. 나는 김 선생님을 믿고 따르긴 하지만 이번만큼은 그 말에 조금 어폐가 있다고 생각했다. 뜻이 전해진다 해도 무시하면 그만인 일 아닌가. 정부 사람들은 충분히 그럴 수 있었다. 자꾸만 그런 생각이 들었지만 똑똑한 김 선생님이 나도 할 수 있는 생각을 안 했을 리 없기 때문에 가만히 입을 다물고 있었다.

순봉이네 돼지 축사 옆에 꾸려져 있는 공사판은 우리 동네에서 가장 큰 판이었다. 아마 공사를 하러 온다면 여기부터 지어 올릴 것이라고 김 선생님은 말했다. 마을의 남자 어른들과 김 선생님은 그 앞에 진을 치고 앉아 인부들이 오기를 기다렸다. 공사판을 에워싸고 움직이지 않으면 사람들을 끌어내지 않는 이상 공사를 진행할 수가 없을 것이었다. 김 선생님은 그것을 노렸다. 아예 접근 자체를 막아버리는 것. 길의 끝에서 꽤 많은 인영이 보였다. 사람들의 몸에 힘이 실리는 것이 보였다. 멀리서 보는 인부들은 평소보다 배는 많아 보였다. 이상했다. 원래 저렇게나 많이 오지는 않는데. 인부들이 가까워져 오자 개 중 눈이 좋은 김 선생님과 나는 저 사람들이 인부가 아니라는 것을 알았다. 키만 한 방패를 손에 든 것은 경찰이었다.

경찰이 여기에는 왜? 모두 어안이 벙벙한 표정들이었다. 그도 그럴 것이 김 선생님과 함께 일을 해오면서 경찰이 온 것은 처음이었기 때문이었다. 동요하는 사람들에게 김 선생님이 말했다.

"괜찮습니다. 이거 불법시위 아니에요. 동요하지 마시고 자리 지키세요."

그 말에 사람들은 조금 안정되는 듯 했으나 분위기는 여전히 경직되어 있었다. 경찰은 열 걸음 정도를 남겨두고 우리 앞에 섰다. 김 선생님은 한 걸음 앞으로 나와 경찰에게 물었다.

"여기는 어떤 일로 오신 겁니까? 분명히 신고서를 제출했는데요."

무리의 중앙에 있던 사람이 그 말에 대답했다.

"불법 시위라는 주민 제보가 있어 온 겁니다. 주최자는 저희와 함께 서로 가 주셔야 하고 나머지 분들은 해산을 해 주셔야겠습니다."

모두 김 선생님의 눈치만 살폈다. 주민 신고라니. 내부 고발자라도 있다는 건가. 아무도 예상하지 못한 전개였다. 주먹을 꽉 쥐었다가 푼 김 선생님은 뒤를 돌아 동네사람들에게 말했다.

"오늘은 날이 아닌가봅니다. 다들 집으로 돌아가세요. 이 일은 추후에 다시 이야기하도록 합시다."

말이 끝나자마자 사람들은 거의 도망치듯 사라졌다. 아직 남아 있는 나에게 김 선생님이 말했다.

"너도 돌아가."

"하지만……."

"어서."

단호한 그 말에 나는 발을 옮길 수밖에 없었다. 나는 고개를 뒤로 돌려 김 선생님을 보았다.

"괜찮을 거예요."

주민 신고라는 말에 김 선생님이 상처를 받지는 않을까 싶어 한 말이었다. 내 말을 이해한 것인지 김 선생님은 웃으며 손을 흔들었다. 나도 함께 손을 흔들었지만 웃는 표정을 짓지는 못했다.

우리 집 바로 맞은편에 김 선생님의 집이 있기 때문에 창문에 불이 켜진 것을 보고 선생님이 집에 왔음을 알 수 있었다. 나는 빠르게 선생님의 집으로 가 초인종을 누르고 발을 동동 굴렀다. 문을 열어준 선생님은 조금 피곤해 보이긴 했지만 평소와 다를 바 없는 모습이었다. 나는 작게 숨을 내쉬고 선생님에게 물었다.

"괜찮아요?"

내가 어떤 의미에서 말 한 것인지를 아는지 모르는지 선생님은 고개를 끄덕였다. 선생님은 나와 눈을 맞추고 입을 열었다.

"너 저번에 말해줬던 쐐기풀 이야기 기억하니?"

"그럼요."

"이제 가시를 세울 때가 된 것 같다."

"그게 무슨 말이에요?"

"시위를 막겠다는 건 우리에 대한 일종의 경고인 거야."

선생님의 말을 듣고 집으로 돌아가는 길에서 많은 생각을 했다. 날을 세워야 한다는, 독을 품어야 한다는 선생님의 말을 이해하긴 했지만 그런다고 해서 달라지는 것이 있을까 싶었다. 밭 너머 공사판에 세워져 있는 굴삭기를 쳐다보았다. 사람의 손으로 건드리면 아픈 풀이라고 했다, 쐐기풀은. 하지만 손이, 몸이 닿지 않는다면. 그런 상황에서도 가시와 독이 소용이 있을까. 닿아서 아프다면 없애 버리면 그만이다. 굴삭기로 퍼 올린다면 쐐기풀 같은 것 정도는 쉽게 파일 것이다. 내가 걱정하는 것은 비단 정부뿐만이 아니었다. 동네 사람들도 점점 상황에 회의적으로 변하는 것이 보였다. 나는 한숨을 내쉬었다. 요즘 들어 생긴 버릇이었다.

마을 회관에 모인 사람들의 수가 가면 갈수록 줄어들었다. 봄 농사 준비로 여유가 없다는 말을 하는 사람들이 대부분이었지만 김 선생님은 그것이 핑계인 것을 알고 있었을 것이다. 김 선생님이 경찰서로 끌려가고 난 후부터 김 선생님에 대한 사람들의 신뢰는 점점 떨어져갔다. 자신들도 자칫 잘못하면 그렇게 될 수 있겠다는 두려움이 머릿속에서 싹텄을 것이다. 휑한 회관의 마루를 보며 김 선생님은 아무런 표정도 없는 얼굴을 하고 있었다. 누가 김 선생님을 고발한 것일까. 나는 그 외로운 뒷모습을 보고 뒤를 돌았다. 학교에 가야 할 시간이었다.

나를 보는 아이들의 눈에는 전에 없던 기운이 섞여 있었다. 나는 묘한 기시감을 느끼며 자리에 앉았다. 가방을 책상 옆 고리에 걸고 고개를 들어 올리니 팔짱을 낀 정화가 나를 내려다보고 있었다. 나는 슬쩍 인상을 찡그리고 물었다.

"왜?"

정화는 나 못지않게 기분 나쁜 표정을 짓더니 픽 하고 웃었다. 명백한 비웃음이었다.

"그 사람 경찰서에 끌려갔다며? 내 언젠가는 그럴 줄 알았지."

비아냥거리며 말하는 정화에게 화가 났지만 여기서 대응을 하면 똑같아질 것이라는 생각에 입을 다물었다. 정화는 그런 내 행동을 자신에게 진 것이라고 판단했는지 더욱 째지는 목소리로 말하기 시작했다.

"경찰에 끌려가기까지 했는데도 계속 그 사람한테 도움 받을 거니? 둘이 뭐 있기라도 해?"

나는 자리를 박차고 일어나 정화를 노려보았다. 내 행동에 놀랐는지 끼고 있던 팔짱을 푼 정화였다.

"선생님 신고한 거 너네 아버지지?"

내 말에 정화는 눈에 띄게 놀라는 눈치였다.

"무슨 소리야, 그게? 우리 아빠가 뭐?"

정화는 부정했지만 나는 눈치를 챘다. 사실 동네에서 김 선생님에게 반하는 무리들의 대장격인 정화 아버지였기에 다른 사람은 생각해보지도 않았다. 나는 내 어깨로 정화의 어깨를 치고 교실 밖으로 나갔다. 참아왔던 억울함이 눈물이 되어 고였다.

마지막 수업이 끝나는 종이 치자마자 나는 가방을 들고 교실을 나섰다. 검은 양복을 입었던 사람들의 말이 귓가에 맴돌았다. 계속해서 이런 식이라면 자신들도 방법이 있다던 그 말. 나는 정부사람들의 작전이 성공했다고 생각했다. 정부에 대한 분노는 이제 방향을 돌렸다. 서로에 대한 불신. 가장 무서운 것이었다. 김 선생님에 대한 불신, 정화 아버지에 대한 불신. 그것은 쐐기풀의 가시보다도 은근하게 파고들고 독보다도 치명적인 것이었다. 아이들의 눈빛과 정화의 날이 선 말은 쐐기에게 쏘인 것보다도 더 나를 아프게 했다. 선생님도 마찬가지일 것이라고 생각했다.

집으로 가는 길이 유독 춥게 느껴졌다. 길가에 핀 코스모스는 이제 완전히 자취를 감추었고 나무의 잎들도 본래의 제 색을 잃은 후 바닥으로 떨어져 내렸다. 겨울이 다가오고 있다는 증거였다. 날숨이 색을 얻어 퍼져 나가는 것을 보고 그것을 확실히 느꼈다. 이 동네와 같은 곳에서 겨울은 말 그대로 모든 것이 죽어 버리는 계절이었다. 산의 겨울은 춥다는 말로는 설명이 되지 않는 차가움이 있었다. 나무도, 키우던 작물도 심지어는 사람까지도 한동안 자취를 감추게 되는 그런 계절이 오고 있었다.

대문을 열고 마당으로 들어오니 안방에서 누군가의 목소리가 들렸다. 댓돌 위에는 못 보던 신발이 올려 있었다. 손님이 오신 것인가 싶어 마루에 앉아 있으니 이내 이야기 하던 소리가 끊기고 문 여는 소리가 들렸다. 고개를 들어 손님의 얼굴을 보았을 때 나는 하마터면 소리를 지를 뻔 했다. 그 사람이었다. 내게 경고를 하고 사라졌던 양복쟁이. 내가 말문이 막혀 입을 다물지 못하고 있는 와중에 할머니가 방에서 나왔다.

"그럼 가보겠습니다, 어르신."

그 날의 일은 거짓말이었던 것처럼 예의바른 모습의 남자는 할머니에게 꾸벅 고개를 숙이고는 마당을 가로질러 집을 나갔다. 나는 할머니에게 소리쳤다.

"저 사람이 왜 여기에 온 거예요?"

남자의 얼굴을 본 순간부터 대충 예상은 하고 있었지만 할머니의 얼굴을 쳐다보다가 고개를 숙여버렸다.

"……지켜보자고 했잖아요. 김 선생님을 믿어보자고. 오랫동안 살아왔던 땅이니 지켜야 한다고 하셨잖아요. 그런데 왜……."

내 말에 할머니는 손을 뻗어 나의 손을 꼭 붙잡았다.

"주현아. 이 일을 끌어온 것이 거의 십 년이 다 되어간다. 잘 생각해보려무나. 그 동안 바뀐 것이 있어? 김 선상이 하자는 대로 해서 우리의 상황이 더 나아지기라도 했니?"

대답을 할 수가 없었다.

"정화 애비 말이 맞다. 쫓겨날 바에야 돈 받고 파는 것이 낫지. 너도 이 시골동네보다는 서울로 가는 것이 더 안 낫겠니."

오랜 시간이 지나면서 할머니도 많이 변한 것이었다. 아무렇지 않은 말투로 말하고 있었지만 할머니의 얼굴에는 상실의 슬픔이 가득했다. 그런 할머니의 얼굴을 보며 왜 집을 팔았느냐고, 김 선생님을 배신했느냐고 추궁할 수는 없는 노릇이었다. 나는 자리를 박차고 일어나 달렸다. 나를 부르는 할머니의 목소리가 들렸지만 뒤를 돌아보지 않았다. 다리를 혹사시키며 달리고 달려 도착한 곳은 공사판도 김 선생님의 집도 아닌 숲의 입구였다. 숲의 가장자리에서 가장 잘 자란다는 말이 맞는지 내 다리 길이쯤 되는 쐐기풀들이 듬성듬성 자라 있었다. 가까이서 보니 풀의 끄트머리에 열매가 달려 있었다. 작고 붉은 빛을 띠는 열매를 보니 울컥 눈물이 터져 나왔다.

열매는 결국 끝을 의미하는 것이었다. 열매가 떨어지고 겨울이 오면 이 쐐기풀은 질겼던 생의 마지막을 맞이하는 것이었다. 차가운 바람에 꺾여 버리고 겨울이 되어 버리면 자연히 죽어 버리는 것이 풀의 일생이었다. 풀이 이렇게 되어 버린 것을 김 선생님은 알고 있을까. 그의 노력은 모두 헛된 것이었을까.

나는 쓰러진 쐐기풀 가까이로 다가가 줄기를 조심스럽게 쥐었다. 살짝 닿았을 뿐인데 따가움이 팔까지도 전해지는 듯 했다. 나는 줄기를 붙잡고 그것을 일으켜 세웠지만 한 번 꺾인 풀은 다시 세워지지 않았다. 나는 아픈 손을 부여잡고 울었다. 손이 아파서 우는 것이었다. 절대로 김 선생님이 딱해서, 변해 버린 할머니가 안쓰럽게 느껴져서, 이 상황에 순응해 가는 마을 사람들이 가엾어서, 이런 내가 불쌍해서 우는 것이 아니었다. 손등으로 눈물을 훔치고 고개를 들어 하늘을 바라보았다. 구름 한 점 없이 파란 하늘을 배경으로 전깃줄 위에 앉아 있던 참새들이 날개를 펼치고 날아오르고 있었다.

똑똑한 바보, 전태일

마지막 전태일의 유서를 읽고 책장을 덮었을 때의 느낌은 차마 뭐라 표현할 수 없었다. 여태 많은 장르의 책들을 읽어 왔지만 그 책들의 공통점은 항상 재미와 감동, 혹은 교훈을 주는 것이었다. 하지만 이 『전태일 평전』은 첫 장을 넘길 때부터 마지막 책의 덮개를 덮을 때까지 답답함과 분노, 심지어는 언짢은 기분까지 들게 했다.

누가 그의 이야기를 듣고 스물두 살 청년의 생애라고 생각할까. 아마 팔십의 인생을 살더라도 그 삶의 고난을 반절도 겪지 못할 것이다. 어려서부터 짊어져야 했던 가난의 무게와 가족을 지키려는 장남의 의지는 열정적이면서 안타까웠다. 항상 굶주리고 발이 터져라 일하는 그의 모습에도 불구하고 그를 도와주지 않는 주변 사람들과 상황은 답답한 느낌이 들 정도였다.

책을 읽는 내내 얼마 되지 않는 월급으로 회원들의 커피 값을 내고, 자신의 버스비로 시다들의 간식을 사 주며 힘든 몸으로 다른 사람의 일까지 해 주는 것에 대해, 누가 저런걸 알아 줄까. 저렇게 힘들고 가난하게 사는데 자신을 위해서 쓰는 것이 좋지 않을까. 하는 생각이 들었다. 그러나 책의 어느 부분을 봐도 그가 자신의 사치를 위해 돈을 썼다는 이야기는 나오지 않는다. 아마 그는 자신의 배를 채우는 즐거움보다는 자신보다 어려운 사람을 도와 연민의 짐을 더는 것이 더 편했던 것 같다.

그런 그에게도 욕심내는 단 한 가지의 물건이 있었는데 바로 근로기준법 책이었다. 나는 사치품보다 한권의 책을 원하는 것을 보며 어려운 상황에서도 항상 배움의 끈을 놓지 않던 그에게 경외심이 들었다. 현재 고3 생활을 하면서 그저 되는대로 어떻게든 대학 입시에만 얽매여 있던 내게, 그의 배움에 대한 열망은 신선한 충격이 되기도 했다. 아마 이러한 열망의 기저가 그의 내부에 있었기 때문에 그 시대 생각조차 할 수 없었던 노동운동을 이끌 수 있지 않았을까 하는 생각이 들었다.

그가 노동운동 중 결성한 '바보회'는 근로기준법을 모르던 자신을 지칭하는 것이기도 했지만 남을 지배하고 명령하며, 강자의 이익에 잘 봉사하는 약은 인간 즉, 사회에서 원하는 똑똑한 인간이 되기를 거부한 것이기도 했다. 어떤 누가 편안한 삶을 살고 싶지 않을까. 더욱 더 그처럼 주린 배 한번 가득히 채우지 못한 밑바닥의 소시민이.

하지만 그는 양심을 잃는 것보다 굶주림을 택했고 어려운 상황에 눈을 가리기보다 그들과 함께 서 있기를 원했다. 노동운동 중 계속되는 노동청과 기업주들의 회유에도 그는 눈 하나 깜짝하지 않고 그의 소신을 지켰다. 나는 이러한 그의 굳은 결의의 원동력이 무엇이었을까 고민하다, 문득 가족일 것이라는 생각이 들었다. 물론 같이 일하면서 봐오던 어린 시다들과 재단사, 평화시장의 노동자들도 있지만 그를 가장 노동운동으로 이끌었던 원천은 가족이었을 것이다. 어린 동생들을 둔 장남으로서, 항상 미안한 마음을 갖고 있던 어머니의 아들로서 그는 자신의 소신과 열정을 더 불태웠을지도 모른다. 동생 태삼을 가르쳐야겠다고 무작정 서울로 올라갔던 때의 마음처럼 그는 후에 동생들이 자신보다는 더 편하게, 더 안정적으로 일을 할 수 있기를 바랐을 것이다.

이처럼 책에서 자주 나오는 구절 '내가 앞장설 테니 뒤따라오게'는 사랑하는 누군가를 위해서, 앞으로 살아가야 할 우리들을 위해 열심히 길을 닦을 테니 편한 길로 오라는 그의 속뜻은 아니었을까 하는 생각이 들었다.

하지만 현재, 아직도 셀 수 없이 많은 노동자들이 쾌적하지 못한 환경에서 일을 하고, 고용주들에게 부당하게 해고당하는 일들이 많이 일어나고 있다. 우리는 그가 자신을 불태워 닦은 반듯한 길조차 따라가지 못하고 있는 것이다. 나도 이런 상황을 알면서도 나의 일이 아니니까 그들만의 상황이라고 생각하고 미뤘던 일이 있다. 아마 이때 느꼈을지도 모를 죄책감이 책을 다 읽고 나서의 언짢음으로 변한 것은 아닐까? 옳지 않은 것을 알면서도 행하지 않은 나의 양심에 나 스스로 분노하고 언짢아 한 것이다.

앞으로는 '나의 죽음을 헛되이 하지 마라' 라는 그의 외침에 부끄럽지 않게, 부당한 상황에 맞서고 가난한 사람과 나누는 사람이 되어야겠다고 느끼면서, 문득 이런 생각이 들었다. 현재보다 더 힘들었을 과거에 노동을, 운동을 하며 자신을 바보라 칭하던 그가, 힘을 가진 기득권자들과 반대되는 진정한 똑똑한 바보가 아닐까?

빨리, 더 빨리

들판을 달리던 솔기머리사슴이
퀵서비스 오빠 조끼에 새겨져 있다
으르렁대는 자동차들의 콧김은 뜨겁기만 한데
오빠의 오토바이는 뿔만 들이밀고 있다
아지랑이 핀 도로의 열기가 붐비고
앞바퀴를 높게 들고 거칠게 반항하는 오빠
아스팔트, 빈 여백의 틈새마다
곡예사처럼 그 사이를 비집고 달린다
야생동물 출몰 주의
도로마다 세워진 표시판이
자신인 줄 모르는 오빠,
오늘도 속도를 내 돌진하는 법만 배웠다
뜨거운 햇살 사이를 가로지르며
질주본능을 멈추지 않는다
검은 매연을 토해내던 오토바이가
순환도로의 중간지점에서 힘을 다한 채
덜덜덜덜 결국 멈춰버린다
수취자의 부재중이 찍힌 핸드폰이 울리자
시들어버린 등을 더 낮게 조아린다
위험에 익숙한 한 마리의 사슴처럼
오빠는 다시 고장난 엔진에 시동을 건다
계기판의 경고등이 삐삐삐 울리는데

오빠의 위험한 주행은 다시 시작된다
도로의 무법자 우리 오빠,
희고 날카로운 송곳니를 드러내며 달린다

먹나비

아버지가 날개를 접었다 펼친다
먹나비처럼 어디선가 길을 잃고선
향기나는 길을 찾아 헤매고 있다

50년 인생을 공사판만 날아다니던
아버지의 날개에도 주름이 생겨
도망갈 곳 없는 아버지는
이곳저곳을 돌아다녔다

아버지의 몸에선 항상 비늘가루가
바람을 타고 먼지처럼 흩날렸고
손이 닿으면 쉽게 떨어져 버렸다
나비표 페인트통이 나뒹굴고
그 위로 아카시아 잎이 쌓인다
날개를 등과 수직으로 접는
습성을 가진 나비
그것은 아버지만의 휴식이었다

수많은 사람들이 거리를 다닐 때
녹슨 철근 같은 꽃술을 따는 아버지
줄기가 쇠파이프 관으로 녹물을 내뱉고
아버지는 길게 뻗은 앞다리만 씰룩였다
아버지의 안전모 위에 새겨진
두 줄의 무늬를 가진 먹나비 한 마리

깊은 밤을 지나고
먼 길을 건너온 아버지 검은 그림자가
질통을 메고 가는 아버지 뒤에서 팔랑거린다
공사판 위로 피어난 아지랑이들 사이로
한 마리의 먹나비가 활짝 핀 봄이다

파트: 피노키오를 만나다

햄버거 가게에서는 통성명이 필요없다
나에겐 명찰이 있지만
아무도 내 이름 보지 못한다
햄버거의 이름을 외우느라
정작 나도 내 이름을
자주 잃어 버린다
감사합니다,
또 뵙겠습니다
내가 인사할 때마다
팔이 길어지지만
어느 누구와도 악수 한번 하지 못한다
나는 가끔 길어진 팔로
천장의 전등을 떼어내
어두운 바닥 구석구석을 살핀다
고래의 뱃속은 얼마나 넓을까,
둥둥 떠다니는 나무토막에
못질을 해서
거짓말은 정말 못하는 피노키오
만들고 싶어진다
온종일 내 대신 서 있게 해도
아무도 모를 테니까
다신 이곳에 오지 마,
이런 거 먹으면
코가 길어질 거야

피노키오가 인사를 하는 동안
나는 바닥에 떨어진 얼음을
천장에 매달아 둬야지
그래, 여긴 얼음별이 뜨는 나라
나는 시간당 오천오백팔십 번
눈물을 흘리는 이방인
문득 고개를 들어보니
피노키오가 길어진 코로
내 등에 뭔가를 쓰고 있다
오랜만에 들어보는 내 이름,
길어진 두 팔로
안아보자
나의 나무야,

당신의 이력을 수선해드립니다

1.

아침부터 가게가 소란스럽다. 가게와 집은 맞닿아 있어서 작은 소리까지도 다 들린다. 재봉틀 돌리는 소리, 박음질 뜯어내는 소리, 심지어는 단추가 떨어지는 소리까지. 모두 내 귀로 들어온다. 그러니 이 정도의 소리라면 내 잠을 깨우기에 충분하다.

"아주머니, 하얀 블라우스에 핏자국이 말이 되냐구요."

여자, 30대 초반, 컬이 약간 들어간 단발머리의 손님이다. 나는 혼자 방에서 보내는 시간이 많다. 때문에 손님의 인상착의를 귀로 분간할 수 있다.

"정말 죄송합니다."

40대 중반, 수선집 주인여자, 엄마다. 그리고 그 주인여자는 고개를 푹 숙이고, 아세톤을 묻힌 솜으로 하얀 블라우스를 누르고 있을 것이다. 요즘 들어 자주 있는 일이다.

"됐고요, 수선비나 돌려 주세요."

엄마는 한숨을 쉬었을 것이다. 더러 옷값을 물어내라는 손님들도 있다. 이만하면 다행이다 싶다가도 걱정이 앞선다. 슬라이딩 금고가 열리는 소리가 난다. 곧이어 여자는 문을 박차고 나간다. 아침 일곱 시, 이른 시간이다. 나는 서랍에서 안경을 꺼내며 손바닥으로 서랍장 밑을 스윽 훑어본다. 역시나 먼지만 조금 묻어 나온다. 나는 손을 비벼 털어냈다. 요즘 들어 나는 그런 행동을 자주 했다.

엄마의 수입은 눈에 띄게 줄었다. 수선집 일이라는 게 그렇다. 잘될 때는 없어도, 위기는 늘 찾아온다. 엎친 데 덮친다고, 엄마의 무릎에 물이 차기 시작하면서 배달도 할 수 없게 되었다. 한동안은 내가 대신 했으나, 얼마 전 고등학교에 입학하면서 그마저도 어려워졌다. 아무튼 지금은 이런 사소한 실수로 돈을 되돌려 줄 때가 아니다. 눈 감고 바늘에 실도 꿰는 사람이 단추 하나 못 달아서 옷에 피 자국이나 만들다니. 다 헤져빠진 골무를 바꾸래도 요지부동이다. 그게 아니면 일이 안 된다나 뭐라나, 그건 엄마의 인생이란다. 적어도 내가 아는 인생은 그런 게 아니다. 손가락 하나 보호하지 못하는 골무 따위가 대신하기엔 인생이란 말은 너무 거창하지 않은가. 멋들어지진 않아도, 멀쩡하긴 해야지.

물론 나는 폼 나는 삶을 살고 싶다. 그래 봤자 학교 갈 준비나 하고 있지만, 지금은 아무래도 상관없다.

"밥 먹어라."

엄마가 말했다. 집에서 학교까지는 거리가 꽤 된다. 학교는 소위 아파트촌에 둘러싸여 있다. 나는 양껏 먹기 시작한다. 점심을 거르기 시작하면서 아침을 가능한 한 많이 먹는다. 아침은 멸치볶음이다. 꽈리 고추가 물컹하고 문드러진다. 멸치가 으깨지면서 고소한내가 입 안 가득 퍼진다. 나는 그것을 밥과 함께 우물거린다.

2.

바늘은 내 짝이다. 눈이 쭉 찢어진 게 꼭 바늘 같이 생겨서 붙여준 별명이다. 하는 짓도 딱 그렇다. 수업시간엔 지루하다고 짜증, 쉬는 시간에는 시끄럽다고 짜증. 그 애 비위를 맞추는 일은 여간 어려운 일이 아니다. 바늘은 지난 주말에 우리 집에서 교복을 줄였다. 나가서 보진 못했지만 그건 분명 바늘의 목소리였다.

"확 잘라주세요."

바늘은 엄마에게 핀침을 받아 원하는 만큼 단을 고정시켰다. 정확히 엉덩짝을 가려주는 길이였다. 엄마는 익숙하게 단을 잘라냈다.

교복 수선은 가장 많이 들어오는 일감이다. 우리 학교가 이번에 공동구매한 교복에 단추를 다는 일도 엄마의 몫이었다. 아무튼 엄마는 치마뿐만 아니라 재킷의 폭까지 바늘의 가슴 사이즈에 맞게 줄여주었다. 그 사이즈에 맞게 단추 간격을 다시 맞추는 일까지 해서, 이만 원. 그러니까, 바늘은 엄마에게 이만 원을 내고 내 생활을 찔러도 된다는 권한을 얻은 셈이다.

입학 한 지 한 달이 지나고 우리는 서서히 자리를 찾아갔다. 그렇게 해서 나는 점심을 먹지 않는 쪽을 택했고, 바늘은 선배들 무리의 끄트머리에 서게 되었다. 그날도 그 무리는 두 줄로 서 있는 우리 사이를 천천히 지나가고 있었다. 그 애들은 밥을 빨리 먹는 것에는 별 관심이 없었다. 팔짱을 끼고, 치마가 쫙 달라붙은 엉덩이를 뒤뚱거리며 우리 같이 평범한 애들 사이에 철로를 세우는 것. 그 애들이 탄 기차가 아니면 절대 지나갈 수 없는 그런 철로를 세우는 것이 그들의 관심사다. 바늘은 내 가방에 쓰레기를 잔뜩 넣어서 창밖으로 던진 사건 이후로 그 기차에 타게 되었다. 바늘과 나는 같은 중학교를 나왔는데, 그래서 그런지 바늘은 나를 자주 이용했다.

아무튼 그날도 바늘은 우리 사이를 지나가면서 내 몸을 손가락으로 툭 쳤다. 분명 바늘이 나를 쳤다. 그런데 바늘의 단추가 우둑 하고 뜯어진 것이다. 단추는 호선을 그리며 구르다 앞에 가던 선배의 발 앞에 멈춰 섰다. 그 선배는 재빠르게 단추를 밟고 나서 크게 웃음을 터뜨렸다.

"야, 저년 뱃살 봐. 존나 웃겨. 단추 뜯어졌어."

선배는 바늘의 앞섶을 붙잡고 킬킬 웃었고, 바늘은 벌겋게 달아올랐다. 선배들 앞에만 서면 바늘은 단추처럼 작은 사람이 되었다. 그때도 바늘은 선배의 N번째 단추가 되어 그 선배 인생이나 여미어 주고 있느라 정신없어 보였다. 그리고 그 불씨는 나에게 튀었다.

"너 때문에 떨어졌잖아. 장난하냐?"

바늘과 나를 두고, 아이들은 한 발짝 떨어졌다. 그 작은 원 안에서 나는 침을 꼴깍 삼켰다. 나는 그 단추가 떨어지는 걸 본 목격자일 뿐이었다. 하지만 아무 말도 입 밖으로 나오지 않았다. 선배들은 우리 둘을 흥미진진하게 바라보고 있었다. 바늘은 나에게 한 발짝 더 다가왔고, 길게 팔을 뻗었다. 그것은 슬로우비디오의 한 장면처럼 느껴졌다. 바늘의 날카로운 손톱이 내 교복 재킷에 닿았다. 톡, 하고 단추가 떨어졌다. 바늘의 손은 빠르게 단추를 삼켰다.

"야, 내 단추 찾아와. 그럼 돌려 줄게."

나는 작게 고개를 끄덕거렸고, 순간 코끝이 아렸다. 단추가 떨어진 자리엔 실이 돼지 꼬리처럼 남아 있었다. 선배들이 호탕하게 웃고 있었다. 바늘의 얼굴에도 실실 웃음이 번졌다. 그들이 지나간 자리에 귀퉁이가 깨진 단추만 남아 있었다. 우리를 피해 있던 아이들이 다시 자리를 잡고 줄을 섰다. 나는 뒤돌아 급식실을 나왔다. 그날 이후 나는 점심을 먹지 않았다. 단추를 찾아갈 방법이 없었다.

3.

엄마의 인생이 낡아 빠진 골무라고 하면, 내 인생은 단추라고 할 수 있겠다. 내 기억은 단추 구멍을 실로 매우는 것으로부터 시작되었다. 내 첫 번째 기억은 검정색 콩단추였다. 엄마는 그 단추를 내 셔츠에 그려진 곰돌이의 눈알에 달아 주었다. 새로운 일감을 받을 때마다 엄마는 단추 하나씩을 내 셔츠에 기념으로 달아 주었다. 옷은 점점 무거워졌고 나는 자랐다. 29번째 단추를 달 무렵 미끄럼틀에서 떨어져 이마에 흉터가 남았고, 37번 째 단추를 달 적엔 외할머니가 돌아가셨다. 그리고 44번째 단추를 달던 날, 엄마와 경찰서에 있는 아버지를 데리러 갔었다. 작고 무거워진 내 셔츠, 그게 내가 매워 온 인생이었다.

그 셔츠의 단추 하나가 사라졌다. 98번째 단추였다. 나는 사라진 단추를 찾기 위해 온 방을 뒤엎었다. 낮은 포복 자세를 하고 이곳 저곳을 쑤셔댔지만 단추는 쉽게 나오지 않았다. 무릎걸음으로 장판을 걸을 때마다 둥그런 무릎 자국이 남았다. 엄마의 결혼예물함이 있는 장롱까지 뒤지고 나서야, 더 이상 찾지 않겠다고 생각했다.

중학교 입학 할 쯤에 달았던 단추였다. 언제 떨어졌는지는 물론 어떻게 생겼는지조차도 기억이 나질 않았다. 삐져나온 실과 여러 번 쑤셔 놓은 바늘 자국이 없었더라면 떨어진 줄도 몰랐을 거다. 한 달 전 무릎이 시리다는 엄마와 병원에 다녀오던 날에서야 발견했다. 엄마의 무릎엔 이미 물이 많이 차 있었다. 의사는 염증이 생긴 것이라고 말했다. 꼬박꼬박 약을 먹고, 물리치료만 잘 받으면 나을 수 있는 병이라고 했지만 엄마의 무릎을 채운 물은 쉽사리 빠지지 않았다. 우리 가계에 계속해서 적자가 차오르는 것과 다를 바 없었다. 아무튼 그 날 엄마는 병원에서 돌아와 약 한 봉지를 삼키자마자 주문 받은 우리 학교 교복의 단추를 달았다. 나도 그 새로운 기억을 셔츠에 달았다. 123번째 단추였다.

찾지 않겠다고 다짐은 했지만 나는 숙제를 하다말고 느닷없이 장판 밑을 뒤지고, 화장실 가다말고 식탁의자 아래를 살피고, 전화를 받다말고 서랍장 아래를 훑고… 그러다 발견한 것이 아버지가 남기고 간 양말 한 짝, 이상한 부동산 책자, 아버지의 손글씨가 적힌 구깃구깃한 메모. 방안 곳곳에는 아버지가 버리고 간 낡은 물건들이 곳곳에 남아 있었다.

잃어버린 98번째 단추, 아버지가 집을 나가던 날에도 엄마는 단추를 달고 있었다. 나는 습관처럼 그 단추를 찾는다. 내 98번째 단추는 여전히 행방불명 상태다.

4.

단추를 찾아야 한다. 바늘의 재킷에 달릴 단추 말이다. 바늘의 단추는 그날 선배의 발 밑에서 아작이 났고, 이제 새롭게 교복을 여미어 줄 단추를 구해야 한다. 그러니까 나는 지금, 나와 상관도 없는 바늘의 단추를 구하고 있다.

가끔 그런 꿈을 꾼다. 나는 나를 쥐락펴락하는 바늘의 손을 움켜쥔다. 바늘의 면상엔 당황한 기색이 역력하다. 아이들은 우리를 빙 둘러싼다. 그만 해. 시발 년아. 그건 내 입에서 나온 말이다. 선배들이 우리 반으로 들어오고, 금세 바늘의 꼴을 보고 웃음을 터트린다. 바늘은 벌겋게 달아오른다. 나는 바늘의 블라우스 깃을 잡고 위로 끝까지 끌어올린다. 바늘의 뾰족한 턱이 내 주먹과 맞닿아 있다. 바늘은 잇사이로 신음소리를 흘린다. 나는 문을 발로 차고 나가다 휙 돌아서서 손으로 총을 만들어 바늘에게 한 방을 날린다. 꿈은 달콤하다. 아무튼, 바늘은 반드시 짓밟힐 것이다. 자기가 쌓은 업보는 무조건 그 방식으로 갚아야 한다. 우리 아버지가 그랬듯이. 나는 아버지가 무너지는 모습을 똑똑히 지켜보았다.

그날도 예민한 내 귀가 먼저 침입자들의 기척을 알아차렸다. 아버지를 찾아 가게 안으로 들이닥친 그 사람들은 다짜고짜 작업대 위에 있는 물건들을 뒤엎었다. 단추는 바닥에 흩뿌려졌다. 엉킨 실들이 엄마의 다리를 칭칭 휘감았다. 엄마는 풀썩 엎어졌다. 한 남자가 비틀거리며 일어서는 엄마의 어깨를 밀었다. 아버지가 어디에 있냐는 것이었다. 엄마는 시선을 피하며 얼버무렸다. 엄마는 거짓말을 잘 못하는 사람이었다. 그런 건 아버지 전문이었다. 나는 방 안에서 문을 살짝 열고 그 모습을 지켜보았다. 나는 어렸고, 무서웠다.

그 무렵 아버지는 밀양에 숨어 지냈다. 종종 집으로 전화를 걸어 돈을 부쳐달라고 했다. 이번이 마지막이라고, 이번만 성공하면 빚을 다 갚을 수 있다고. 어쩔 땐 일주일째 아무것도 먹지 못했다고 말했다. 나는 엄마에게 전하지 않았고, 엄마는 귀신같이 알고선 돈을 부쳤다. 엄마는 아버지를 쉽게 놓지 않았다. 엄마는 아버지가 돌아오는 꿈을 꾼다. 나는 그것이 단순히 미련이고 집착이라고만 생각했다.

아버지는 다른 아버지들처럼 일을 할 때 양복을 입고 나갔다. 그게 신뢰감을 주는 복장이라며 으스댔다. 그리고 생각보다 많은 사람들이 아버지에게 속아 넘어갔다. 믿지 않은 건 오히려 우리 쪽이었다. 우리는 아버지가 우리를 책임져줄 거라고 믿지 않았다. 그럼에도 아버지는 가끔 떼돈을 벌었고, 엄마는 그 시절의 영화를 잊지 못했다. 엄마는 아직도 아버지와 마주 앉아 칼로 고기를 썰어먹던 기억을, 백화점에 가서 샀던 카디건을 붙잡고 있었다. 이십 년을 캄캄한 동굴에 살았어도, 빛이 들어오는 것은 한 순간이리라. 아버지가 휴대폰 번호를 서른 번째 바꾸고 돌아오던 날, 엄마는 그 생각을 접었다고 얘기했다. 아버지의 하나 뿐인 양복은 많이 헤져 있었다. 아버지는 그 옷을 입고 집을 나갔다. 이젠 얼굴도 기억나지 않는다. 아버지의 얼굴은 정말 감쪽같이 사라졌다. 아무리 기억을 뒤져봐도, 그건 어디에도 없다. 나는 아버지를 그리워하지 않는다.

5.

교복 단추는 교실 한 구석에 굴러다니기 일쑤다. 확인해보면 알겠지만, 재킷 소매 단추는 꼭 하나씩 없다. 아이들은 그것의 행방은 물론, 잃어버린 줄도 모른다. 바늘처럼 구태여 그걸 찾아오라고 시키거나, 여분 단추를 꺼내―우리 학교는 공동구매를 한 탓에 여분 단추가 내장되어 있지 않다―꼭 다시 달아야 한다고 생각하지도 않는다. 이상하게 그것들은 없어지지도 않고, 계속해서 교실 바닥을 누빈다. 개똥도 약에 쓰려고 하면 없다더니, 오늘이 딱 그 꼴이다.

내 재킷을 내려다본다. 이 단추를 하나 더 떼어서 바늘에게 가져다준다면… 그렇다면 교복은 정말 우스꽝스러운 꼴을 하게 될 것이다. 그렇지 않아도 윗집 언니에게 물려받은 교복이라 성한 구석이 없다. 소매에는 연필심 자국이 검고, 니트 조끼는 몽실몽실 올이 뭉쳐 있다. 게다가 안쪽에 달린 택에는 언니의 이름이 번져 있다. 아주 흐릿한 그 이름은 곧 지워질 것 같다가도 짙게 번졌다. 나는 반대쪽에 내 이름을 적었다. 그것은 그렇게 내 교복이 되었다. 아무튼 이런 교복에서 단추를 하나 더 떼어서 바늘에게 주는 건 불가능하다.

고개를 숙여 가방들을 제쳐본다. 그 밑에는 지우개나 색 고무줄, 핀 같은 것들이 갯벌 생물처럼 숨어 지낸다. 내 자세는 낮아진다. 머리가 엉덩이보다 아래에 있는 기이한 자세가 되고, 결국 무릎을 꿇고 엎드려 밑을 살핀다. 책상과 의자 사이에 손을 뻗어 샅샅이 살펴도 보이는 건 머리카락뿐이다. 커튼 같은 앞머리를 손으로 훔친다. 그리고 또 하나의 손이 내 머리를 낚아챈다.

"찾았어? 내 단추 찾았냐고?"

바늘이다. 그 뒤에는 바늘과 같이 노는 다른 아이들도 서 있다. 나는 머리가 잡힌 채로 바늘을 쳐다본다. 바늘은 웩, 하고 토하는 시늉을 하더니 내 머리를 놔 준다. 나는 무릎을 털고 일어난다. 붉어진 얼굴을 푹 숙인다. 바늘의 날카로운 웃음소리가 귀를 찌른다.

나는 집과 제일 먼 학교를 1지망으로 적어냈다. 나를 전혀 모르는 사람들과 함께 하면 삶이 조금 달라질 거라고 믿었다. 나를 만드는 건 결국 나에 대한 기억일 테니 말이다. 하지만 나는 이곳에서 다시 바늘을 만났다. 중학교에서 내 목을 조이던 아이들, 그 사이에 끼여 있던 바늘. 이젠 바늘이 앞장서서 나를 찌르고 있다.

6.

살다보면 대답할 수 없는 질문들을 만날 때가 있다. 왜 계속 단추를 셔츠에 다냐는 그런 질문 말이다. 엄마가 계속해서 아버지에게 돈을 부치는 것과 같은 것이 아닐까. 말하자면, 의무감 같은 것이다. 엄마는 정말 이력서를 쓰는 방식으로 내 셔츠에 단추를 달아 주었다. 엄마는 주문받은 단추를 수백 개 수천 개씩 달았고, 마지막 단추는 꼭 내 셔츠에 박혔다. 나는 그것을 보고 자랐다. 아버지는 되도 않는 방법으로 돈을 벌겠다고 나가고, 엄마는 하루 종일 앉아서 단추를 달았다. 나는 유치원도 다니지 않고 작은 방에 박혀 있었다. 이미 백 번쯤 읽은 동화책을 다시 읽거나, 벽 모서리를 타고 지나가는 개미를 눌러 죽이거나, 그것도 지루해질 쯤엔 휘파람 부는 연습을 했다. 나는 그 무료한 시간을 보낼 무언가가 필요했다. 나는 옆에 널브러진 단추와 실이 꿰진 바늘을 들고 엄마 흉내를 냈다. 바늘은 내 여린 손을 찔렀고, 피가 꽃봉오리처럼 동그랗게 맺혀도 나는 소리 내서 울지 않았다. 엄마와 아버지는 그런 나에게 별다른 애정을 보여준 적 없지만 외롭다고 느끼지는 않았다. 어쩌면 나는 그런 것에 익숙하게 태어난 아이였다.

나는 집으로 돌아온다. 엄마는 뜯어진 치맛단을 박음질 하고 있다. 돋보기안경은 엄마의 낮은 콧대를 꾹 쥐고 있다. 엄마는 노안은 마흔이 넘자마자 찾아왔다. 하긴 이십 년 가까이 이 일만 했으니 그럴 법도 하다. 엄마는 안경을 벗고 나를 쳐다본다.

"갔다 왔니?"

나는 작게 고개를 끄덕인다. 갔다가 온다는 것, 그러니까 돌아왔냐는 물음은 어디서 나온 걸까. 물음이라는 건 궁금한 것이 알고 싶은 것 아닌가. 모습이 뻔히 보이는 나를 보고 돌아 왔냐고 묻는 게 무슨 소용이냔 소리다. 그런 물음은 돈을 부치라고 전화하는 아버지한테나 해야 할 거다. "돌아올 거예요?", "가면 오나요?", "언제 와요?", "오긴… 와요?" 아버지가 돌아오길 바라는 건 아니다. 오면 사고나치는 인간, 밥이나 축내는 인간. 엄마는 그 인간을 위해 매일 밤 화분 밑에 열쇠를 넣어두고 잠이 든다.

"엄마 코에 자국 났지? 안경이 너무 빡빡한가."

나는 다시 고개를 끄덕인다. 엄마는 콧대를 주물거리며 거울을 들여다보고 있다.

"이게 금방 안 없어지더라구. 손님 들어오면 안경 벗기가 민망하다니까. 무슨 날개 같잖아."

"그럼 어때. 아무도 신경 안 쓰는데. 옷이나 좀 제대로 된 거 입고 있어라."

"이 카디건이 뭐 어때서. 이거 백화점 가서 비싸게 주고 산 거잖아."

엄마는 다 늘어난 소매를 걷고 다시 박음질을 시작한다. 재봉틀 돌아가는 소리가 가게 안을 가득 메운다.

"엄마."

재봉틀을 돌릴 때만큼은 엄마는 귀머거리다. 나는 아랑곳하지 않고 말을 꺼낸다.

"억울해. 그렇지 않아? 엄마는 엄마가 본 적도 없는 돈을 갚아 나가는 게 억울하지도 않냐고. 난 억울하고 짜증나. 손도 못 대 본 단추를 내가 왜 찾아야 해. 내가 왜 하루 종일 이걸 찾고 있냐고. 그 애가 나더러 뭐라는 줄 알아?"

나는 두서없이 떠들고 있었다. 엄마는 단을 봉합시키는 데 온 정신이 팔려 있었다.

"나는 걔 앞에서 무릎을 꿇었어. 엄마 딸이 무릎을 꿇고 그 애 앞에서 단추를 찾고 있었다고. 그것도 모자라 머리채를 잡혔어. 걔가 내 머리카락를 움켜 쥐었어. 아버지가 그랬잖아. 짐승은 대가리를 먼저 잡아야 한다고. 엄마는 그 때 왜 가만히 있었어? 충분히 뿌리칠 수 있었는데, 왜 안 그랬어? 엄마, 엄마는 왜 가만히 있었어? 엄마는 억울하지도 않아? 엄마 왜 그렇게 구질구질하게 살아. 정말 아버지가, 백화점에서 옷이라도 한 벌 사서 돌아올 거라고 생각하는 거야? 엄마가 그렇게 사니까, 내가 엄마처럼 살잖아. 엄마. 엄마, 엄마는 왜 그래?"

속에 있던 것들이 뿜어져 나왔고, 그 소리는 나를 삼켰다. 엄마는 꿈에서 깨어나는 사람처럼 흠칫 놀라는 기색이다. 나는 잔뜩 달아오른 다리미처럼 숨을 내뿜는다. 엄마의 손톱 아래는 동그랗게 피가 맺혀 있다. 엄마는 쓰고 있는 돋보기안경으로 손을 올려 액정을 닦는다. 엄마의 두 손이 눈을 가린다. 이 순간, 엄마는 귀머거리다.

전화벨이 울린다. 엄마는 재빨리 안경을 벗고, 눈을 훔치더니 전화를 받는다. 나는 직감적으로 그게 아버지임을 눈치 챈다. "네…" "네, 그럴게요." "괜찮죠?" "네." "알겠어요." 아버지는 괜찮을지도 모르겠다. 하지만 우리는 아니다. 전화는 금방 끊겼고, 엄마는 슬라이딩 금고를 열어본다. 들으나마나 급하게 돈을 보내달라는 용건일 것이다. 아버지가 밑 빠진 독이라면 엄마는 그 위로 물을 붓는 얼간이다.

"도희야. 다 엄마가 못나서 그런 거야."

내가 말을 꺼내기도 전에 엄마는 말을 덧붙인다.

"네 아버지 정도면 양반이야. 요즘 이상한 사람이 얼마나 많은데."

엄마는 뒤돌아 옷감을 정리하고 있다. 나는 엄마처럼 살기 싫다. 절대 싫다. 엄마는 나에게 도희라는 이름을 주었다. 미연이, 은지 같은 이름을 가져온 할아버지에게 엄마는 말했다. 꼭 '도'자를 넣어야 한다고, 그래야 도도하게 살 수 있다고.

"도희야. 목을 확 비틀어야 한다. 짐승은 목을 먼저 비틀어야 한다."

무슨 마음이었을까, 나는 방으로 달려 들어간다. 나는 엄마의 예물함과 같이 있는 내 단추 셔츠를 꺼내든다. 백이십여 개의 단추가 달려 있는 내 셔츠. 나는 그곳에 달려있는 마지막 단추의 목을 비틀어 뜯어낸다. 갈색의 구멍이 네 개 뚫려 있는 교복 단추, 그 단추는 이제 내 기억의 부분에서 떼어져 바늘의 새 단추가 될 것이다. 나는 그것을 꼭 움켜쥔다.

7.

단추는 이미 던져졌다. 단추 하나를 가운데 두고 그 일당들은 입을 떡 벌리고 서 있다. 나는 소리쳤다.

"네 단추 여기 찾아왔다고."

나는 그 순간만큼은 도도했다. 거죽대기 같은 교복을 입고 도도하게 걸어갔고, 날카롭게 단추를 던졌다. 바늘의 표정은 서서히 일그러졌다. 미세하게 실룩거리던 입꼬리는 벌어졌고, 눈썹에 힘이 들어갔다. 미간을 찌푸리고 바늘은 피식 웃었다. 그리고 성큼성큼 나에게로 다가왔다. 나는 평소처럼 몸을 웅크리지 않았다. 가슴을 펴고 정면으로 바늘을 쳐다보고 있었다. 바늘은 몸은 잠시 허공에 머물다 우당탕탕 넘어졌다. 단추를 밟고 미끄러진 것이다. 나는 손을 뻗어 그 애의 옷깃을 움켜 쥐었다. 바늘은 목이 쪼이는지 켁켁거렸다. 나는 조금 더 꽉 쥐었다. 개의 목줄을 확 낚아채는 것처럼.

"이젠 그만 좀 해."

바늘이 고개를 끄덕인다. 고개를 끄덕이고, 다시 씨익 웃는다. 이건, 아직 꿈속일까.

아름다운 희생

급격한 경제 발전으로 '한강의 기적'을 이루어 내면서 100억 달러 수출의 쾌거를 이루어낸 우리나라는 가파른 산업경제 성장을 이루어 냈다. 하지만 가파른 성장의 이면에는 사회에서 외면당해 최소한의 권리를 보장받지 못했던 사람들이 등장하였다. 조세희의 『난쟁이가 쏘아올린 작은 공』을 보면 그 시대의 외면당한 사람들은 전부 난쟁이들이었고 최소한의 희망인 '작은 공'을 잡으려고 애쓰고 노력했지만 그 '작은 공'을 잡기 위해서는 '일만년 후의 세계'에서나 가능했다. 철거이주민, 노동자들, 시다들은 달나라로 가길 원하지만 높은 외벽이 그들을 한 구석으로 내몰며 압박했다. 역삼각형의 사회 구도가 아닌 완전한 정삼각형의 사회구도를 형성하기 위한 각료 층들의 노력으로 불쌍한 난쟁이 층들은 호된 고통에 시달려야 했다. '빈곤의 사각지대' 속에 갇힌 사람들은 힘이 없었고 항상 당해야만 했다.

당시 청계천의 노동현장은 정말 열악했다. 한 사람이 겨우 숙여야 들어가는 공간 속에서 햄스터가 쳇바퀴 속에서 뜀을 하듯이 어두운 형광등 불빛에 의존하여 하루에 14시간을 꼬박 일해야 했고 그렇게 열심히 일했지만 최저 노동 임금도 제대로 보장받지 못했다. 열악한 노동환경에서 사람들은 폐병에 걸리기 십상이었지만 이런 상황 속에서도 노동자들의 노동 환경을 개선하려는 움직임은 전혀 보이지 않았다. 당시에 이런 노동자들의 목소리는 정말 작았고 조금이라도 목소리를 키운다면 바로 해고를 시켜 버려서 가정의 생계에 위험을 받기 때문이다.

최근에 '암살'이라는 영화를 봤다. 1930년대를 배경으로 한국 독립군 열사들의 이야기를 담아냈다. 영화를 보고 스크린이 넘어갈 때 문득 나는 전태일 열사가 떠올랐다. '암살'을 보면 "알려줘야지… 우리가 끝까지 싸우고 있다고"라는 대사가 나온다. 전태일 열사는 당시의 삭막한 노동현실을 고발하여 노동자들의 인권 개선을 위해 싸웠고 목숨을 바치며 아름다운 희생을 하셨다. 조국이 사라진 시대에서 친일파를 저격하면서 우리 민족을 위해서 목숨을 바쳐 싸우던 당시의 민족 독립투사들과 노동 환경 개선을 위해 목숨 바쳐 싸우던 전태일 열사의 모습이 비슷하다고 생각하여 영화를 본 후에 머릿속에 맴돌았고 눈에 어른거렸다.

　책에 "모든 인간이 모든 인간으로부터 외면당하는, '인간'이 죽어버린 시대의 아픔을 그는 이렇게 통곡하였다. 그렇다, 평화시장의 고통. 그렇지만 누가 알아준단 말이냐? 무자비하게 한 인간을 '메마른 길바닥 위에다 아무렇게나 내던져버리는' 현실의 잔인한 얼굴을 눈앞에 대할 때 그의 비탄은 절정에 달하고 그것은 곧 '가시투성이고, 얼음처럼 찬, 바위처럼 무거운, 냉혈한' 현실에 대한 새파란 증오로 변하여 불타오른다."라는 지문이 나오는데 당시 1970년대의 평화시장의 노동자들의 고통은 지금 우리 아니면 그 당시의 노동자가 아닌 사람들은 전혀 알지 못할 것이다. 자본주의 사회로의 급격한 도약을 위해 빠른 경제 성장에 뒤쳐진 소외인들을 내팽겨 치는 전태일 열사의 '인간 사상'이 아닌 '물질 사상'이 만연한 죽은 사회에서 평화시장의 노동자들의 고통과 아픔을 누가 알아 주겠나? 전태일 열사가 아니었다면 그 평화시장의 사람들의 고통은 더욱 짙어졌을 것이고, 더욱 소외되어 다시는 일어설 수는 없었을 것이라는 생각을 해본다.

　전태일 열사의 마지막 유언은 어머니에게 "내가 못 다 이룬 일을 어머니가 대신 이뤄주세요."라고 말씀하셨다고 한다. 죽기 전까지도 힘든 노동자들을 생각하는 전태일 열사의 마음에 전태일 열사의 희생은 정말 숭고하면서 아름답다는 생각이 들었다.

전태일 열사의 희생으로 인해서 노동자들은 목소리를 낼 수 있었고 마냥 주저 앉아 있는 상태에서 일어설 수 있었다. 노동 근로법이 개정되고 힘든 도시 노동자들의 처우개선이 향상되었지만 '빈곤의 사각지대'는 여전히 남아 있으면서 힘든 노동자들의 아픔은 여전히 계속되고 있다는 생각이 들었다. 이상적인 역삼각형의 계층 구조를 나는 열렬히 갈망하지만 과거와 같이 지배층들의 횡포로 역삼각형으로의 도래를 저지하고 있다.

전태일 열사가 미싱사로 일하던 때, 점심 사먹을 돈이 없어서 점심을 굶고 있는 미싱 보조원들과 시다들을 위해 자신의 교통비인 50원으로 1원짜리 풀빵을 50개 사서 나누어주고 정작 자신은 점심을 굶고 걸어가면 2시간이 넘게 걸리는 집에 걸어가면서 통금시간이 지나 경찰서를 간 적이 있는 전태일 열사의 모습은 정말 이렇게 자신도 가난하고 궁핍하지만 타의적인 입장에서 자신보다 더 힘든 사람들을 위해 자신이 힘든 것은 웃으면서 포기하고 힘든 사람을 돕는 전태일 열사를 보면서 가슴 깊게 여운을 느꼈던 것 같다.

나는 현재도 노동자들의 아픔이 지속되고 있다고 생각한다. 내가 그렇게 생각하게 된 계기는 우리 아버지가 고단한 노동현장에서 가스통을 운반하는 일을 하고 계시기 때문이다. 옛날보다는 많이 개선되었다고 하지만 노동자들이 겪는 고충은 여전한 것 같다. 우리 아버지의 말을 빌려보자면 가스통 운반 회사가 전문적으로 이쪽에 교육을 받은 사람을 고용해야 하지만 값싼 비전문가들을 고용하여 제대로 가스통에 액화질소를 유입하는 방법도 가르쳐 주지도 않고 있고, 생명에 정말 위험해서 항상 조심해야 하는데 이 일을 하는 노동 환경이 배관이 녹슬어 있고 같은 노동자들의 미숙한 실력으로 자칫하면 수소가 들어 있는 가스가 새어 나와서 폭발사

고가 일어날 뻔 했다고 말씀하셨다. 그리고 고된 일을 마치고 점심을 먹을 때도 영양가 있는 좋은 음식은 나오지도 않고 위생환경도 열악하다고 말씀하셨고 일반적인 회사는 전부 주는 휴가도 이 회사는 주지 않는다고 한다. 나는 아버지의 이야기를 들으면서 막 화가 나서 아버지에게 그러면 회사 사장에게 노동 환경을 개선해달라고 따져보라고 말하면 아버지는 회사사람들이 순해빠졌고 아무래도 제일 중요한 것은 이런 노동 환경 개선 운동을 이끌 사람이 없고 그만한 능력도 없다는 것이 그들이 이런 부당한 대우를 받을 수밖에 없는 이유라고 말씀하셨다. 이런 고된 일을 함에도 불구하고 그 위험한 일에 걸맞는 적당한 임금도 제대로 받지 못한다고 한다. 아버지가 고생하는 모습을 보면서 나의 생활을 되돌아보면서 열심히 공부하지 않을 때의 나를 보면 정말 아버지에게 죄스럽다는 생각이 든다.

나는 현대의 이런 노동 환경의 열악함의 근본적인 이유는 국가에게 책임이 있다고 생각한다. 나는 우리나라의 국회에 아쉬운 심정을 느낀다. 권력의 야욕으로 밥그릇 싸움이나 하고 서로 끼리 싸우면서 여·야가 함께 공존하여 힘든 노동자들을 도와야 하는 상태에서 서로 으르렁대면서 싸우고 있는 판국이다. 국가는 최근에 노동자들의 인권을 더욱 개선하기 위해 노동법을 개정하겠다고 하지만 노동법을 제정·개정 해봤자 이런 노동자들의 실제 현실 상황은 아무것도 모르는 상태에서 이 노동자들에게는 실질적인 도움은 되지 않는다고 생각한다. 그래서 나는 이 사회에 노동자들의 인권과 근로조건을 개선하기 위해 전태일 열사처럼 한 몸 바칠 수 있는 그런 사람이 나오기를 바란다. 아버지가 이렇게 억압하는 사회에 갇혀 고통을 당하는 모습을 보면서 정말 전태일 열사의 정신을 본받아서 이런 사람들의 처우개선을 위해 노력하는 사람이 되고 싶다는 생각을 했다. 자신의 한 몸을 바치는 것은 정말 어떻게 생각하면 생각과 신념만 있다면 정말 쉬운 일이 아닐까라는 생각을 했다. 오늘도 내일도 전태일 열사의 '아름다운 희생'에 정말 존경의 마음을 담아 고개 숙여 감사드린다는 말씀을 드린다.

현란한 언어보다 중요한 진실의 시

시는 누가 뭐래도 자기 삶의 노래이다. 그래서 자신의 내면과 바깥 세계가 하나의 구조물로서 빛과 향을 뿜는 것이다. 독자는 그 빛을 감응하고 향을 맡으며 작품에 접근하고, 독자 스스로의 세계와 교감을 나눌 수 있는 접점을 찾아내고 향유하는 것이다.

본심에 올라온 여러 학생들의 작품을 받아들고 몇 편의 시를 차근차근 읽어보는 가운데, 학생의 수준을 기대보다 훨씬 뛰어넘는 능란한 시어들과 표현을 마주하면서, 자연스레 이런 생각이 떠올랐다. 곧 원론적이긴 하지만 우리가 잊지 말아야 할 것은 시가 언제나 '자신'의 노래라는 것이다. 그런데 자신의 삶의 구체적인 체험과는 별개로, 생각과 상상만으로 쓴 작품들이 다수를 이루고 있다는 점이 눈에 띄어 우려가 되기도 했다.

사실 이 점은 벌써 예상한 것이기도 했다. 전태일 문학상이란 타이틀이 주는 위압감과, 그것이 강요하는 한정된 주제를 두면서 생각할 때는 피할 수 없는 일이 아니겠는가 싶었고, 아직 사회 경험이 부족한 학생들이 책을 읽고 난 뒤에 쓰는 글이어서 더욱 그러할 것이기 때문이다. 그럼에도 시를 상상이나 가공의 것이기에 앞서서, 자신과의 대화이고, 자신의 발견으로 접근해야 한다는 생각을 버릴 수 없는 것은, 그것이 곧 전태일의 삶과 정신에 부합하는 것이기 때문이다.

압도적인 자본의 위력은 지금 우리 눈앞에 펼쳐져 있는 세상을 보더라도 자명한 것이고, 전태일 열사의 시대를 거슬러 올라가면 그 폭력성은 더욱 가공할 만한 것이었다. 자신을 지켜 줄 어떤 보호 장치도 없이 최악의 환경 속에서 외로운 투쟁을 전개한 그의 삶이 우리에게 주는 감동은, 인간의 존엄성을 지켜내면서 인간답게 살아야 한다는 것이었고, 그 길이 곧 자신에게서 시작할 수밖에 없다는 점을 깨닫고 실천했기 때문이다.

시는 자신의 것이어야 한다. 어떤 현란한 언어보다 중요한 것은 진실이고 진심이다. 특히 장차 삶을 스스로 세워나갈 학생 필자들의 경우에는 더욱 그렇다.

이런 생각으로 다시 작품을 보니 눈에 띄는 작품들이 있었다. 김성호의 「폐차」외 4편은 아버지와 할아버지에 대한 애정과 관찰이 투박한 언어의 리듬에 실은 돋보이는 작품이다. 잔잔하고 차분한 어조에 성실하게 관찰하고 생각한 흔적이 뚜렷했다. 박하은의 「사공이 탄 구두」외 3편도 차분함을 잃지 않고 대상을 접근하는 자세를 보여주었고, 특히 「공중전화」는 외국인 노동자의 삶과 현실의 한 순간을 그린 것으로 우리 시대가 안고 있는 노동 현실을 구체성 속에 포착하여 형상화했다. 허찬의 「발화」외 3편과 김다영의 「빨리, 더 빨리」외 2편 등도 현실을 힘겹게 살아가는 사람들의 모습을 인내를 갖고 지켜보는 애정이 느껴졌고, 오랜 습작의 흔적도 엿보였다.

최정은, 최윤서, 박예은, 김원희, 최지우, 신윤하, 정수현, 진솔, 정해준, 이재원 학생들의 시들도 습작과 고민의 자취가 뚜렷해서 상을 줄 만했지만, 격려하는 것으로 대신하고, 고심 끝에 위의 네 사람을 수상자로 결정하고자 한다. 선(選)에 들지 못한 사람들이나 수상의 기쁨을 누리게 된 사람들 모두, 시의 길을 가기 위해서는 현실에서 멀찍이 떨어져서 관찰하고 가상의 언어로 꾸미는 일을 벗어나, 먼저 자신을 바람 찬 이 땅에 곧게 세우는 일을 고민하고, 작은 일이라도 사람들과 애정 어린 마음으로 연대하고 실천하면서, 그러한 자신의 삶과 현실을 언어로 표현하는 일에 더욱 정진해 나가기를 바란다.

입상한 학생들에게 축하와 격려를 아낌없이 보낸다.

예심: 김성규(시인) · 박소란(시인)

본심: 배창환(시인, 국어교사) · 맹문재(시인, 안양대 교수)

자기만의 세계를 구축하기 위한 글쓰기

작년에 이어 올해에도 전태일 청소년문학상 산문부분 심사를 맡게 되었다.

청소년들이 쓴 글을 읽을 땐 늘 설렌다. 응모작 가운데서 한국문학의 미래를 환히 밝혀줄 보석을 발견하게 될지도 모른다는 부푼 기대감 때문이다. 그래서 더욱 세심하고 꼼꼼하게 원고를 읽게 된다. 그러나 아쉽게도 아직까진 기대했던 보석을 발견하지 못했다. 하지만 언젠가는 눈을 번쩍 뜨이게 할 보석이 전태일 청소년문학상 응모작 가운데서 나오리라고 믿는다.

올해 응모작들은 작년에 비해 다소 수준이 떨어진다는 느낌을 받았다. 그 이유가 뭘까 곰곰이 톺아보다가 독서가 부족하기 때문이라는 생각이 들었다. 응모작마다 열심히 고민하고 치열하게 써내려간 흔적은 또렷이 엿보이는데 사유의 폭이 좁다는 느낌을 떨치기 힘들었다.

대학입학에 목을 매달 수밖에 없는 청소년들의 참혹한 현실을 감안할 때 독서부족은 어쩔 수 없는 현상일지도 모른다. 하지만 그렇다고 해서 독서로부터 멀어질 수는 없는 노릇이다. 작가에게 다독은 필수이기 때문이다. 작가가 되고자 한다면 어떠한 환경에서도 손에서 책을 내려놓아서는 안 된다. 책으로부터 멀어지는 순간 사유의 폭은 좁아들 수밖에 없고 그 즉시 자기 합리화에 빠지기 십상이다.

상식의 틀에서 벗어나 깊고 그윽한 눈으로 세계를 바라보고 자기만의 세계를 구축하기 위해선 지속적인 독서가 뒷받침되어야만 한다.

많은 응모작 가운데 전태일재단 이사장상을 뽑는 건 어렵지 않았다. 변회수의 「아버지의 미싱소리」는 문학적 완성도를 떠나서 향기가 느껴져서 좋았다. 향기에 이끌려 정서적 교감을 느낄 수 있다면 글을 읽는 즐거움은 배가되기 마련이다. 객관적 거리를 잃지 않고 평범한 소재를 담담하게 풀어내는 솜씨도 솜씨지만 결말 부분에서 주제를 녹여내는 능력 또한 돋보였다. 소박하면서도 울림을 주는 문장도 눈여겨 볼만 했다. 그러나 이 작품의 가장 뛰어난 미덕은 날카로운 문제의식이다. 우리 사회가 진지하게 고민해야 할 화두를 무심히 툭, 던져놓고 담담하게 돌아서는 자세는 박수를 받기에 충분했다.

허지연의 「올빼미」는 전태일재단 이사장상을 놓고 잠시 고민을 했다. 노년의 삶을 바라보는 시선이 고등학생의 수준이라곤 믿기 힘들 정도로 깊은데다가 매춘이라는 소재를 다루면서도 품격을 잃지 않는 자세가 인상적이었기 때문이다. 글을 이끌어나가는 문장도 탄탄했고 인물과 사건을 연결시켜 나가는 구성력도 돋보였 다. 그러나 매끄럽지 못한 결말처리가 마음에 걸렸다. 그래서 아쉬움을 뒤로하고 경향신문사 사장상을 안겼다.

한국작가회의 이사장상은 이하림의 「송전탑의 봄」에 돌아갔다. 「송전탑의 봄」은 송전탑 건설을 둘러싼 대결과 갈등을 다루고 있는데 소재 자체가 고등학생이 다루기에는 너무 버겁다는 생각이 들었다. 소재가 주는 중압감이 워낙에 크다보니 이야기가 관념으로 흘러버리고 구성도 자연스럽지가 않았다. 마지막 문장을 읽고 원고를 덮었을 때 이 학생은 이야기가 무엇인지 좀 더 깊이 고민해봤으면 좋겠다는 생각이 들었다.

정수민의 「당신의 이력을 수선해드립니다」 역시 한국작가회의 이

사장상을 놓고 꽤나 고민을 했다. 학교폭력이라는 민감한 소재를 작중인물의 눈높이에 맞춰 자연스럽게 풀어낸 점은 높이 살 만했으나 중간 중간 인물과의 거리감을 잃고 감정이 과하게 개입된 점이 못내 아쉬웠다. 소설에서 거리감을 잃으면 이야기가 흔들릴 수밖에 없고 비슷한 이야기를 반복하기 쉽다.

심사를 하면서 여러모로 아쉬운 점은 있었지만 서사를 잃어버린 시대에 청소년들이 이 정도의 이야기를 빚어냈다는 게 대견하고 기특하다. 비루한 현실을 치열하게 살아내고 그 힘을 토대로 지속적으로 이야기를 퍼 올린다면 이 가운데 훌륭한 작가가 나오지 말란 법도 없다. 그러기 위해선 앞서 강조한 대로 독서를 게을리 하지 말았으면 좋겠다. 독서 자체가 답은 아니지만 사유의 폭을 넓고 깊게 확장하기 위해서는 독서만한 게 없다.

다시 한 번 수상을 축하하면서, 누구라도 좋으니 더욱 정진해서 훌륭한 작가로 성장하길 바라는 마음 간절하다.

예심 : 유현아(시인) · 김대현(문학평론가) · 이연희(소설가)
본심 : 안재성(소설가) · 김한수(소설가)

삶에 대한 관심을 가질 수 있기를

책을 읽는 것은 그 책 속에 담긴 정신을 읽는 것이고, 그렇게 읽어 낸 정신을 자신의 가슴 속으로 옮겨 오는 일이다. 위대한 삶을 살다 간 사람의 이야기가 담긴 책일수록 더욱 그래해야 함은 두말할 필요가 없다.

전태일이라는 이름 석 자가 얼마나 큰 무게감으로 다가오는지에 대해서는 청소년이 쓴 독후감들을 읽어봐도 쉽게 알 수 있다. 전태일은 스스로 자신의 몸을 불태운 이후 역사가 되었지만, 그 역사는 완결된 역사가 아니라 지금도 진행되고 있는 역사이다. 그러한 점을 이번에 청소년들이 응모한 독후감들을 읽으면서도 분명히 확인할 수 있었다.

정혜성의 「거룩한 '인간사랑' 정신의 소유자」는 다른 응모작에 비해 분량이 비교적 긴 편인데도 중언부언으로 떨어지지 않으면서 폭넓고 깊은 사유를 펼쳐냈다. 특히 외할아버지의 삶과 IMF가 터지던 해에 태어나 자신의 처지를 빗대어 전태일이 살아갔던 시대를 호출함으로써, 과거와 현재를 겹쳐 놓은 점이 돋보인다. 또한 전태일에게서 예술가, 철학자, 사상가, 종교인의 모습까지 읽어낸 것은 전태일이라는 인물의 총체성을 제대로 파악하고 있음을 보여준다.

이강의 「당신이 바보인 이유」는 풀빵에 얽힌 이야기를 앞뒤에 배치함으로써, 개성적인 전개 방식을 보여주고 있다. 그러면서 전태일이 허기진 노동자들의 굶주림을 달래주기 위해 건넨 풀빵의 의미를 자연스럽게 풀어냈다. 풀빵 한 쪽을 '태일이 오빠'에게 조심스럽게 바치고 싶다는 마음이 전태일을 아는 모든 이들에게 퍼져 나가기를 바란다.

박윤화의 「똑똑한 바보, 전태일」은 책을 읽고 난 다음에 찾아온 불편함을 이야기하고 있다. 그 불편함은 진실을 알았을 때 찾아드는 죄책감에서 비롯된 것이다. 이렇듯 좋은 책은 독자에게 불편함을 안겨준다. 그러한 불편함이 있기에 올바른 삶이 어떠해야 하는지에 대한 자각으로 이어지는 것이다.

김형준의 「아름다운 희생」은 전태일의 희생 이후에도 왜 노동자들의 삶이 고통스러운 상태에 머물러 있는지를 묻고 있다. 그렇게 된 근본적인 책임을 국가에게 묻는 동시에, 노동자들의 처지를 개선하는 일에 앞장서는 사람들이 더 많이 나오기를 바라고 있다. 자신이 그런 역할을 해야겠다는 다짐도 잊지 않는다.

전태일의 삶을 읽고 전태일 정신을 가슴에 품는 청소년들이 많아지기를 바란다. 마찬가지로 여전히 억압받는 노동자들의 삶에 대해서도 관심을 가졌으면 좋겠다. 자신들 역시 성인이 된 이후에 대부분 노동자로서 살아갈 수밖에 없음을 인식할 때 전태일이라는 이름이 새롭게 다가올 것이다. 당선작 외에도 독후감을 보내온 많은 청소년들에게 전태일의 이름을 빌어 꿋꿋하고 당당하게 자신의 삶을 구축해 가라는 격려의 손길을 내민다.

예심 : 신지영(아동청소년문학작가) · 오시은(동화작가)

본심 : 박일환(시인, 국어교사)

▌ 전태일문학상 제정 취지 ▌

"노동자는 기계가 아니라 인간이다!"
"내 죽음을 헛되이 하지 말라!"

전태일이 스스로를 노동해방, 인간해방의 횃불로 불사르면서 외쳤던 이 피맺힌 절규들은 오늘도 우리들 가슴속에서 뜨겁게 고동치고 있습니다. 노동이 있고 싸움이 있는 곳이라면 그 어디에서나 폭풍처럼 해일처럼 메아리치고 있습니다.

죽음마저도 넘어서 버린 전태일의 불꽃은 바로 '인간선언'의 불꽃이었습니다.

불의의 힘이 아무리 강하더라도, 그리하여 그것이 아무리 인간을 억누르고 소외시키고 파괴한다 할지라도, 인간은 끝끝내 노예일 수 없으며 기필코 일어서 스스로의 주체적 삶을 실현시키기 위해 싸울 수밖에 없다는 진실을 밝힌 인간선언의 불꽃이었습니다.

전태일기념사업회에서는 노동해방, 인간해방의 횃불을 높이 든 전태일을 기념하고자 '전태일문학상'을 제정합니다.

우리는 인간을 억압하고 착취하는 모든 불의에 맞서 그것을 이겨내려 노력하는 모든 사람, 모든 집단의 목소리를 한데 모으려는 뜻에서 제정된 이 전태일문학상이 노동운동을 그 핵심으로 하는 우리의 민족민주운동과 문학운동에 새로운 활력과 힘찬 응원가로 자리 잡을 것임을 믿어 의심치 않습니다.

전태일문학상이 공장에서, 농촌에서, 학교에서, 각각의 삶터와 일터에서 인간이 인간답게 살 수 있는 사회를 건설하기 위해 노력하는 모든 사람들이 함께 참여하고 함께 나눠 갖는 문학상이 될 수 있도록 많은 분들의 관심과 격려를 부탁드립니다.

1988년 3월 전태일기념사업회 ▌